清水義和【著】

寺山修司とパンデミック

顕微鏡で見たラフカディオ・ハーンの『耳なし芳一』の耳

文化書房博文社

巻頭論文　日の丸　寺山修司40年目の挑発

『ドキュメンタリー「解放区」日の丸』の令和版が再制作されるにあたって、ドキュメンタリー『あなたは・・・』、『日の丸』そして『令和版　日の丸』と寺山修司について考える

安藤　紘平

一九六七年二月、街頭インタビューのみで構成されたドキュメンタリー番組『現代の主役　日の丸』がＴＢＳで放送された。


「日の丸と言ったら まず何を思い浮かべますか?」

「あなたの家には日の丸がありますか?」

「日の丸を振ったことがありますか?」

「日の丸が日本の国旗であることを誇りに思いますか?」

「外国人の友達はいますか?もし戦争になったら その人と闘うことはできますか?」

「日の丸の赤は何を表していると思いますか?」


これらの質問を、一般の町の人に向かって、無機的に矢継ぎ早にインタビュアーが投げかけるというドキュメンタ

リー番組だった。

ディレクターは、萩元晴彦。構成は、寺山修司。

作品内容の過激で挑発的なスタイル、ともすれば政治的な意味を包含したテーマ性は、ある意味で成功した。

番組放送中に、ＴＢＳには抗議の電話が鳴りやまず、また、放送の五日後、政府閣議で話題となり、偏向番組ではないかということで、郵政省電波管理局がＴＢＳへの調査を行うという異常事態となった。

その三か月前、一九六六年一一月、萩元と寺山は、「あなたにとって幸福とは何か?」という質問を軸にしたドキュメンタリー番組を企画制作した。後々までもＴＢＳの名作ドキュメンタリー番組として放送史に残る作品『あなたは・・・』である。


この番組は、サラリーマン、ボクサー、モデル、主婦、子供、アメリカ兵など職業、年齢、性別、国籍が違う八二九人の様々な人々に、東京の街の様々な場所で、一七の質問をいきなり矢継ぎ早に浴びせて、その人たちの戸惑いの反応を写し撮り、そのまま伝えるというものだった。

質問事項については、萩元と寺山が赤坂ＴＢＳ近くの旅館に泊まり込みで考えた一七の質問である。

1、いま一番欲しいものは何ですか?
2、あなたは月にどれ位お金があったら足りると思いますか?
3、もしあなたが総理大臣になったらまず何をしますか?
4、あなたの友人の名前をおっしゃってください。
5、天皇陛下は好きですか?
6、戦争を思い出すことがありますか?
7、ベトナム戦争はあなたにも責任があると思いますか?あなたはその解決のために何をしていますか?

8、昨日の今頃、あなたは何をしていましたか?
9、それは充実した時間でしたか?
10、人に愛されていると感じることがありますか?それは誰にですか?
11、今一万円あげたら何に使いますか?
12、祖国のために戦うことができますか?命をかけてもですか?
13、あなたにとって幸福とは何ですか?
14、ではあなたは今幸福ですか?
15、何歳まで生きていたいですか?
16、東京はあなたにとって住みよい町ですか?空がこんなに汚れていてもですか?
17、最後に聞きますが、あなたはいったい誰ですか?

萩元晴彦は、その制作意図について『TBS調査情報』に次のように語っている。

「ぼくは、八二九人の人々に意見を聞いたのではない。八二九人の背後にいるすべての人々に質問したのだ。八二九人は素材にすぎない。(テレビを見ている)『あなた』に質問したのである」

インタビュアーは、情緒的であることを避けるためにプロのアナウンサーではなく素人の女子学生(早稲田大学女子学生など)を起用し、相手とのコミュニケーションを成立させないように、相手の反応に対し一切リアクションすることを禁じた。相手の答えを無視して、無機的に矢継ぎ早に次の質問を浴びせる。ある意味、暴力的な質問形態である。カットはできるだけ割らずにクローズアップの表情を主体にする。これが、萩元と寺山の考えた方法論であった。

では、寺山修司にとってドキュメンタリーとは何だったのか?

寺山は、「ドキュラマ論」(『記録映画』一九六三・二)にこう述べている。

「ドキュメンタリーの使命が『いまあるがままの現実』よりも『本来の現実』をとらえることにあるならば、現実に働きかけ、『ものの投入』という方法が選ばれねばならない」と。そして「『何を投げ込むか?』ということにその記録映画作家の独創性、アイデアの秘訣がある」と。すなわち、現実に起こっていることの中に虚構を投げ込む。寺山は、ドキュメンタリーにおいても、責任ある作者は、意図的に何かを投入することで、背後に隠された『本来の現実の実相』を露にするという試みを実施せねばならないと考えていた。それを一種の芸術行為と捉えていたのだ。

ところで、寺山には、〝人生は ただ一問の質問にすぎぬと書けば 二月のかもめ〟と短歌に詠ったように、「質問」という事象そのものに大きなこだわりがあった。歌集『田園に死す』で寺山自身が「偉大な思想などにはならなくともいいから、偉大な質問になりたい」と語るように、寺山にとっては〝問うこと〟だけに本質的な意味があった。答えは必要なかった。問うこと、ラディカルなことこそが根源的なことであった。それこそが、『投入する〝もの〟』として相応しい。この作品においての『畳み掛ける質問』ということが、寺山の言う『ものの投入』であり、それによって映し出されるインタビュイーの様々な反応や表情が、露にされた『本来の現実の実相』となるであろう。そう、寺山は考えた。

寺山と萩元の狙いは見事に的中した。

『週刊朝日』(一九六六・一二・九)「テレビ〈直波曲波〉新鮮なドキュメント」では、虫明亜呂無氏が、次のように書いている。

「芸術祭ドキュメンタリー部門参加作品「あなたは・・・」(TBS、一一月二〇日)はクリーンヒットだった。

職業、性別、年齢、体験のちがった人びとにむかって、「あなたは幸福ですか?」「もし総理大臣だったら」など一七項目を質問する。記録物の新方向である。あかせずに一時間、おなじ質問のくりかえしだけで引っぱりきった。構成・

編集のキュートな切れ味である。寺山修司の作品。

　人さまざま。その千差万別の反応。世代のちがい、生きかた、考えかたの差。ドラマより、もっとドラマチックな人間の声と心。つまり、現実の人間をエネルギッシュに追い、ドラマのエッセンスを、あざやかに記録するのに成功した。なによりも、歩きながら質問しているのがよい。歩きながら聞き、歩きながら答える。画面にリズムと現実感がゆきわたる。質問と答えが、ジャブとカウンター・パンチの応酬にてくる。そのスピード感が、対話に活気をあたえる。思考に停滞をゆるさない。


　寺山は、放送の二年後、「あなたは・・・」について、次のような文章を残している。（一九六八　角川文庫「幸福論」）

「二年前、私が、ＴＢＳテレビの萩元晴彦と組んで、テレビ・ヴェリテ「あなたは・・・」という番組をつくったときに、群衆の中の一つ一つの顔にいきなりマイクを突き付けては、

「あなたにとって幸福とは何ですか？」という質問を繰りかえした。

　すると、大部分の答えは、「昼寝」であったり、「テレビをみること」であったり、「美味しいものを腹一杯食べること」であったりした。その顔が、テレビ画像の灰色の光と影の中にうかんで消えるのを、ブラウン管ごしに観た人たちは、何か偽証といった感じを抱いたことだろう。どこか、間違っている。

　――しかし、では、それにかわる答えは何か、と問われれば聴視者たちもまた口をつぐんでしまうのである。

　貧しいのは幸福なのではない。「昼寝」や「美味しいものを腹一杯食べること」は、それ自体では、貶めるべきことではないからである。だが、こうした日常的な小満足を、幸福としてとらえ直すためには想像力の助けが要る。


　この作品は、それまで誰も見たこともない、斬新なテレビ・ドキュメンタリーの手法を用いて、今も放送史に残る傑作ドキュメンタリーであり、この年『昭和四一年度（第二一回）芸術祭奨励賞』を受賞した。

その三か月後、萩元と寺山は、同じく、街頭インタビューのみで構成されたドキュメンタリー番組『現代の主役　日の丸』を制作、放送した。冒頭に一部記述した作品である。

手法は「あなたは・・・」で試された制作手法と全く同様で、インタビュアーの女子学生が、相手からの聞き返しや反論に対し、一切答えることなく、矢継ぎ早に質問を畳み掛けるもので、カメラは、インタビュイーの戸惑いや反応の表情をアップで捉えるものであった。

放送日は、制定されて初めての建国記念日を二日後に控えた二月九日で、『日の丸』という挑発的なタイトルからして、〝今、何故、建国記念日が制定されるのか？〟という社会への問いかけとともに、この時代の日本人の、日の丸に対する意識、愛国心、国家とは何かを探るという明快な意図が感じられた。

質問の内容は、相手によってやや変化していたが、おおよそ次のようなものである。

①日の丸と言ったら、まず何を思い浮かべますか？
②日の丸の赤は、何を意味していると思いますか？
③日の丸は、どこに掲げれば美しいと思いますか？
④あなたは、祖国と家族とどちらを愛していますか？
⑤あなたに外国人の友達はいますか？もし戦争になったら、その人と戦うことは出来ますか？
⑥日の丸を振ったことはありますか？それは、いつ誰にですか？
⑦あなたの知っている軍歌をひとつ挙げてください。歌って頂けますか？
⑧日の丸が日本の国旗であるということに誇りが持てますか？
⑨君が代が日本の国歌であるということにも誇りが持てますか？

⑩あなたが日の丸に対して言いたいことを一言で言ってください。
⑪最後に聞きますが、これからあなたが日の丸を振ることがあるとしたら、いつ何のためだと思いますか？
これが、おおよそ寺山と萩元が考えた質問項目であった。

萩元にとっては、勿論、「建国記念日」制定という、あたかも国民に対して愛国心や国家観を強いるような国の現状を見定めたいという欲求はあったにしろ、むしろ、寺山と発見したテレビ・ヴェリテともいうべき新しいテレビにおけるドキュメンタリーの方法論を、『日の丸』でも試すことで、テレビの本質を見極めたいという欲求が強かっただろう。インタビューから返ってくる答えの積算ではなく、矢継ぎ早の質問に対してどう反応するか、どんなあからさまな表情を曝け出してくれるかこそが、今の日本人の真の姿を浮かび上がらせてくれる、それこそが、何か新しいテレビの同時性、在り方であると確信したに違いない。


一方、寺山の最重要視しているものは、『詩』あるいは『詩的なるもの』である。その原点にあるものは確かに言葉であったが、だからと言って、文学と言う領域に留まっている詩人では良しとしなかった。

寺山は言う。「詩は字にする必要などないのだ。ましてや、字にすることの効果から逆算して詩をかくべきではないし、字を過信すべきではないことは自明である」こうして、言葉によらない新しい詩を発見しようとしていた。

寺山の中にある本当の詩人は、文字という一定の場所にとどまらない、無目的、無目標で出発する旅人であった。それは、あたかも『家出のすすめ』であり『書を捨てよ町に出よう』である。すなわち、文字からの家出、文字を捨てて町に出る行為であった。詩の解放である。そこにこそ真の〝詩〟は存在すると考えていた。

文字を離れて、演劇によって詩を演じさせる。映画によって詩を光と影にする。競馬評論家としては、予想屋ではなく思想屋、馬に詩を駆け抜けさせる詩人であった。文字からの脱却は、やがて劇場からの脱却―市街劇に繋がり、自分自身からの脱却をも意味する。職業は、寺山修司。あらゆる分野において、詩的なるものとしての美学を追及していた。

この寺山の詩的な芸術行為にとって、『日の丸』というセンセーショナルなタイトルこそが、かっこうなモチーフであった。萩元と同じく、彼にとっても質問に対する答えは重要ではなく、「質問する」という行為自体が詩的なアジテーションになっていることが重要であった。それは、フィクションとしての行為「我々が現実と呼んでいるものの中にも、幻想が入り込んでいる」という寺山が本来信じている劇的なるものへの傾倒であった。

寺山は、時に悪名高いヒットラーの演説を典型的な詩の行為の一例に挙げる。

「ナチス党大会でサーチライトを燈し、ワグナーの楽劇が演奏されるとき、ゲルマンの血を意識して集まった若者たちにとって、ヒットラーの演説こそ詩であったはずだ」と。「ヒットラーは、ゲルマンの血の純潔という夢のために詩的行為の人になったが、実践しようという意識に欠けており、明確に明日の人類のヴィジョンを持っていなかったために二十世紀の悪霊と言われた。しかし、彼はそれゆえに芸術家でありえたのだし、純粋だったのだと私には思われてならない」と。

寺山のヒットラーに対するこの考え方は、時に危険なものを包含していると誤解され、この言葉を発した時には寺山に対する批判的な論評が多くなされた。しかし、寺山があえてこう極言するのは、彼は行為の人であり、文字という静的な領域に閉じ込められる詩に関する考え方は、彼の中には無かったからだろう。

インタビューは『あなたは…』でもインタビュアーを務めた早稲田大学の女子学生・高木史子が起用され、番組は、ほとんど『あなたは・・・』と同様のスタイルで進行した。しかし、前回と大きく違った点は、放送直後から、TBSには、大量の抗議の電話が殺到したことだ。内容のほとんどが、右翼系の人とおぼしき人からで、「日本国民が日の丸に敬意を払うのは当たり前のことだ」とか「日の丸にケチをつけるのか」「どんな魂胆でこの番組を作ったのだ」といったたぐいのものであった。制作担当者にしてみれば、「日の丸の強い否定論者は一人も登場していないし、公平に各世代の声を反映させている」と、それなりの注意を払ったことを強調した。

しかし、放送後の内閣閣議でこの番組を問題視する声が上がり、郵政省電波監理局長がTBSを訪れて番組を視聴し、その制作意図などについて事情聴取が行われた。

結果、TBS社長の今道潤三は小林郵政大臣と会って遺憾の意を表明し、行政指導という形で決着したかに見えた。

しかし、これを機に、政府自民党からのTBSに対する偏向報道への非難と圧力が高まってゆき、同年一〇月の『ハノイ―田英夫の証言』でも、再び、偏向報道と咎められ、今道は自民党本部に呼ばれて、田中角栄、橋本登美三郎らに渋々陳謝するに至った。この番組の担当者は、『あなたは・・・』『日の丸』でも萩元とともに演出を担当した村木良彦であった。

さらに、翌年元旦に放送された特別三元宇宙中継『いま語ろう世界のわかもの』は、萩元と寺山が企画構成したTBSとしては元旦の目玉企画で、西ベルリンのカフェとローマのスペイン広場、そして東京を衛星回線で結び、司会を寺山の主宰する「劇団天井桟敷」の団員、東由多加が担当したが、音声回線の故障などで混乱をきたし、苛立った東が叫び続けて聴視者の抗議が殺到した。

これらのことが重なって、萩元と村木は左遷。TBS闘争へと発展してゆく。


実は当時、私は、寺山修司氏の劇団天井桟敷の劇団員でありながら、TBSの社員という二足の草鞋を履いていた。TBS入社前から、劇団員である私は、寺山さんの使いで何度かTBSの萩元さんを訪問し、その度ごとにお昼ご飯やお茶をごちそうになった。萩元さんが早稲田大学の先輩であることもあって、萩元さんには特に親近感を覚え、TBSならば就職しても良いかなと思い寺山さんに相談をしたところ、寺山さんは「一人くらいTBSにスパイがいても良いかな」と言って、勧めてくれた。そして、なんとか入社試験をパスし、TBS社員となっていた。

そんなある日、某常務取締役から呼び出しを受けた。

「安藤君は、寺山修司の天井桟敷に所属していたね。実は、寺山修司がわが社のブラックリストに載ってしまったんだ。天井桟敷を辞めるか、TBSを辞めるかどちらかを選択しなさい」

寺山さんに相談すると「天井桟敷の劇団員は辞めたことにして、客員でいればいいじゃないか」といとも簡単におっしゃった。そこで、TBSには在籍したまま演劇活動は続けることにした。そのことは、TBSの誰もが知ってはいたが、何のお咎めもなかった。懐の深い会社だった。

二〇二一年の一二月、TBSと早稲田大学の後輩でドラマの演出家、映画監督もしている土井裕泰君から電話があった。彼の若い後輩が『現代の主役　日の丸』の令和版を企画して制作することになったので、力を貸してやって欲しいという頼みだった。

彼の名前は、佐井大紀。

「今、日本人の国家意識はどうなっているのか?じわじわと台頭するナショナリズムの動きは、世界中に広がっている。日本も然り。今こそ寺山の考える国家というものを再検証したい。寺山修司没後四〇周年の今こそ日本人に問うてみたいのだ」と熱弁をふるう。

作品のタイトルは、「解放区『日の丸』～それは今なのかもしれない」

作品制作の方法論としては、一九六七年の『日の丸』と同じ質問を、現在の日本人にぶつける。インタビューは佐井本人が担当し、当時の制作手法と全く同様に、相手からの聞き返しや反論に対し、一切答えることなく、矢継ぎ早に質問を浴びせる。カメラは、インタビュイーの戸惑いや反応の表情を捉えるものであった。

佐井は私に質問する。「寺山の考える国家とはいったい何だったのでしょう」

寺山は語っていた。

「ぼくにとって日本は、一枚の日の丸の旗であった。風に翻る日の丸の旗を仰ぎながらぼくは思ったものだ。なぜ、国家には旗がありながら、ぼく自身には旗がないのだろうか、と。国家には『君が代』がありながら、ぼく自身には主題歌がないのだろうか、と。」

「最初にぼくらが演劇でやろうとしたことというのは、文化的なスキャンダルというか、一九六〇年代というのは、社会が激動期にあって、大学闘争なんかも始まりかけていた時期だったわけです。ぼくらは、演劇を通じて何ができるんだろうかと、それを模索していた時期だったんです」

そして、人力飛行機ソロモンの中で語る。

「ひとが誰でも自分の造ったものの中にしか住むことができないとするならば、自らをして国家たらしむるほかはないだろう」と。

「町の広場に一人の男と女が出会って、チョークで一メートル四方の小さな劇場を造ります。これは、ぼくらが勝手に『1メートル四方1時間国家』と名前をつけているわけなんですけど、そこに、天井桟敷の劇団で音楽をやってるシーザーという男とアメリカ人の女性とが出会うことになっています。そこで、一時間ごとに、その国家のフレームを、倍、倍に拡大してゆく。そのうち、観ている観客たちもその国家に取り込まれてゆく。劇は一〇時間以上、上演されるので、最後には、町の一角が劇場というか国家というか、かなりの広さになってゆくわけです。フレームの中は劇場だっていう考え方なので、そのフレームが広がってゆくとその中にどんどん自動車なんかが入って来たりするわけなんです。そうするとその自動車を、壊したりしても、それは、劇の中で文明の力を不要としているという壊し方になる。その考え方が、ぼくの拡大していった『1メートル四方1時間国家』の中心となるんです」

寺山にとっては、「自らをして国家たらしむるほか」国家は存在しなかった。それは、「国家とは、このコップの中のコーヒーである」であり、チョークで書かれた「1メートル四方1時間国家」であり、彼にとっての真に自らの命をささげられるに値する国家は、虚構として彼独自で作り上げられた幻想の祖国であったに違いない。

「もし、誰かが私に、『祖国か友情か、どっちかをうらぎらなければいけないとしたら、どっちを裏切るか?』と質問したら、私はためらわずに、『祖国を裏切る』と答えるだろう。

一国の革命は、百国の友情を犠牲にしてきずかれるものではないのだから」

（寺山修司『人間を考えた人間の歴史』より）

「マッチ擦るつかの間　海に霧ふかし　身捨つるほどの祖国はありや」

と詠ったそのままに、寺山はある権力構造を持った閉じた社会としての国家に留まることを良しとしなかった。

国家という閉じられた概念から、政治的にではなく、詩的な行為として『出てゆく思想』が寺山の考え方の根幹であった。


真の愛国者とはそういうものかもしれない。


佐井大紀は、一九六七年の『日の丸』を「解放区『日の丸』～それは今なのかもしれない」によって現代にもう一度蘇らせることで、日本、日本人、そしてそれらが住む国家について、何かを見つけようと試みた。

だがそれは、最初から説得力のある客観的な答えなど、見つかるはずはなかったのだ。

佐井は、「日本」という「国家」の真の姿を探しているつもりが、気づけば、自らが制作したドキュメンタリー「解放区『日の丸』～それは今なのかもしれない」という小さな国家の中で迷子になってしまっていることに気づく。まさに、寺山修司の迷宮に迷い込んだのだ。

そして、私もまた、こうして寺山修司の迷宮に再び誘い込まれ迷っている。

ただ一つはっきりしていることは、漆黒の暗闇の中でほんのつかの間佐井が擦ったマッチのぼんやりした光の中にあったものは、いよいよ深くなった霧の奥の暗黒の海が日本という国家だったのかどうか、より定かでなくなったことであろう。

安藤　紘平

Kohei Ando
Professor Emeritus of Waseda University
International Committee of Director's Guild of Japan
Programming advisor of Tokyo International Film Festival

まえがき

パンデミックの嵐が世界を駆け巡り続けている今日、寺山修司の『疫病流行記』が、劇場で問題劇とされながら、観客の間で、今ひとつ行き渡らないのは何故かと不思議に思ってきた。

二〇二一年九月日名古屋の朝日カルチャーセンターで「ラフカデイオ・ハーンの『耳なし芳一』と寺山の『耳なし芳一』」の講演を頼まれた時、思いがけず、ここに重要な問題が潜んでいることに気が付いた。それは、先ず、第一に、寺山修司が数々の劇作品の中で、耳なし芳一を主人公にしないで、耳、経文、琵琶と、断片的に小道具としてバラバラに使っているので気づかなかった。しかし、ラフカディオ・ハーンの『耳なし芳一』を再読すると、寺山が、独自の『耳なし芳一』を書いていていた事に気が付いた。J．A．シーザーなら、引き算の理論を持ち出して説明するであろう。それでなくても、寺山の芝居には、舞台に主人公が現れない劇が多い。『青ひげ公の城』、『中国の不思議な役人』、『奴婢訓』など数が多い。

今度、ラフカディオ・ハーンの『耳なし芳一』を再読したとき、寺山の引き算の『耳なし芳一』があった事に気が付いた。『青森県のせむし男』では説教節を津軽三味線で演奏している。J．A．シーザーは『青森県のせむし男』で平家琵琶を用いていた。『草迷宮』で明の体に書かれた経文、そして『邪宗門』では芳一の耳が登場する。まさにJ．A．シーザーの引き算の芝居が寺山のドラマをかたどっている事に気が付いた。

古代エジプトの神話にある女神イシスは、男神オシリスが弟のセトに殺されて、ばらばらになった死体をひとつひとつ探しあて、総てを集めた所で火葬にしたという、神話がある。まさに、寺山のバラバラな『耳なし芳一』は、ラフカデイオ・ハーンの『耳なし芳一』の怪談の絵図を寄せ合わせた所で完結する。

今回、初めて気が付いたのは、パンデミックとの関係である。ポンペ ファン メールデルフォールトが一九〇四年咸臨丸に乗って長崎の出島にやってきて診療所を開き、コレラ患者の治療にあたった頃、ラフカディオ・ハーンは日本に来てコレラの流行を知って記事に書いた。ポンペは、顕微鏡を二台長崎に持ちこんだと言うから、ハーンも顕微鏡の存在を知っていたと思われる。顕微鏡を覗くとコレラ菌がまるで怪物のようにうようよと蠢いているのを見届けることが出来る。このコレラを退治するのに、ジェンナーの種痘やコッホと北里柴三郎の血清の発見を待たねばならなかった。それまで、コレラは怪獣として、可視化できたのに退治できなかった。この怪物は、二十世紀の自然科学が、お伽噺の幽霊を、顕微鏡を使い人間の目を通して初めて見たのである。

ハーンが鎌倉の無知蒙昧な時代を扱いながら、二十世紀の自然科学の知的な目でこの怪物を捉えないはずはない。そうでなければ、ハーンの怪物はただのお伽話にすぎなかったであろう。

寺山は、断片的に、耳、経文、説教節として耳無し芳一を捉えながら、全体としてペスト菌としてみていた。まるで、顕微鏡で細菌を見ているように。

アントナン・アルトーは「演劇とペスト」の中で、「人間がペストで死ぬとペストの痕跡は何も残っていなかったと」書いている。更科功博士によれば、細菌は無生物なので自ら蛋白質が出来ない。人間は蛋白質が出来るが死ぬと、コレラは人間に寄生できなくなり、人間の体から去っていくと。感染症で亡くなった人間の体の膿が死んで数時間後には消えて皮膚は忽ちきれいになってしまう。

「私はあなたの病気だ」と寺山が『疫病流行記』で書いたとき、アルトーの弟子であることを見事に表出した。まさに、寺山修司のパンデミックは、ラフカディオ・ハーンの『耳なし芳一』の中に描かれている。これは、J．A．シーザーが言う、寺山の引き算の演劇である。更科功博士が言うように、細菌は人類が始まったときから存在し、人類が死滅するとき迄存在する。つまり「私はあなたの病気だ」を表わしている。

目次

一章　顕微鏡で見るラフカディオ・ハーンの『耳なし芳一』の耳

一九九三年四月、ロンドン大学ロイヤルホロウエイ校演劇学部に在外研究で赴いたとき、主任教授のデヴィッド・ブラッドビー教授から、「寺山修司の『邪宗門』を英訳して、セミナーで劇を上演し研究発表をするように」と指示を受けた。

その当時、寺山の『邪宗門』がラフカディオ・ハーンの『耳なし芳一』と、実際どんな関係があったのか実は十分には分からないでいた。また、一方で、寺山が、アントナン・アルトーの『演劇とその分身』に心酔し、「分身」のキーワードに惹かれてはいたことは理解していた。けれども、何故惹かれたのかその理由を、詳らかにすることが出来ず、従って、不明瞭なままでいた。

ハーンの『耳なし芳一』では、芳一が耳を、悪霊に捥ぎ取られる。だが、そんなことが実際にありうるのか。にも拘らず、一方で、寺山には独自の考えがあり、耳は死なずにどこかで生きていて、芳一の分身としてこの世に存在すると考えたのである。だから、『邪宗門』の舞台に等身大の耳の姿を表わして登場することになるのだ。

また、アルトーが言う「分身」の意味に関しても、十分に、そのコンセプトを明確に理解できたわけではなく、判然としないままでいた。更にまた、ルイス・ブニュエル監督作品『アンダルシアの犬』の中に、映画の画面に二人の私が登場して、一方の私が、相手の私に向かって、ピストルを発射し、殺害する。だが、そもそもダブルの意味がそれぞれの作品で、一体何を意味するのか判然とせず曖昧なままでいた。暗中模索の中で、ブラッドビー教授のセミナーが始まり、『邪宗門』の研究発表と、芝居を演じてしまった。

驚いたのは、大学院のマスターコースの一人の利発な学生が、著者の演技を見ているうちに、突然、ヒステリックな声を出し、ひきつけを起こしてしまい、失神してしまったのである。更に数名の学生たちから、「どんな魔術を使ったのか」と次々と質問があった。その時になって、初めて、寺山の芝居には、何か目に見えない魔術が潜んでいるらしいことが判然としないままで記憶に残った。しかし、後日、柳田国男の『東野物語』を読んで、その由来が少しずつ分かってきたが、子供のお伽話の類くらいにしか思えなかった。

それから、三十年近くたって、名古屋朝日文化センターの講演会で、ハーンの『耳なし芳一』を独自に解読する機会に恵まれた。同時に、寺山がハーンの『邪宗門』の他に、『青森県のせむし男』や『草迷宮』でも、耳なし芳一の怪談に出てくる小道具として、しかも生き物として「経文」や「耳」や「平家琵琶」を分身のようなものとして使って劇作していることに気が付いた。

寺山修司の多くの作品には他にも「分身」が多く使われている。『青森県のせむし男』や『草迷宮』でも、判然としないまま、死んだマツキチや明と、生きているマツキチと明がお互いの分身のように登場する事に気が付いた。『花札伝綺』では、鬼太郎が、生きていた世界では男であるが、死んだ後、黄泉の国では女に代わって登場する。だが、それでもアルトーの言う分身の意味と関係があることに気が付かないでいた。

ここでもう一度、『耳なし芳一』に戻り、物語を俯瞰して怪談話に立ち返ってみることにする。すると、忽ち、ハーンは、盲人の芳一が、稀代の琵琶名手でありながら、何故耳を削がれるまでして、吾妻鑑の「壇ノ浦」を、平家一門の悪霊に語ったのか、その由来と謎に突き当たってしまった。そこで、如何なる理由で、芳一が壇ノ浦の露となって滅亡した平家一門に向かって、琵琶を奏でたのか、その由来をハーンの生い立ちに立ち返り辿ることにする。

先ず、ハーンの家系を書誌に沿って辿ると、父チャールズはアイルランド系の軍医の知識人で、母のローザは無学なギリシャ・キシラ島の女性だった。七歳の時両親は離婚し、母とは生き別れとなり、叔母方で育てられた。少年時代は裕福だったが、十三歳の時叔母が破産し、ハーンは退学を余儀なくされ、学歴も生活費もない人生が始まった。

ハーンの母ローザはギリシャ系の多神教徒で、一神教のヨーロッパ人とは異なっていた。少なくとも、ローザの子ハーンにも異邦人の血が流れていたのだから、ヨーロッパ人より異邦人の母が劣っていると考えることにはならなかった。ハーンにはヨーロッパとは異なったポストコロニアル（反植民地）の思想があった。シェイクスピアの『嵐』に出てくる怪物キャリバンは、植民地にいる原住民で、能力が劣っていると考えられた。

従って、今からおよそ百年前頃、ヨーロッパ優勢型の日本文化学者のバジル・ホール・チェンバレン（Basil Hall Chamberlain）とハーンとは日本理解が決定的に異なり、思想面でも大いに違がっていた。当初、ハーンはピエール・ロチの『お菊さん』に描かれたジャポニズムに惹かれていた。

父と別れた母ローザは若くして死ぬが、母の面影が脳裏から離れず、何時までも心にとどまりトラウマとなった。ハーンは、欧州の白人よりも、カリブのクレオールの婦人や出雲の節子にまで亡き母の面影を求めた。雪女や黒髪にも、男に裏切られ亡くなった異邦人の母への思いが、死んでしまっても何時までも留まっていると考えた。父はケルトの血を引き継いでいた。「ケルトの伝説では、無機物にも、魂が宿り、突如として、間歇泉のように噴上げる」と『失われた時を求めて』で描いたマルセル・プルーストも、父がフランス人で、母がユダヤ人であり、母方の影響から、ジャポニズムの「水中花」にある紙縒り（こより）の不思議な魅力に強く惹かれた。

レヴィ＝ストロースは、プルーストのマドレーヌの味からヒントを得て、近代人が失った舌の感覚を蘇らせてレヴィ＝ストロースは『やきもちやきの土器つくり』に詳述した。

ハーンは十六歳の時、怪我で左目を失明し、もう一つの目も極度の近視であった。それにも拘らず、耳の聴覚が、鋭敏に働き、目の代わりを果たした。ここにも目が見えず耳が無い芳一の原形が見られる。

やがて、アメリカで移民となり、極貧の生活を体験しながら、シンシナテイでジャーナリストとしての文筆が認められた。その後、ルイジアナ州ニューオリンズに行き、そして、旺盛に取材活動をして、執筆活動を続けた。殊に、ニューオリンズで開催された万博で出会った日本文化に感化され、また、ニューオリンズの貧しいクレオールの人たちと生活して共感し、絶えず心の中で、亡き母の面影を追っていた。その後、クレオールの人が住むカリブに移り住み、そこでは『耳なし芳一』に似た怪談『ターバンを忘れた女～煮えないキャッサバの怒り～』等があり、ハーンの心にも止まった。

テネシー・ウィリアムズの戯曲『欲望という名の電車』に出てくるブランチはニューオリンズを彷徨う統合失調症の精神障碍者であるが、友人や肉親たちからさえも見捨てられる。寺山は「ウィリアムズには文学がある」と唐十郎に語ったことがあるが、ブランチは統合失調症患者の虚飾を曰く言い難く伝えている。

また、ニューヨークで読んだ英訳の『古事記』に影響されて、日本に来日することを決意し、一八九〇年四月に来日を果たすことになった。

平川祐弘著『小泉八雲神々の世界ラフカディオ・ハーン』にはフュステル・ド クーランジュ（Coulanges,Fustel de）の『古代都市』が出てくる。その中で「古代人は決して灯を絶やさない」と主張し、「火は祖先の魂」だと考えた。すると、ハーンが『耳無し芳一』で語る平家の亡霊は、人を惑わす死霊だとのみ考えるだけでは片手落ちではないだろうか。つまり御霊は炎となって、命を絶やさない祖先の魂とみることも出来るのではないか。ハーンは『古事記』を愛読したのも、近代人が失った万葉仮名や古代人の魂に惹かれたからではないだろうか。

琵琶法師は、エリザベス朝の宮廷に仕えた旅芸人と同じように、楽器を奏して歌った。シェイクスピアの『十二夜』には結婚式で演奏し歌うミンストレルが出てくる。日本では、腕効きの琵琶法師が、名のある寺に仕えていた。芳一もその一人であろう。

芳一は目が見えないのであるが有能な琵琶法師として楽器を奏し、平家物語を民衆に語った。ハーンが平家物語の典拠としたのは、一説には、一夕散人著『臥遊奇談』第二巻「琵琶秘曲泣幽霊」であるとされる。芳一の場合、生きている人からだけではなく、不条理な亡者からさえも歌と演奏の申し出をされた事を見落としてはならない。

また、当時の人々は、亡者の死体からは、コロナのような病原菌の攻撃を受けて命を落としていたが、千二百年代の鎌倉時代にワクチンのような治療薬はある筈はなく、有るものと言ったら薬師如来像の薬袋か経文だけでひたすら祈る他なかった。

ヨーロッパの中世では十四世紀にペストが流行し、四百年間続いた。アントナン・アルトーは『演劇とペスト』でペストの猛威について書いた。ハーンが小説に描いた『耳なし芳一』をフランス語訳で読んで惹かれ、後に短編『哀れな楽師の驚異の冒険』に翻案した。晩年、またアルトーは『ヴァン・ゴッホ』論を書き、耳切事件を統合失調症として解釈した。

アルトーがハーンの耳なし芳一に惹かれたのは、自ら統合失調症であり、精神分裂症であり、芳一が、怪談とはいえ、異界の亡霊と会話するところにあったのではないだろうか。ディドロは『盲人書簡』で盲人は昼も夜も同じ条件でいると述べている。しかも盲人にはもう一つの目（＝杖）があり、ガリレオ・ガリレイは、そのもう一つの目である望遠鏡を使って、土星の第六衛星、タイタンを計測した。芳一の鎌倉時代には未だ顕微鏡はなかった。だが、ハーンが日本に来て『怪談』を書いていた頃、オランダの医師ヨハネス・レイディウス・カタリヌス・ポンペ・ファン・メールデルフォールト（Johannes Lijdius Catharinus Pompe van Meerdervoor）が一八五七年、咸臨丸に乗って長崎の出島に来日し、顕微鏡を二台持ち込んだのであるから、同時代人のハーンは顕微鏡の存在を或いは既に聞き知っていたのかもしれない。そして、顕微鏡を覗いて未知の存在の細菌を知ったかもしれない。だから、アルトーはハーンのアイデアから「演劇とペスト」を書き、裸眼には見えないペスト菌を思いついた可能性がある。

ところで、芳一が見た平家の亡霊は、望遠鏡や顕微鏡のない時代だったので、心眼で見たと思われる。一方、ハーンは近代人で望遠鏡も顕微鏡も知っている二十世紀の近代自然科学の人であり、芳一が自分で耳を切ったのではなく、亡霊が掻き切ったと書いた。この亡霊は、顕微鏡で覗いてみえた細菌と読み替えることができる。

馬場駿吉博士は耳鼻咽喉科医だが、顕微鏡は、電子顕微鏡ではなく、市販の安価な顕微鏡で、見えない細菌を心眼で探し出す苦労が大切だと述べたことがある。電子顕微鏡で、容易く細菌を見ることは、余りにも容易で、過去の科学者が玩具のような顕微鏡で、苦心惨憺して探し出した細菌を、見つけた時の驚きと感動は味わえないと語っている。

逆説的ではあるが、芳一は、目が見えないので、かえって、亡霊と話せたとも言えるのではないか。盲人にはもう一つの目があり杖を使って、ガリレオ・ガリレイは土星の衛星を計測した。そのように、芳一は闇夜の亡霊を計測して知りあい、話し合ったと言えるのではないか。近代人であるハーンは、鎌倉時代の芳一に成りきって亡霊と話し合ったとも言える。

上田秋成の『雨月物語』には、目の不自由な芳一のように、言い換えれば、感度の悪い顕微鏡のような目をしたハーンが計測して定かな姿をした細菌を見る時のような目は望めない。必死になって眼を凝らして、現とも幻とも思えぬ境目に、芳一は瞼の裏に浮かび上がった平家の亡霊を見たのかもしれない。見ているとも見ていないとも分からない境目にいるのは、コレラ菌のような、無生物としてのＤＮＡであり、細菌である。コレラ菌が人間を襲うときには、目にもとまらぬ速さで襲い掛かってくる。まるで、平家一門の亡霊のようである。

ハーンにとって亡霊とは、いわば、『古代都市』の釜戸の炎のような無生物で、しかも、その炎は絶えることなく死なず、永生の命を持ち続けて、時には人を襲ってくるとも考えた。

あるいは、教会音楽のポリフォニー（多声音楽）は、複数の合唱によって、天使の声となって聴こえてくると言われている。音楽家外山雄三はポリフォニー（多声音楽）の中に神が存在すると信じていた。

耳なし芳一は一人で琵琶を奏して歌うが、必ずしも聞こえてきたのは一人の声だけであったとは限らない。平家一門の亡者のすすり泣きや囁きが聴こえてきたかもしれない。

盲人芳一と似た境遇の身体障碍者に俊徳丸がいる。中世は大飢饉で、栄養失調のため、盲目になってしまい、飢えや疫病で死ぬか、生計を立てるために、琵琶の演奏を身につけ、諸国を放浪し、琵琶で説教節を語った。

俊徳丸は、眼病だったが功徳を積んで目が見えるようになった。薬のない時代だったので功徳が薬代わりになり、修業に勤め治療に励んだと思われる。世間からは疫病患者として、遺棄され見捨てられて、大抵の患者は野垂れ死にするか、餓死するかで、死に絶えたが、運よく、駆け込み寺に隔離されたりして、修業を積み、御経を唱え、そのおかげで奇跡的に疫病から快復し、目が見えるようになった人もいた。

琵琶奏者の芳一は、耳を失ったけれども、一命は取留めた。命を救ったのは経文のおかげであった。

耳なし芳一が語る『平家物語』は、平家の物語を記した『吾妻鏡』を典拠にした妖怪譚で、やがて、芳一が琵琶を奏でて「壇ノ浦」を語る。

ハーンの書いた『耳なし芳一』には原話があり、『怪談・奇談』で読むことが出来る。

カリブには原住民のクレオールの言葉を話す人がいて、フランスの植民地時代だった頃の原住民がピジン・フランス語を話すのをハーンは聴き取り小説『カリブの女』に活かして綴った。

バーナード・ショーは劇作『ブラスバンド船長の改宗』（一八九九）の中で、ドリンクウオーターがピジン英語を使って話す場面を描いたのであり、ショー自身はピジン英語の提唱者でもあった。ベトナムには第二次大戦中日本軍が住み、原住民が日本語を使って話して、現在も、ベトナム語に日本語がかなりの数が混在していてベトナム語化して使われている。

また一説では、カリブの巷にはクレオールの妖怪談があり、これが、『耳なし芳一』の原型になったという説がある。やがて、ハーンが日本に来て、小泉セツから、『耳なし芳一』の妖怪譚を聞くことになる。

寺山修司は一九六七年四月十八日草月会館で、見世物の復権を掲げて天井桟敷を旗揚げした。そして、『青森県のせむし男』を上演した。物語を語る説教節にのせて、鎌倉時代の医療のない頃、琵琶を演奏しながら、民衆の血涙を誘って生き延びてきた伝承音楽のように、劇では津軽三味線によって物語に沿って伴奏する。

また盲目の芳一が琵琶を演奏することで思い出されるのは、近代では谷崎潤一郎の『春琴抄』をサイモン・バクバニーニーが演出した、盲目の琴の奏者春琴の境涯がある。

『青森県のせむし男』は大正時代という時代設定ではあるが、地方の山奥の鄙びた寒村が時代背景にあるせいか場所がはっきりしないし、時間も曖昧になる。或いは、ハーンの『耳なし芳一』の方が、鎌倉時代という時代より後の話であるけれども、地理的背景が、距離的にずっと山奥の昔の廃屋を思わせる。そのために、時代背景は、物語がこの世の出来事ではなくなり、リアルな感じがしない。つまり、この世の出来事から離れた怪談やお伽噺の世界を想起させてしまうのである。

ハーンの芳一が特異なのは、近代医学治療のない時代に、悪霊の祟りで一命を失う瀬戸際、耳を失ったものの、一命を取り留めることが出来たことである。

寺山修司は『邪宗門』で芳一の耳が切り落とされても、耳は死なず、生きて舞台を動き回り、一種の滑稽さも、表わした。

寺山の映画『草迷宮』には、二人の明が出てきて、一人は狂女からの誘惑を、芳一のように経文を体に書いて防いだ。だが明は、狂女ではなく母からの誘惑に負け、近親相姦を犯し、しかも、もう一人の弟の明の方が濡れ場を目撃して、罪意識に苦しみにかられて、川の水に溺れて死ぬ。

いま一度この場面を振り返ると、寺山は、『草迷宮』を映画化した際に、明をダブルにして、兄と弟のように分けて、二人を、狂女だけでなく、母にも誘惑される場面に読み替えて女性の誘惑をダブルにした。定石通り、弟は狂女の誘惑を経文で逃れるのである。ところが、予期せぬ事件が起こり、その不条理に、巻き込まれる、つまり、不意を突かれるようにして、弟は、兄と母の近親相姦を目撃してしまう、その結果、明が最も恐れていたことが発生して、不条理にも川に引き寄せられてゆき、川の対岸にいる母を見つめながら水に流されて溺死してしまう。

九條今日子さんによれば、「寺山は、たとえ目の前の川で溺れている人がいても、自分から助けなかった」という。というのは、手短に言えば、寺山は泳ぎが出来なかったので、川には近寄らなかったからだという。明が川に入るのは、無抵抗に、しかも無意識に恐怖に引き寄せられて、川の中にずるずると引きずり込まれるもう一人の自我が存在し、無抵抗に引きずられて溺死に巻き込まれる事を描写している。

言い換えれば、芳一と芳一の耳とを二つに分けたようにして、今度は、寺山は、明の兄と弟に分裂させたうえ、魔女の誘惑を狂女と母親とにダブルにして、描いてみせたのである。

この原型は、寺山がルイス・ブニュエルの映画『アンダルシアの犬』で二人の同じ人間のうち、一方の自分がピストルで片方の自分を撃ち殺すところから取ってきたものと思われる。というのは、もともと芳一と芳一の耳に分裂させたところに原型がある。寺山が『草迷宮』で明を二人に分裂させ、狂女と母親もまた分裂させたのである。また、『邪宗門』では、等身大の耳と芳一が登場する。『青森県のせむし男』では、マツキチが分裂して二人のマツキチが現れる。一方は、死者として、一方は生者としてである。

しかも、どちらのマツキチが死者なのか、或いは、生者なのか曖昧なのであり、そのうえ、その分かれ目が時間的に食い違っているので、計測できず、結局、生きているのか死んでいるのか判然としないのである。更に言えば、マツキチの母、マツが、マクベスの魔女のように二枚舌で、「マツキチを殺した」と言ったり、川に流して捨てたので生きているかもしれない、と言ったりする。

更に言えば、『青森県のせむし男』のモデルとなった説話の石堂丸では、石堂丸を待つ母は、石堂丸が母に会いに来たとき、既に死んでいたのであるから、死者の母に会ったということになってしまい、そうであるなら、母マツはいったい何者かと言うことになる。マツキチが生者だとすれば、母のマツは亡霊になり、或いは、マツキチが亡霊なら、母のマツは生者になってしまう。ここにも、『草迷宮』で狂女と母の誘惑がダブルになっている原型が『青森県のせむし男』のマツから窺い知れてくる。

ハーンは生き別れした母を長い間求め続けていたのであるが、遂に、瞼の母の面影を小泉セツに見出したともいえるのではないか。『古代都市』に描かれているような釜戸の火として、人の魂はいつまでも死なず、霊が生き続けていることを、ハーンは身をもって『耳なし芳一』の死霊に描いた。

寺山の書いた戯曲『身毒丸』でしんとくは、死んだ母が歌っていた歌を求めて亡き母を求めて巡礼する。或いは、寺山の母ハツは長期間九州に出稼ぎに行っていて、家に長きに渡り不在であったため、このあまりにも長い不在の後になって帰宅した母は別人のように思えたのかもしれない。

寺山がハーンの母ローザとの生き別れした話を何時頃から知っていたのであろうか。『耳なし芳一』の怪談はよく知られていたので、寺山がハーンの生涯にも興味を持っていたことは容易に推測できる。

寺山が母恋物語の典型として『石堂丸』に傾倒していたのであるが、多くの作品に現れる母恋物語の原型は石堂丸を典拠にしていた。

いっぽうで、寺山の作品にしばしば現れる『耳なし芳一』に関連した作品が断片的ではあるが表れるので、寺山がハーンの『耳なし芳一』に深い関心を持っていて『青森県のせむし男』、『草迷宮』、『邪宗門』に引用したことも容易に推察できる。従って、寺山がハーンの母恋が無関心だったとは考えられない。

寺山にはドラマ『疫病流行記』がある。ハーンが日本に来たとき、コレラが流行していることに関心を持ち、記事も書いていた。もう一つ見逃していけないのは、アントナン・アルトーがハーンの『耳なし芳一』を読み翻案した事である。ダニエル・デフォーが書いた『ペスト』があるが、新聞記者デフォーの時事性が強いのでは、寺山の『疫病流行記』に現れる怪奇幻想性とはあまり似ていない。むしろ、アルトーの「演劇とペスト」に描かれた神懸かかったドラマツルギーに近い。

寺山の『疫病流行記』で、登場した女性が「私はあなたの病気です」という。この台詞は、むしろ耳無し芳一が悪霊から聞いた「芳一は何処だ」という恐ろしい呪文の方に近い。コレラが擬人化した例であり、又悪霊の怒号も擬人化して表わした例とみなすことが出来る。

寺山の母ハツは、生前、実際、本人は生きているのに何度も俳句や短歌で、「殺された」と証言している。


亡き母の位牌の裏のわが指紋さみしくほぐれゆく夜ならむ

亡き母の真っ赤な櫛で梳きやれば山鳩の羽毛抜けやまぬなり

寺山は、生きた人間と死者が共存する劇『花札伝綺』を書いている。主人公の鬼太郎は死者になると女性に変わる。また、葬式屋の女房のはかは死の世界では男性に変わり、女になった鬼太郎を誘惑する。寺山の描く母親は、父親のような乱暴な振る舞いをする。『身毒丸』の母親は男勝りである。従って、寺山が短歌で歌った母の歌には、感染症で死んだ父親と一体になった母の姿が浮かんで見える。

また、寺山が好きだったサルトルの映画『賭けはなされた』には死者と生者が共存する。それに、第二次世界大戦中、または、戦後には、多くの人が戦争で亡くなり、「死の国」を扱った作品が多く書かれた。寺山自身も戦後戦地で戦病死した父の死に遭遇していて死者を身近に感じていた。

寺山は、芳一の耳が、死んではいなくて生きていると信じて劇作した。この原形は、ハーンの『耳なし芳一』、『雪女』や『黒髪』にも霊が分身となって付き纏うようにして見られる。

寺山は、アントナン・アルトーの分身に影響されて、『青森県のせむし男』、『田園に死す』をはじめ、おびただしい数の挿話を自作品の中に、分身として披露した。

「演劇とペスト」でアルトーは疫病が猛威を振るった後では、「死者の体に、疫病の痕跡が見られなかった」、と書いている。感染症で亡くなった人の体から細菌が消えてなくなるのを見て不思議に思ったのであろうか。更科功博士は、細菌は無生物なのでたんぱく質が自分では生産出来ない、だから、たんぱく質を自ら作る人間が死ぬと、細菌はほこりや垢のように死体から剥がれて消えてなくなるという。感染症で身体中が膿だらけで苦しんでいた病人が亡くなってしまうと、うそのように身体が健常者のように綺麗になっているのを見かける。

寺山は、短歌では現実にはいない弟を歌っている。これもアルトーの「演劇とペスト」の影響であろうか。

新しき仏壇買いに行きしまま行方不明のおとうとと鳥『田園に死す』

寺山には弟がいなかったので、仮に居なくなった弟をペストの暗喩と考えるなら、仏さまになった死体から弟と鳥が一緒にバタバタと飛び去って行ってしまったという、光景が瞼に浮かぶ。

寺山は散文詩集『地獄篇』(一九七五)で、十三潟村で死んだ娘チサは、生まれてきた妹スエの生まれ変わりだと語っている。つまり、生まれた子は死んだ娘の生まれ変わりだから、生まれた時から死んでいると述べている。寺山の原点にあるのは、耳なし芳一であり、芳一の耳は、死んで無いけれども、死霊となって生きているように見えるのであり、亡霊のような姿を暗示しているのである。

『青森県のせむし男』、『草迷宮』、『邪宗門』には、ハーンの『耳なし芳一』の分身のような、つまり、琵琶、経文、等身大の耳が劇中の重要な小道具として、生き物のように機能している。

寺山修司の描いた耳なし芳一の耳は、無機物であるけれども、人形劇のような、つまり生命のない人形のように機能する。殊に、『邪宗門』の終幕で、登場人物の山太郎達が、糸人形師が操る人形のように糸に絡めとられ、身動きが取れなくなって動かなくなるように演出している。けれども、芝居が終わり、関係者が全員舞台上に現れて芝居のからくりを明らかにして見せたうえで、そのうえで終幕となる。

寺山は『疫病流行記』でコレラ菌により人間が絶滅する終末を表わした。しかし、コレラは無機物なので、人間のように蛋白質を生み出せない。だから人間に寄生しているコレラは人間が死んでしまっては寄生できず困るのである。馬場駿吉博士は、コレラはワクチンによって滅びるが、もっと強烈になって、突然、姿を現すと言う。また更科功博士は、細菌は人類が誕生してから同時期に発生したと述べている。

耳なし芳一の耳を奪った妖怪はコレラ菌の暗喩であり、再び襲ってくることをハーンは予見していた。

寺山は自作の『疫病記流行記』の中で次のように書いている。或る女が登場し

「あなたは、私の病気です」

と言う。その理由は、人間には体の一部として耳があるが、耳だけでは独立して生きてはいけない、そこで、幽霊に掠ぎ取られた耳は、まるで、無機物の細菌のように化けて、今度は、芳一に向かって襲い掛かってくるのである。

ハーン自身は『耳なし芳一』の亡霊を挿絵に描いている。観方によっては、悪霊に掠ぎ取られた耳が、そのまま悪霊に変わったようにも見える。雪女にせよ黒髪にせよ、死者が生み落とした悪霊とも読み取ることが出来る。とすれば、芳一の耳も悪霊となったと読み取ることが出来る。また、統合失調症でいえば、雪女や、黒髪や、芳一の耳は、人間が、体の一部を失ったばかりか、その喪失した一部のものからも、苦しめられ、命を脅かされることになる。

二章　寺山修司の『草迷宮』と天野天街の『平太郎化物日記』に於ける「分身」

はじめに

泉鏡花の『草迷宮』は、『平太郎化け物日記』のような化け物が出てくる雰囲気を漂わせながら未解決のままオープンエンディングで終わるので、鞠や化物屋敷の小道具や舞台装置自体だけが、重要な劇空間の雰囲気を表わす為の役割を負っている。寺山修司の映画『草迷宮』も、鏡花の影響を受けて、『奴婢訓』、『青ひげ公の城』、『中国の不思議な役人』のように主人公の脱ぎ捨てた衣装が散乱しているだけで化物が現れないで終わる。寺山は『青森県のせむし男』を書いたころから、『石堂丸』に関心があり、亡き母を訪ねる母恋物語を書き始め、『身毒丸』へと発展していく。生前母が歌っていたとされる蹴鞠歌が重要な働きをしている。寺山にとって『草迷宮』は母の胎内の記憶へと繋がっていく。鞠は、子宮であり、母であり、失われた記憶が夢に現れて苦しめる舞台装置になっている。『アンダルシアの犬』のダブルの影響が、初期から在って、『草迷宮』には明が二人出てきて、鏡花の『草迷宮』とは異なった異空間を形作っている。

泉鏡花の『草迷宮』

泉鏡花が小説『草迷宮』に描く小次郎法師と明は夢の中で無意識に心を通わせている。明は眠りにおちて夢を見る。

その夢の中に、小次郎法師が現れる。はじめに、小次郎法師が秋谷邸を訪れる。葉越明が住んで居るのであるが、幼い時に母を亡くし、亡き母が唄った蹴鞠歌を追い求めている。また、秋谷悪左衛門なる悪魔が棲みついているのであり、菖蒲という名前の明の幼馴染もいて、蹴鞠歌を知っており、小次郎の前で歌ってみせる。その歌を故郷の涅槃会で聞いたことがあった。眠っていた明が目覚めかけると、菖蒲は小次郎に会釈し立ち去ってしまう。

物語は三部からなっており、はじめに小次郎法師の旅物語がある。秋谷に来て泊まるが、そこで怪異を見る。次いで、明の旅が展開する。母が亡くなった後、唄っていた蹴鞠歌を求め、秋谷に至って見つける。更に、魔物の旅があり、大きく展開し、近づいた村人に怪異を使って寄せ付けようとしない。

前半では、茶屋の老婆が小次郎法師に語りかける。中番では、婆さんの旦那の宰八が現れ仁右衛門と一緒に屋敷に向かうことになる。後半になると、秋谷亭で化物事件が起こる。このようにして緊要な挿話が幾つも重なりあい、次第に迷宮が形作られていく。子産席伝説が語られ、とうりゃんせの童の歌が展開していく。その最中、二組の母子と父が死ぬ事件が起きる。また、川を流れてくる手毬と猫の死骸の挿話が出てくる。

また秋谷邸では怪奇現象が次々と現れ出る。物語と平行して、子供の七五三で死んだ子を想起させる唄が鳴り響いてくる。更に、七五三の歌が、不気味で、しかも、曖昧な感覚を想起させるのである。

伝説上の三浦の大崩壊や子産石伝説が次々と現れ、展開していく。そのような雰囲気の中で、屋敷には、悪左衛門と菖蒲が住んでいて、不思議な現象が起こる。ところが、緊要なことに、怪奇現象は破局を引き起こす前に、何の決着も起こさないで、大団円で退散してしまう。

寺山修司の映画『草迷宮』

次に寺山の映画『草迷宮』を見る。鏡花の『草迷宮』では明は文字通りただ一人登場するのであるが、寺山版では、二人の明（少年と青年）が登場する。このコンセプトはアントナン・アルトーの『演劇とその分身』に典拠がある。映画ではルイス・ブニュエルの『アンダルシアの犬』に同じ二人の男性が出てきて、一方が他方を拳銃で殺してしまう。映画『草迷宮』では少年の明のほうが川で溺れ、死んで弔いが行われる。寺山は分身を他の劇でもしばしば使っている。或いは、また、鏡花の『草迷宮』に描かれた菖蒲は、寺山版では互いの分身として、母と狂女に分裂し、愛しあってはいけない関係を産み出し、母子相姦を紡ぎだす。

母　明かえ…ほら、おまえをもう一度、妊娠してやったんだ。（一八二頁　フィルムアート社、一九九九）

『身毒丸』では母ではなくて、身毒の方が継母に向かって妊娠してほしいと絶叫する。

しんとく（ふいに母の着物を脱ぎ捨てて）お母さん！もういちど、ぼくをもう一いちど、にんしんしてください！

（四六頁　思潮社、「寺山修司の戯曲　六」、一九八六）

このように、寺山の『草迷宮』では、明の母のほうが息子に妊娠を求めるのであったが、他方『身毒丸』では反転してしんとくのほうが、継母に妊娠してほしいと迫る。このようにして『身毒丸』のしんとくと継母は近親相姦を紡ぎだすのである。しかも、既に、処女作『青森県のせむし男』でさえ、母マツは、分身の術を使って、息子松吉の愛人と、同時に母となり、オイディプスコンプレックスを醸し出している。

鏡花は『草迷宮』に出てくる明少年と小次郎をそれぞれ別人として描いているが、寺山は小次郎の他に、二人の明を描くことによって、一人は家を、もう一人の明は旅を象徴した。こうして、寺山版『草迷宮』では分身の術で明を二人描き、明少年のほうが、青年の明と母の情事を見る。『田園に死す』でも、少年の私と大人の私が分身の術で出てくる。

そのふりむいた恐山の稜線に、一人、二人、三人…と十人をこえる少年時代の私が、同じように柱時計を抱いてゆっくりと夢魔のようにあらわれて立つ。（九四頁）

『田園に死す』では少年の「わたし」の方が人妻に恋をする。だが、家出を約束した人妻の化鳥は、少年の「私」ではなく、突然現れた愛人の嵐と心中してしまう。

中世文学の『石堂丸』（九九四年）では、子は父を探しているが、息子の帰りを待つ間に母は死ぬ。寺山は、母が石堂丸を待っている気持に親子以上の愛情を読み取った。そこで処女作『青森県のせむし男』では母のマツと女浪曲師を通して息子松吉への異常な愛情を描いた。この母子関係は寺山の『草迷宮』の明と母と狂女との道ならぬ愛として描いた。母親が留守にしているとき、明に魔性が取りつかないように経文を明の身体全体に書き込んでいる。これは耳なし芳一の身体に書かれた経文に典拠がある。

巌谷小波は、鏡花が『草迷宮』を描いていた頃に、お伽噺『平太郎化物日記』を描いた。物の怪が出てくる点では、題材が似ている。だが、鏡花の『草迷宮』では、悪魔が明の勇気に感心して二度と表れないと約束して退散する。

巌谷小波は、同人の硯友社には尾崎紅葉が居たが、博文社で働きながら童話を描いていた。紅葉は鏡花の先生であった。

天野天街の『平太郎化け物日記』

天野は『平太郎化物日記』を脚色して人形劇を描いている。江戸時代の備後で、三次の稲生家に化物騒動があった。十六歳の稲生平太郎は触れてはならない古塚に触れてしまい、魑魅魍魎の化け物が夜な夜な出没することになる。だが、勇敢に立ち向かう。化物は平太郎に襲い掛かり、奈落に誘い込む。だが、すんでのところを切り抜ける。ついに悪玉の大魔王が現れるが、平太郎の勇気に感服し、二度と表れないと約束して、三千世界に帰ってゆく。この場面を鏡花は『草迷宮』に書かなかった。『平太郎化物日記』と『草迷宮』と同工異曲であるが、鏡花の『草迷宮』には化物退散の筋立てが曖昧になっている。鏡花は童話の鬼退治よりも、魑魅魍魎の妖怪の雰囲気の方を重視することにしたからだと思われる。

原作の『平太郎化物日記』について、天野は貸本屋で育ったせいか、文字で表記した物語よりも、紙芝居『桃太郎』の鬼退治や漫画の活劇を好んだような気がする。グリムの『黄金の鳥』*Der goldene Vogel*は勇敢な王子が黄金の鳥を探し求める童話であるが神話のようでもある。従って、人類学者のジェームズ・フレイザーの著作『金枝篇』を連想させる。寺山の『草迷宮』は鏡花の魑魅魍魎の世界と、文化人類学のコンセプトとがまじりあっているように思われる。実際、寺山は詩集『金枝篇』を上梓している。

『平太郎化物日記』の原点を遡ると、先ず、平田篤胤の『稲生物怪記』がある。時代が下って稲垣足穂には『懐かしの七月』があり、化け物が、森羅万象ではなく、人間の形をした亡霊の姿を借りて出てくる。折口信夫は原典を詳説して描いた『稲生物怪録』を残している。三島由紀夫は『文学論』の中で『稲生物怪記』を挙げて詳細に論じている。

近年では、アニメーションの『鬼滅の刃』で、妖怪の出現の場面を輪廻転生として描いている。この点では、安藤紘平早稲田大学名誉教授も映画がアナログからデジタルの移行期に、寺山の『田園に死す』を、相対性理論に基づいて、映画『アインシュタインは黄昏の向こうからやってくる』で祖父、親、子を輪廻転生として次から次へと表れてくる宇宙を描いた。

天野の『平太郎化物日記』の異色なのは、糸の操り人形で、昆虫や花々まで使って描き、妖怪として演じさせているところだ。無セキツイ動物のミミズが話し歌う場面は、レーモン・ルーセルの『アフリカの印象』に出てくるミミズの歌を思わせる。西洋音楽を除けば、ミミズの歌はバリ島のケチャ踊りと音楽を連想させる。ルーセルがバリ島の踊りを知っていたかどうか定かではない。だが、アルトーは本場のバリ島ではなく、パリ万博の展示会場でバリ島の音楽に感化され新しい演劇の誕生を知った。天野の『平太郎化物日記』の虫や花の踊りを見て衝撃を受けた。前進座や中村勘三郎の芝居で舞台上を飛ぶ蝶々を観たことがある。それにもかかわらず驚愕を覚えた。その後でぶつかったのがレーモン・ルーセルの『アフリカの印象』に出てくるミミズの歌であった。

寺山は『草迷宮』を一九七九年にオムニバス映画『プライベート・コレクション』(Collections privées) 中の一編として、映画化した。一方、天野は人形劇『平太郎化物日記』を二〇〇四年大阪の吹田メイシアターで上演している。両作品とも、妖怪を扱っている。寺山の妖怪は人間の形をしているが、天野の『平太郎化物日記』に出てくる妖怪は森羅万象を表す気配である。森羅万象を、人形を使って表している。その意味では、寺山は唯一の人形劇である『狂人教育』を一九六二年ひとみ座で上演した。最終場面で複数の人間が一つの塊になって妖怪に変身して姿を現し、首をちょん切って殺してしまう。

天野は澁澤龍彦原作『高丘親王航海記』を人形劇に脚色して上演している。上演方法は、『平太郎化物日記』に似ていて、妖怪のタイガーが高岡親王に襲い掛かり食べてしまう。

寺山は『草迷宮』で明を少年と青年の二人に分裂させて、青年の明が母と愛し合い、もう一人の弟の明が覗き見しているという風に分身を使って描いた。寺山は、『田園に死す』で少年の「私」がいつの間にかいなくなった」と書いている。けれども、『草迷宮』では少年の明は川で溺死し、青年の明が残る。『毛皮のマリー』では、欣也少年は、さなぎになるが、天野は、平太郎の分身を使って、ちょうど、映画のスクリーンを使って、平太郎の映像で分身を現した、天野は漫画やアニメが好きで、その画像を変幻自在に使い、妖怪として表した。

天野の映画『トワイライツ』にはトウヤ少年がスクリーンに分身として登場する。『トワイライツ』には、台本がなく総て絵コンテのみである。『平太郎化物日記』の台本も、台詞と絵コンテが並列して列挙されている。最後の十五頁は絵コンテだけでできていて全体の三分の一近くを占めている。黒澤明の映画台本もラストシーンは絵コンテで占められているとシナリオ作家の橋本忍が証言している。一方、寺山は、絵コンテよりも、写真を使ってラストシーンを描いている。寺山の『さらば方舟』のラストシーンはフィルムと写真の合作である。

両者の共通しているのは妖怪が人間を襲いかかるところである。寺山の作中人物は姿を表わさない妖怪に苦しめられるが、天野の妖怪は、縫いぐるみを着た獣が作中人物を実際に襲う。唯一の例外は寺山の『狂人教育』で、人形の蘭は怪物によって首を切って落とされる。

天野が森羅万象と戦っているスタイルは『高丘親王航海記』の冒険譚に顕著である。天野によれば、「寺山の『田園に死す』の映像に少年の分身が現れると処に感化された」と述べている。この感化された映像は『トワイライツ』でトウヤ少年が何人も遺影写真として登場する場面に反映されている。

三章　唐十郎と寺山修司〜シェイクスピアの迷路〜

はじめに

唐十郎（一九三九―）が、かつて寺山（一九三五―八三）の『書を捨て町に出よう』や『誰か故郷を想はざる』に影響を受けたと述べたことがある。そこで、実際、「寺山をどう思っているのですか」と、お尋ねしたことがあった。だが、返事がなかった。後日、二〇〇八年一〇月八日早稲田大学で、アングラの真話・反神話―「国際研究集会・六〇年代演劇再考」開催にあたって―のプログラムの中に、唐の講演会があって、「寺山さんを演劇の先輩として尊敬しています」と話すのを聞いた。

随分前から、唐と寺山の芝居を度々見に行き、寺山と似ているところ、違うところに気が付き興味を持ってあれこれと探索した。結局、唐の作品や評論など一切を総て纏めて読んだうえで、評価しないと、寺山との違いは分からないと気が付き、全作品を読むことにした。その結果、唐が寺山よりも遥かに優れているところがあることが解ってきた。

先ず、唐の略歴から紐解いてみよう。生まれた幼い頃から青年時代にかけて、真面目な演劇青年で、父親が実際映画制作に関係した仕事の手伝いをこまめにしており、唐はその環境で幼い頃から映画に深く関わって育ってきたこと、そして、専門的に演劇を学ぼうとして志を立てて、明治大学演劇学部に通い授業を真面目に出席し、卒業するまで一貫して研究していたことが分かった。そこで、ここで、唐の演劇活動を紐解いて、全貌を俯瞰してみたいと思う。

唐十郎は学生時代、明治大学の演劇科で新劇を学んだが、何故寺山のアングラに影響を受けたのだろうか。その理由の一つは、唐が小山内薫以来の新劇に受け入れられなくて、寺山と同じような状況に置かれていた事が挙げられる。

福田恒存はアングラ批判で「寺山は銭湯で上演し、唐は新宿の公園で公演している」と『新劇』誌上で批判し、正統派の演劇から逸脱していると考えた。また唐の岸田國士賞授与にも反論した。福田は、シェイクスピアや近代英国演劇を翻訳し上演してきたG・K・チェスタトンの正統派的な伝統演劇の騎手であった。東京の現代演劇協会での稽古の時、シェイクスピアの原文をいつも傍らに置いて台本と照らし合わせながら劇を演出していた。原書を演出の傍らに置いて演出する方法は、安西徹雄、喜志哲雄、安倍公房ら各氏にも見られた。

高取英が亡くなる数年前に月食歌劇団の稽古場で立ち会った。その後の帰り道、福田恒存の稽古について質問を受けたことがあった。

福田の稽古の時の緊張感は、針一本落ちても聞こえる譬えを思い出して話した。同じような体験は、中村翫右衛門が稽古場に入ってきた時の緊張感とも似ていた。違うのは、翫右衛門の長谷川伸を思わせる大衆演劇の芝居作りと、福田のG・K・チェスタトンの『正統とは何か』にある英国の正統派的な演劇作りとであった。

高取英は、寺山研究の第一人者であり、寺山修司の自伝を書き、短歌や演劇を大集成して研究してきた。新宿紀伊国屋ホールでの『寺山修司:過激なる疾走』公演をはじめ、寺山の芝居を立て続けに再演し続けた。だから、その気にさえなれば、福田のような正統派的な芝居作りをすることが出来た筈だと思っていた。ところが、それをしなかったのは、サブカルチャーの時代精神であり、観客が、高取にそれを一番強く求めていたからである。ロンドン大学のデヴィッド・ブラッドビー教授が言ったことであるが、「時間さえあれば、シェイクスピアは何時でも演出出来る」と述べた。

唐がシェイクスピアの『ロミオとジュリエット』や寺山が『バルトークの青ひげ公の城』の原文の台本を演出の傍らに置いて、厳密に精査しながら演出したかどうかは記述がないので分からない。

唐は明治大学の演劇科に在学中、熱心に講義に出席して、研究に励み卒業した。他方、寺山は当時不治の病だったネフローゼの治療で苦労したが、遂に早稲田大学を休学し、やがて退学してしまった。結局、独学で演劇を学ぶことになった。

唐が学んだ明治大学部演劇科は岸田國士の文学座を基盤とするフランス演劇と関係があり、ジロドウ、アヌイ、サルトルの『シチュアシオン』(状況)や、バタイユの『眼球譚』等に感化された。

一九六三年に劇団「シチュエーションの会」を旗揚げし、翌年の一九六四年には劇団を「状況劇場」に改名した。一九六七年八月に「紅テント」を新宿・花園神社境内に建て、『腰巻お仙―義理人情いろはにほへと篇』を上演した。しかし花園神社から立退きを勧告され、赤テントを新宿中央公園に移動することになった。しかし、公安条例違反で、機動隊二百人に囲まれる事態に発展した。だが、そのような状況下にあったにも拘らず上演を強行し、マスコミに注目され、アングラの旗手として持て囃されるようになった。

『少女仮面』では腹話術を披露し、一九七〇年に十五回岸田國士演劇賞を受賞した。西堂行人は『証言日本のアングラ演劇革命の騎手達』で唐演劇の神髄を論じている。

唐は、韓国詩人キムジハと戒厳令下のソウルで一九七二年『二都物語』を合同公演し、その実録は、エッセイ『日本列島南下運動の黙示録』誌上で発表し、当時の政治状況を生々しく記した。『時よ、お前は美しい』の金久美子の演じる女優は不思議な感覚の持ち主で、田中英光の『酔いどれ船』に出てくる韓国人の女性を思わせた。在日韓国人三世の血筋の女性にしか表せない感覚を、唐は彼女を通して表現してみせた。

寺山は、一九七二年のミュンヘンオリンピックでテロ発生後抗議活動に不参加した。「芸術は舞台で成就されるべきである」と主張し、『走れメロス』の上演を中止した。

状況劇場の主宰者唐十郎が、土方巽の暗黒舞踏を念頭に『特権的肉体論』を著し、訓練された普遍的な肉体でなく、各役者の個性的な肉体が舞台上で、特権的に「語りだす」ことを目指し、寺山の「ハプニング」劇に反論した。

当時、アングラと呼ばれたのは、寺山の「天井桟敷」、鈴木忠志の「早稲田小劇場」佐藤信「黒テント」つかこうへい事務所であった。

寺山は文学座のアトリエ公演で一九六二年『白夜』を、また劇団四季で一九六〇年『血は立ったまま眠っている』を脚本に書き、傍らで、両劇団の芝居を見て少なからず影響を受けた。そして、天井桟敷の前進なかま（早稲田大学演劇部）で東由多加らと共に『血は立ったまま眠っている』を上演した。

アングラとは、シェイクスピア学者の安西徹雄によれば、新劇と異なって、アメリカの小劇場（アンダーグラウンド）運動の影響を受けた演劇運動の事であり、ユージン・オニールの『あ、荒野』などから影響をうけたという。寺山の小説『あゝ荒野』はオルグレンの小説『あゝ荒野』の影響がみられた。

唐十郎は赤テントを使って、芝居を劇場外で上演し、寺山は市街劇『ノック』を劇場外の広い町全体に広がる東京の阿佐ヶ谷市街の空間で公演した。

唐は、シェイクスピアに傾倒して、*Shakespeare Fantasy* by Kra Juroや、エッセイ『唐版俳優修業』（一九七七）や、『シェイクスピアとの一夜』（一九七七）等でポストモダン的な発想による独自の解釈によりシェイクスピア論を開陳した。

唐は、韓国、ベンガル、パレスチナや、南米で公演し、現地で原住民の言葉を覚え、稽古をしたうえで、芝居を挙行したのであるが、欧州には行かなかった。殆ど劇場外で公演を行ったけれども、瀧口修造や赤塚不二夫らが支援して、古くなったテントに代わって新しいテントを買って代金を払ってくれた。

唐は、巖谷國士訳ブルトンの『ナジャ』から影響を少なからず受けた。パレスチナで『唐版風の又三郎』（一九七四）を公演し、エッセイ『風にテント胸に拳銃』に詳しく上演の模様を活写した。

バングラデッシュでは『ベンガルの虎』（一九七三）を公演し、インパール白骨街道の生々しい状況を再現した。澁澤瀧彦や土方巽が唐を支持し、シュルレアリスムでは、扇田昭彦が唐も寺山も両者を支持した。

寺山はネフローゼで新宿区西大久保の社会保険中央病院に入院し、病院の支払いに困っていた。その矢先、谷川俊太郎が見舞いに訪れ、その際、紹介されて、ラジオドラマで『中村一郎』を書くことになった。続いて、放送劇を次々と発表した。他にも、人形劇『狂人教育』を脚色して上演した。

寺山はヨーロッパ公演では金銭のやりくりに困って、芝居関係者は現地集合であった。当時安藤紘平教授はＴＢＳ制作で加橋かつみと寺山の対談をパリで企画し、欧州公演の一部の経費を賄った。

寺山は、エレン・スチュアートが支配人のニューヨークのラ・ママシアターで現地人を雇い劇場公演を果たして、『毛皮のマリー』を上演した。

唐はソウルでハングルを使って李麗仙らと『二都物語』の上演を果たし、またバングラデッシュでは、現地で『ベンガルの虎』をベンガル語に翻訳して、上演し、更に、パレスチナでは『唐版風の又三郎』をアラビィクに翻訳して上演した。この頃、唐の芝居にはバタイユの『マダムエドワルド』の影響が見られる。

寺山修司は『青森県のせむし男』の上演で、土方巽の暗黒舞踏やバタイユの『マダムエドワルド』の雰囲気を再現しようとした。寺山はドイツ、ロンドン、パリ、ポーランド、ニューヨーク、そしてイラン公演を果たしたが、海外公演には、ニューヨークのラママ劇場支配人のエレン・スチュアートが同行した。

唐が関係した、中平康監督の映画『夏の嵐』（一九五六）に土方巽が出演し、暗黒舞踏を披露した。若松孝二監督の『犯された白衣』（一九六八）には、唐が役者として出演した。

金守珍の演出『夜を賭けて』で、唐は好演している。また、大島渚監督の『新宿泥棒日記』（一九六八）にも出演した。この頃、ブニュエルの映画『アンダルシアの犬』から多大な影響を受けた。

寺山がビデオと写真を使った技法による「分身」の描写は、アントナン・アルトーの『演劇と分身』からの影響が見られる。『田園に死す』、『草迷宮』、『さらば箱舟』における実験映画を使った分身の術は、更に安藤紘平早稲田大学教授のビデオ『オー・マイ・マザー』に、木暮美千代とおかまとレスビアンの写真を張り付けて回転させた映像によって独特な解釈を付けくわえ、その映像技法は継承された。

寺山はドラマ作品『さらば映画よ』で、当時亡くなったハンフリー・ボカートが映画のスクリーンの中では生きていると解釈して劇を上演した。そして、演劇と映画がドッキングした『ローラ』を制作し、観客役の森崎へンリクが、切り込みが予め作ってあるスクリーンの中に飛び込んで、映画に入ったり出たりする次元を超えた映画を作製した。

一方澁澤龍彦が唐の演劇『犬狼都市』に関心を懐いて、「盲導犬解説」の評論を執筆した。演出家の蜷川幸雄は『泥人魚』で泥水の演技メソードを作り上げた。不忍池の泥水の中ばかりでなく、ベンガルの海外公演や、或いは筑豊で、真夜中、雨降りしきる中を公演し、ぬかるんだボタ山に登り、泥炭にまみれて、深夜に渡って、明け方まで続いた公演はそのエネルギーが圧巻で、後世に語り継がれた。

唐は小説『佐川君からの手紙』の映画化について、エッセイ『風に毒舌』の中で語り、大島渚が企画し、寺山が脚本を担当する予定であった。寺山は若死にしたけれども、死後も唐のアングラと共に生きている。

日本のシェイクスピア

唐十郎は「日本のシェイクスピア」と、かなり前から、西堂行人や他の演劇人から言われてきた。[1] そこで、以前から、「日本のシェイクスピア」なのかどうか、筆者はその真意を突きとめようとした。

唐が状況劇場を旗揚げした時から、嵐山光三郎や扇田昭彦による唐についての劇評が際立っていた。やがて、紅テント、唐組へ時代が移るに従って、次第に「唐は日本のシェイクスピア」という評判は、テレビ、新聞の報道から演劇関係者の間で広まっていった。かつて、二〇〇五年六月四日、唐組『鉛の兵隊』公演で、唐は、「ある友人がねえ、いうにはね、僕は日本のシェイクスピアなんだそうだよ」と語って下さった事がある。[2] その言葉が、今もなお耳に残っている。その時、唐は、筆者ではなくて、その場には居ない、誰かと語らっている調子で話してくださったのが印象的であった。

実は、唐は、これまでに、シェイクスピアとの架空対談を独特のアイディアで表わしている。[3] そのシェイクスピアとの架空対談では、実に『十二夜』、『ヴェニスの商人』、『オセロ』、『ロミオとジュリエット』、『マクベス』、『リア王』にわたってシェイクスピアを縦横に言及している。また、エッセイ『Shakespeare Fantasy シェイクスピア幻想〈道化たちの夢物語〉』で、シェイクスピアの「夢」について変幻自在に書き下ろしている。[4]

唐の演劇が、新劇のリアリズム演劇ではないことは一目瞭然である。しかしながら、新劇の大本であったモスクワ芸術座では、スタニスラフスキーがスタニスラフスキー・システムを構築し、その『俳優修業』を、小山内薫をはじめ多くの日本の演劇人が学んだ。明治以来戦後まで、ヘンリック・イプセンやアントン・チェーホフがリアリズムの先端にあるがごとき風潮で日本の演劇界に紹介され流布した。そして、シェイクスピアもスタニスラフスキー・メソッドで上演された。所謂十九世紀までの作り物で現実とは無縁のように思われたシェイクスピアは近代自然科学の光のもとで赤裸々な姿を現したように思われた。

シェイクスピアを如何に上演するかそのメソッドを学ぶセミナーが一九九七年名古屋であった。講師はミドルセクス・ユニヴァーシテイ大学のレオン・ルビン教授で、名古屋のセミナーで、「現代でも、演劇人が、レアリズムとナチュラリズムとを混同している」と語った。ルビン教授によると、「レアリズムとナチュラリズムが違うのは、レアリズムが生のままの姿を扱うのに対して、ナチュラリズムは、自然科学のひとつである心理学によって心の問題を扱ったり、或いは、文化人類学によって古代文化が現代社会よりも豊饒であることを原住民の慣習から応用できるようになったりした」と述べた。従って、「シェイクスピアも心理学や文化人類学の視点から見ていけば、現代人が失った心理や慣習をもう一度蘇らせることも出来る」とも語った。更に、「だから、一度失った四百年前のエリザベス調のリズムも科学に基づいたエクササイズによって取り戻せるようになった」と述べ、「勿論、イギリス伝統演劇とモスクワ芸術座はメソッドが異なる。だから、スタニスラフスキー・システムを応用して、十九世紀までのシェイクスピアを刷新し進化させた事実を見逃すことはできない。だが、だからこそ、先ず、シェイクスピアをイギリス伝統演劇の創世に起ちかえって具に解読することが必要である」と語った。そこで、本稿では、唐が考えるシェイクスピア観を、唐のドラマ・メソッドに則しながら、レオン・ルビン教授がイギリス伝統演劇に則ったシェイクスピア解読法と比較検討し検証していく事が重要ではないかと考えたのである。

唐が「日本のシェイクスピア」であるということを検証していく場合、新劇とアンダーグランド演劇とがちょうど黒潮と親潮がぶつかる過渡期の中から生まれた事を見ていく必要がある。かつて、日本のシェイクスピアと言われた河竹默阿弥は、江戸末期と明治維新とが衝突する中から生まれたと言われる。というのは、シェイクスピアも、英国中世と近代との潮流が衝突する中から生まれたと論じられているからである。クリストファー・マーロウが韻律に厳格な劇詩人に出会ったのに対して、シェイクスピアは詩形を解体してブランクバースを使って新しい詩形を産み出した。シェイクスピアの『間違いの喜劇』は前半が中世の神が劇を支配しているが、後半では、近代の自我が目覚め、結果的に、劇の前後で食い違いが生じて矛盾をはらんでいる。しかし、当時の観客は、貴族ばかりでなくブルジョワ階級が台頭してきた時期でもあり、シェイクスピアは貴族とブルジョワ階級の両者のニーズに答えた劇作品を書いたのである。こうした現象は、マーロウの劇にはなかった。因みに、ヘンリック・イプセンも初期は韻文劇を書いていたが、やがて、近代劇を見る観客のニーズに合わせて、労働者の使う言葉で書いた散文劇へと転換したのである。

ところで、唐は、明治大学で、演劇を理論的に学んだのであるが、卒業後、師事した、土方巽や澁澤龍彦らの暗黒舞踏やフランスやアメリカで生まれたアヴァンギャルド演劇のアンダーグラウンドの影響を直接受ける事になった。日本でニューヨークのアンダーグラウンド芸術の受け皿となったのは草月会館ホールで、唐は「ジョン・シルバー　新宿恋しや夜鳴編」（第九回おわび興行　一九六七年五月二十二日から二十五日）を公演した。草月会館では、ジョン・ケージが「チャンス・オペレーション」を披露し、武満徹、一柳彗、オノヨーコ、寺山修司らの前衛芸術家が集まり、新劇とは全く異なる斬新な芸術が登場したのである。そのようなアメリカ前衛芸術の渦中にいた唐がジョン・ケージから直接影響を受けた事は想像に難くはない。従って、唐のシェイクスピアは、ちょうど、ロバート・ウィルソンの『モノローグ・ハムレット』のように、イギリス伝統演劇やモスクワ芸術座のメソッドと異なる演劇と変貌を遂げていった事は言うまでもない。

寺山修司もランボーと架空対談「詩を捨てて武器商人になったなんて嘘だろ、ランボー?」と怒っている。ところが、唐がシェイクスピアと架空対談を行ったのと寺山とランボーの架空対談と異なるのは、寺山が詩人を相手にしたのに対して、唐は劇詩人を相手にしていることだ。

先にあげたルビン教授は、「シェイクスピアは詩人であったので劇の詩の部分を書き、散文の部分はグローブ座の喜劇俳優のロバート・アーミンやシバー・シオフィラス達が即興で演じてドラマが出来あがった」と語った。ところで、ルビン教授のコンセプトを俳人で詩人の寺山のドラマに当て嵌めるとぴったりするのである。だが、唐のドラマにはどのように解釈してよいのか、実はこれまで筆者は戸惑ってきた。例えば、近代劇のバーナード・ショーは喜劇作家で、ショーの書く韻文劇『あっぱれバッシュビル』や『シェイクスVSシェイヴ』などは台詞がぎごちなく、シェイクスピアの詩劇のように自由自在ではない。だが、コリン・ウィルソンは幾度も日本に訪れ講演を行っているが、その中で、「ショーはマルセル・プルーストと同じく位偉大なアーティストだ」と述べている。だから、韻文劇が上手いかどうかで、劇作家の資質を判断することは、今日の劇作家の場合必ずしも重要な問題ではないようだ。

シェイクスピアは、マーロウの定型詩をいわば脱構築して、新しい詩形を産み出して劇詩を書いた。俳人の馬場駿吉氏によると、「寺山は劇を必ずしも上手く書けたとはいえない。しかし、唐十郎は、小説『佐川君からの手紙』で芥川賞をとったくらいなので、文章が巧い劇作家である」と語った事がある。

そこで、ルビン教授が述べた、「シェイクスピアは劇の詩の部分だけを書いた」という考え方をここでもう一度考え直す必要があると思ったのである。ところが、唐の劇作品を今一度一読すると驚くことがある。初期の作品は既に完成品であって、次第に上手くなっていったのではない。いっぽう、寺山の劇は、極めて、深い意味の言葉が、画家スーラの点描画のように、微細に要所、要所を占めている。けれども、唐の場合、ドラマ全体が極めて質の高い台詞がよどみなく横溢しているのである。これは、語り口が良いというだけではない。また、劇の展開が常に新しい世界を見せてくれるというだけでもない。そればかりか、定型詩ではないが、ちょうど、ショパンの英雄ポロネーズを聞いているとき、感じる音の響きのように、劇全体を覆っている躍動するリズム感に気がつかされるのである。

ショーは、「台詞を書くのではない。言霊を書きとる書記のような役割を果たしている」と述べている。唐の台詞も、映画のカット割りのように情景が浮かび、その情景から日常の音楽が聞こえてくる。しかしその情景も日常の音楽も、リアルではなくてファンタジーが織りなす世界である。いっぽう、寺山は俳人としての技能をいかんなく発揮して、言葉をぎりぎりまで凝縮して宝石の光を輝かせる劇詩人であった。本稿では、唐と寺山のドラマをシェイクスピア劇と比較しながら、二人が、お互いに、意識的に、或いは、無意識的に受けた痕跡を辿る。しかしながら、唐と寺山をパラレルに論じる事は出来ない。というのは、唐の場合は自分の演劇観の中にシェイクスピアを容認する傾向が見られる。だが、寺山は、シェイクスピアを完全に容認していない。むしろ、寺山はシェイクスピアから意識的というよりも無意識的に影響を受けているようだ。例えば、寺山は「シェークスピアを面白く読める人は、東京都の電話帳だって同じように面白く読めるわけだ」(5)と言って、シェイクスピアの読者を突然異次元に誘いこんで撹乱させてしまうからである。確かに、この論法は寺山とシェイクスピアが詩人として用いるレトリックと似ている。だから、寺山と唐の劇を見ていると、両者のドラマ作りは互いに正反対の方向に向いていると思われるが、ある意味では、二人はシェイクスピアの裏と表を表わしているようにも思われるのである。そこで、寺山と唐の演劇構造を、ドラマの両面から見据える事によって、シェイクスピアが仕掛けた陥穽に落ちないようにしながら迷路を辿っていくことにする。

唐十郎のシェイクスピア

『シェイクスピア幻想〈道化師たちの夢物語〉』は、東逸子の挿し絵があって、そのイメージの連想から唐によって書かれた夢物語である。唐が、絵にインスピレーションを得て、物語を発想するのは珍しいことではない。マルセル・プルーストのフェルメール論やウォルター・ペーターのラファエロ前派の絵画論やオスカー・ワイルドの絵画論がもたらす美の世界は絵画が文字によってもたらされる幻想の世界である。なかでも、唐特有の幻想の世界は、シェイクスピアの世界を脱構築して不思議な幻想の世界を顕現させてしまう。

他にも、唐の小説『佐川君からの手紙』も最初ドキュメンタリーとして読み始めているうちに、幻想的な絵画の世界へと引き込まれてしまう。唐の夢物語だけでなく、ドラマの場合もしかりである。だが、唐の演劇の場合、舞台があり、役者がいて、音楽や照明で、唐の台本が独特の厚みを増して、オリジナルの台本自体の魅力が希薄になってしまう。例えば、キャンバスに下絵を描いて、その輪郭に沿って絵具を塗り重ねていくと、当然、下絵の輪郭は消え失せてしまう。その下絵がスケッチである場合、それは設計図なので、見る人は、むしろ、設計図から出てくる建築の姿を先へ先へとイメージをふくらませる。ところが、唐の台本は、殆ど完璧なので、設計図としての台本と構築された舞台の両方とが存在することになってしまう。

唐の芝居を見た観客は舞台のイメージだけで唐の芝居を理解してしまう。しかしながら、観客は唐には舞台と台本の二つがあることをあまり意識しない。恐らく、観客は、劇場で見た舞台の印象の方が、ただ文字だけの台本を圧倒してしまい、遂には錯覚に陥ってしまうからであろう。

そこで、今度は、唐の小説『佐川君からの手紙』を読むと、読者は、最初から舞台装置はなく、文字だけが引き起こす幻想の世界しかないので、漸く、唐には芝居の他にもう一つの世界があることに気がつかされることになる。『佐川君からの手紙』を寺山が脚本を書き、映画化することになっていた。だが、寺山の急逝によって映画化は実現されなかった。一般的にいって、小説の映画化は殆ど原作の厚みには及ばない。かつて、プルーストの小説『失われた時を求めて』が幾度か映画化されたが、小説が読者に引き起こした幻想の世界を実現することが如何に不可能であるかを、映画館で、観客の多くは、映画を見て思い知らされた。つまり、『佐川君からの手紙』の小説の世界も、遙かに映画のイメージの世界を越えているので、映像化は極めて難しい筈である。いっぽうで、映像の魔術師であった寺山は『佐川君からの手紙』の映画のシナリオを書く予定であった。というのは、寺山は、ガルシア・マルケスの小説『百年の孤独』を映画『さらば箱舟』の映像化して成功した例があるから、是非とも完成映画品を観客は見たかった。

唐の絵物語『シェイクスピア幻想』は、東の絵が、スケッチになっていて、その素描から、唐の幻想の世界が飛び出してくる。いわば、東の絵が台本で、唐の文章が映像や舞台作品のようになっている。

唐の『シェイクスピア幻想』の内容は、『ロミオとジュリエット』口説き屋ロミオ、『夏の夜の夢』蜂のタイテーニア、フォルスタッフ　頬腹先生、『お気に召すまま』きみはギュニメード、『ハムレット』焼き鳥屋のハムレット、『あらし』プロペラ親爺の二百十日、『リチャード三世』である。唐は、『リチャード三世』の「冗談」について以下のように述べている。

こんなセリフがある。

「馬をくれ、馬を！馬のかわりにわが王国をくれてやる！」

（略）この最後のセリフは、王国、歴史、葛藤、欲望に対する無礼極まりない冗談である。（九一頁）

唐が『リチャード三世』を論じる時、悲劇と同時に喜劇について指摘している点に注目したい。先にあげたルビン教授は、「シェイクスピアの芝居が他の作家よりもよく知られているのは、悲劇と喜劇を極めて絶妙に書きわけて人間の感情の機微に触れる事が出来たからだ」と語った。

唐のシェイクスピア理解を知るうえでは、「『ロミオとジュリエット』口説き屋ロミオ」は、貴重なエッセイである。唐がロミオを蜻蛉のように儚い人物として捉えているのは極めて正確である。しかし、ルビン教授によれば、蜻蛉のように儚いロミオを劇的詩人に変えたのは実はジュリエットだと解釈している。ルビン教授は、それを、ロミオの述べる言葉のリズムによって知ることが出来るという。ロミオに対してジュリエットの言葉のリズムは、強烈なリズムなので、ジュリエットの言葉のリズムによって、ロミオは口説き屋から変身して一挙に詩人になるという。しかも、ロミオが詩人になることがこの劇の最も重大なところで、この瞬間に、悲劇が誕生するという。

映画『恋におちたシェイクスピア』は脚本をトム・ストッパードが書いているが、この映画では、シェイクスピアが初のドラマ『ロミオとジュリエット』を書きあげて、その処女作の誕生までを描いた作品である。だが、同時に、この映画は詩人シェイクスピアの誕生を表わした作品であり、しかも、映画の中でヴァイオラが、シェイクスピアを誕生させるのに一役買っているからであり、その意味で、ヴァイオラは、劇中劇のジュリエットでもあり、ロミオを悲劇が書ける劇詩人シェイクスピアの誕生させる産婆役となっている。[6]

ルビン教授のシェイクスピア解釈は、「エリザベス朝の考え方ではなく近代劇のドラマツルギィーだ」とする批判はあった。だが、ルビン教授の解釈を唐の「『ロミオとジュリエット』口説き屋ロミオ」に当て嵌めて客観的に見る為には好都合ではないかと考えたのである。

シェイクスピアとの架空対談

唐は、シェイクスピアとの架空対談「ほんとにシェイクスピアさんなんですか？」（『超時間対談』）で、実に『十二夜』『ヴェニスの商人』、『オセロ』、『ロミオとジュリエット』、『マクベス』、『リア王』にわたって縦横に言及している。なかでも、唐が、『十二夜』に言及しているところは注目に値する。唐は、シェイクスピアとの架空対談で以下のように話す。

シェイクスピア　女は来ないの？

唐　―男色だと聞いていたもので呼ばなかったんですが。
シェイクスピア　バカ、うちは両刀使いよ。
唐　え―っ！
シェイクスピア　『十二夜』観りゃ分んだろ？（一五六頁）

トレバー・ナンは、一九九五年に監督した映画『十二夜』の中で、オーシーノ公爵がセザリーオに男装したヴァイオラに恋をする理由として、オーシーノがホモのような気配を表わして演出している。論理的に考えれば、男装しているヴァイオラの中に女性を見抜くには、オーシーノがホモの傾向が少しあることを匂わせた方が、その方が、むしろ、自然だと考えたかもしれない。そうすることによって、監督のトレバー・ナンは、終幕で、オーシーノが男装のままのヴァイオラに突然求婚するのが不自然に思われないで済むと考えたのである。

『十二夜』の第一幕第四場で、オーシーノはセザーリオに変装した男装のヴァイオラに命令するように語りかける。男装のヴァイオラは最初オーシーノの韻文調の台詞に従っている。

VIOLA I thank you. Here comes the count.
ORSINO Who saw Cesario, ho?
VIOLA On your attendance, my lord, here.(7)

ところが、続いて、以下の台詞に変わると、オーシーノの気持ちは変化し、語尾のところで"her"と言っている。その理由は、"her"はオリビアの事を指している筈だが、実は、セザーリオに変装した男装のヴァイオラの事をも指していて、オーシーノが"her"と言ったのは彼自身の迷いも表わしている。つまり、オーシーノの気持ちはオリビアからヴァイオラに移りつつあり、その気持ちから"her"と言ってしまったのである。

ORSINO Therefore, good youth, address thy gait unto her; （五六頁）

次にオーシーノが言う一行の詩を、二人が共有することによって、一行の詩の中に、二人の考えが入ってきてしまう。

ORSINO Stand you awhile aloof. — Cesario. （五六頁）

けれども、オーシーノはヴァイオラに近すぎた事に気がつき、命令口調に戻って次のようにいう。

ORSINO Be not denied access, stand at her doors, （五六頁）

次のところで、オーシーノが語るラインは、"unclasp'd"を子音の上げ下げによって、鋭い言葉の効果を挙げている。ところが、オーシーノは更に続く次のラインで"secret soul"と言って囁くように言う。この部分は、オーシーノがヴァイオラに接近しすぎていることを示している。

ORSINO Thou know'st no less but all; I have unclasped
To thee the book even of my secret soul: （五六頁）

続いて、以下の二行は共有韻文で、オーシーノは、ヴァイオラから良い答えを期待している。けれども、ヴァイオラは、"Sure"と言って、オーシーノの言葉を遮断するが、同時に二人が強い繋がりがあることを示している。

ORSINO And tell them there thy fixed foot shall grow
Till thou have audience.
VIOLA Sure, my noble lord,（五六頁）

次に、以下のラインで、ヴァイオラが語る二行にわたる女性行尾の"sorrow"と"me"は、実際には、ヴァイオラとオーシーノとオリビアの複雑な三角関係を表わしている。

VIOLA If she be so abandoned to her sorrow
As it is spoke, she never will admit me.（五六頁）

更にまた、以下の二行では、オーシーノは命令口調で話しかけている。

ORSINO Be clamorous, and leap all civil bounds,
Rather than make unprofited return.（五六頁）

そこで、ヴァイオラは、次のように考えながら語るのである。

VIOLA Say I do speak with her, my lord. What then?（五六頁）

しかるに、オーシーノは、"O" "unfold" "passion" "of" とオー "O" 音を繰り返して、どれほど、オーシーノ自身が自分だけを愛しているかを言い表わしてしまうのである。

ORSINO O then unfold the passion of my love,（五六頁）

"O" 音は赤ん坊が母親に甘えて「おー、おー」と発するサウンドである。シェイクスピアは、赤ん坊のように何も考えないで自己主張ばかりするキャラクターの名前に "O" を差し挟んでいる。ロミオやオーシーノの名前の綴りには "O" 音が含まれている。ところが、赤ん坊のようなオーシーノを導くのはヴァイオラである。だから、オーシーノは、いつまでも赤ん坊でいる事を止めて、次第に、母親のように自立したヴァイオラへと意識が目ざめていく。

ORSINO Surprise her with discourse of my dear faith;
It shall become thee well to act my woos;（五六—五七頁）

右の台詞のうち "*Duke*. Surprise her with discourse of my dear faith;" のセミ・コロンは一つの詩が完結した事を表わす。オーシーノはここのところで、漸く自己陶酔から覚めて、ヴァイオラを真剣に見つめ直し、彼女のことを真面目になって話すようにシェイクスピアは指示している。

VIOLA I think not so, my lord.
ORSINO Dear lad, believe it;（五七頁）

また、右の詩行は共有韻文で、オーシーノとヴァイオラが極めて近い関係にあることを表わしている。

ORSINO …

For they shall yet belie thy happy years,
That say thou art a man; Diana's lip
Is not more smooth and rubious; thy small pipe（五七頁）

右記の行の台詞では、オーシーノが"Diana's lip"とか"thy small pipe"というとき、何かが始まり、前へ前へと進み盛り上がっていく。しかも、ダイアナのような女神には性的な意味が含まれているのである。

ORSINO Is as the maiden's organ, shrill and sound,
And all is semblative a woman's part（五七頁）

右記の台詞で、オーシーノは"the maiden's organ"とか"a woman's part"というが、実は、オーシーノは、性的な部分について話し始めるのである。

ORSINO I know thy constellation is right apt
For this affair: Some four or five attend him—（五七頁）

右記の二行のうち次のラインは、女性韻で書かれ、行尾の"him"はリズムが強ではなく落ちる。このリズムの変化は、オーシーノが、変装したヴァイオラが男か女なのか分からないという不確かさを表わしている。

ORSINO All if you will, for I myself am best（五七頁）

右の行で、オーシーノは、語頭で"All, if you will"と強く発話している。ところが、引き続いて、オーシーノは、"I myself am best"と言って、同じ行の中で異なる考えを示しているのである。

ORSINO When least in company. Prosper well in this
　　And thou shalt live as freely as thy lord,
　　To call his fortunes thine.

VIOLA 　　　　　　　I'll do my best（五七頁）

ところが、この場面の結末近くで、オーシーノは"call his fortunes thine"と言って、無意識にヴァイオラにプロポーズしている。ここでは、オーシーノはサブリミナル効果を発揮している。右記のうち次のラインは、共有韻文で、オーシーノが退出するのを、ヴァイオラが追いかけて発話する箇所である。

VIOLA To woo your lady: yet, [aside] a barful strife!
　　Whoe'er I woo, myself would be his wife.（五七頁）

この同じ場面の結末で、ヴァイオラは独りきりになる。そして、ヴァイオラは同場の最後の二行の行尾で"Strife"と"wife"と言って"f"音を重ねる。つまり、この二行は対句になっている。ここでは、ヴァイオラの感情が大爆発して、遂に、詩の形で彼女の強い思いを表わしている。しかも、ここは、シェイクスピアが、ヴァイオラの言葉が、詩のリズムに変化する箇所であることを知っていて、役者に指示しているところである。

ヴァイオラが女性でありながら男性のセザーリオに変装している。恐らく、シェイクスピアは、悲喜劇的な効果を表わしながら、無意識的に、ヴァイオラの両棲具有を表わしたものだと思われる。いっぽう、寺山は、多分、マルセル・デュシャンの『大ガラス』や『遺作』に描かれた男女が一体となった姿などの影響からなのだろうか、両棲具有についてしばしば論じている。

『佐川君からの手紙』

唐の芥川賞受賞作品にもなった『佐川君からの手紙』は、小説家としての才能をいかんなく発揮した作品である。寺山が最晩年に『佐川君からの手紙』のシナリオ化を計画していたというのであるから、もし実現していたら、『佐川君からの手紙』はモノローグである小説と対話劇であるシナリオとの対照がはっきりと表われたはずである。しかも、小説家唐とシナリオ作家寺山とが浮き彫りになったはずで、ぜひとも誰もがその好対照を見たかった。

唐は小説や台本を最初から最後まで殆ど直さずに書き上げるとよく耳にする。寺山の場合は、「台本は、半分は劇作家が書き、残りの半分は役者が作りだす」という持論があった。九條今日子の話では、「寺山は毎回上演のたびごとに台詞が変わる」ということであった。つまり、この両者の違いは、唐が小説家で寺山がシナリオ作家である特徴をよく示している。

唐は、いつも、「自分は最初役者から始まって、その役者が芝居を書くようになった」と言う。それで、実は、唐が天性の小説家であるということを見落としてしまいがちなのである。
寺山も、詩を書いているときは、モノローグで書き綴った。だが、寺山が芝居を書くようになってからは「ダイアローグ（対話）を書くようになった」と言っている。つまり、この意味では、よく見ると唐も寺山も同じことを言っていることになる。だが、寺山の小説には『あ、荒野』など色々あるが、小説『佐川君からの手紙』ほど、知られてはいない。どちらかと言えば、この場合、唐に比べ、寺山は、小説家としてはマイナーであると言ってもよいかもしれない。
『佐川君からの手紙』には、佐川君からの手紙について語るナレーターの「私」がドイツ語のヨハネス・ベッヒャーの詩集の中の「アーベン（ト）」を翻訳した苦労が綴られている。ナレーターの「私」は、佐川一政が『霧の中』の中で「アーベン」と言った言葉を手掛かりにして、ヨハネス・ベッヒャーの詩集を探し当てるのである。

テープレコーダーのまわる音。「アーベン」透き通るきれいな発音のドイツ語が響きました。(8)

次いで、ナレーターの「私」は、佐川一政が『霧の中』の中で、ドイツ語綴りの作家の名前である「ヨハネス」と読めないで英語式に「ジョナサン」と発音したのではないかと推論する。

彼女はショルダー・バックから本をとりだしました。・・・「ジョナサン」という作家の名が書いてありました。
（一四六―一四七頁）

更に、ナレーターの「私」は、「ジョナサン」という作家の名前を調べて、ヨハネス・ベッヒャーと推測する。このベッヒャー詩集は佐川君が殺害したルネに朗読させたとある。

「私のドイツ語の発音でいいといいんだけれど・・・」（一四七頁）

しかも、ナレーターが佐川君に宛てた絵ハガキにベッヒャー詩集の一部分が日本語訳で数箇所引用されている。

…私は、ある惑星の光の下に埋められている。[9]

それにしても、ナレーターの私は、佐川君はルネに何故難解なベッヒャー詩集を朗読させたのだろうかと続ける。次いで、ナレーターの私は、話ががらりと変え、イシスとオシリスの神話に言及している。つまり、男神オシリスの弟セトに暗殺されて、オシリスはばらばらにされた身体をナイル川に投げ捨てられたが、そのばらばらの遺体を、女神イシスが探し拾い集める神話へと話が展開していく。

寺山が、『佐川君からの手紙』のシナリオ化を引き受けたのは、オシリスとイシスの神話に関心があったからではないだろうか。というのは、殊に、寺山は、文化人類学に興味があった。古代人は、彼らが食べる狩りや穀物の収穫物に対する感謝としての儀式を生み出し、それが、信仰心を育み、宗教となったという。そのような考え方に、寺山は深い探求心に駆り立てられたようなのである。だから、寺山の脚色予定だった映画『佐川君からの手紙』は、モースの『供犠』の古代時代から始まったかもしれない。というのは、マルセル・モースは『供犠』の中で、原始の人々は、神にお供えをして、そのお供えを皆で供すると綴っているからである。[10]

更に、モースは、供犠を「血の交換によって人間の生命と神の生命の交換を行う」[11]と述べている。

ナレーターの私が語る『佐川君からの手紙』は、その後、佐川一政が書いた『霧の中』に話が変わり、それと同時に、ルネの友人だったというK・オハラが忽然として登場し、佐川君とルネの関係を語る。しかし、佐川君はK・オハラを知らないという。そこで、ナレーターの「私」は、K・オハラがいったい何者なのかと謎に肉薄しようとする。とうとう、ナレーターの「私」はK・オハラに向かって、「K」のフルネイムを尋ねると、「菊」と答える。しかも、「菊」という名は、ナレーター役の「私」の祖母の名前だと明かすのである。

この結末のところは、佐川事件から離れてしまい、この逸話は、唐一族の系譜を彷彿させてくれるが、また、寺山の母子関係も思い出させてくれる。というのは、寺山が撮った映画『田園に死す』にある母親殺しのテーマを連想させてしまうからである。

唐十郎の『特権的肉体論』

唐と寺山の渋谷乱闘事件は今も語り継がれている。元々、寺山は、唐の才能を見抜き、唐の台本を自分の台本と一緒に文学座の荒川哲夫に売り込んだりした。けれども、やがて、唐が率いる状況劇場が劇界の評判を集め、更に、『佐川君からの手紙』で芥川賞を獲得すると、後輩だった唐の方が、先輩だった寺山のお株を奪う勢いは当然生じた。殊に、唐が、『特権的肉体論』を世に問うた時、寺山の演劇論を批判しなければ、唐の独自性がだせないだろうから、勢い、批判的な見解が飛び出したのではないかと思われる。

寺山修司の「劇的想像力の復権」という文章を目にした時、私を赤面させたのは、そこにもやはり同じ類の性急なる標識病がでかい顔をしていたからである。例えば、極めて解釈不能な「劇的想像力の日常生活の中への拡散」とはなんであろうか。コトバも使いようだが、このようにテーマに関わってくる如き文章だから困ってしまう。[12]

唐は、『特権的肉体論』で、身体全体をフルに生かした演劇論を展開している。だが、前にも紹介したように、寺山は、芝居は、「半分作者が作って残りの半分は役者が決める」[13]とする持論の演劇論があった。しかも、もっとやっかいなのは、唐は役者としても有能であるだけでなく、また文章も一層上手いのである。いっぽう、寺山は、演技は殆ど駄目で、小説も唐の方が遙かに巧い。シェイクスピアの場合も、自身が詩人であり、役者達が上手い演技を見せたので、ある種、舞台上演では、バランスのとれた分業体制が出来ていたのではないだろうか。恐らく、寺山の場合も、天井桟敷で、シェイクスピアの劇団と同じ様な分業体制が出来ていたものと推察される。ところが、唐の場合は、有能な劇作家で、また、小説も書けるし、しかも俳優としても一流であるという稀有なアーティストでもあった。

座付き作者で役者も出来たという意味では、モリエール以来、多くの劇作家が出現している。恐らく、唐がモリエールよりも秀でているのは巧い小説が書けるアーティストでもあることだろう。恐らく寺山も、唐の溢れんばかりの才能を認めていたものと思われる。いっぽう、寺山は、特異な世界を透視できる不思議な詩人であった。例えば、寺山は、唐との対談で不思議なことを言う。

唐　シェークスピアだってセンスとして読めない人は、見たって読んだって何にもこなれないもの。
寺山　シェークスピアを面白く読める人は、東京都の電話帳だって同じように面白く読めるわけだ。
唐　スタニスラフスキー・システムというのはそうだよ。
寺山　いやァ、違うね。スタニスラフスキーは電話帳から数字しか見いだせない男だ。（七七頁）

寺山は、「電話帳の番号は、記号にすぎないが、電話をかければ、相手の肉声が聞こえる。ところが、たとえその記号がシィクスピアの文字のままいつまでもそこにとどまっている限り、文字は文字でしかない。」と考えていたのではないだろうか。けれども、想像力を働かせることが出来ない人にとっては、どうして、電話帳がシェイクスピアと同じ様に読めるのか理解できないわけである。速断することはできないが、寺山は、歌人として、絶えず言葉を削いで研磨していたアーティストであった。だが、逆に、唐は言葉を無限に紡いでいくアーティストであったと思われる。だから、その為に、二人の作風の違いが顕著になったのかもしれない。

『ジャガーの眼』と寺山修司

唐の『特権的肉体論』からすれば、寺山修司の演劇『さらば映画よ』の光線となった人間や『奴婢訓』の機械人間などは、その対極にある芝居となるだろう。実際、唐の初期の芝居『腰巻お仙』や『油井小雪』などは、台本も舞台も役者も、計り知れないエネルギーが漲り迸り出ている。

唐は一九八三年寺山修司が亡くなったとき、底知れぬ喪失感に襲われたようだ。唐が一九八五年にドラマ化した『ジャガーの眼』は寺山のオマージュであることは確かだろう。だが、それでいながら、『ジャガーの眼』を観ると、観客は、感情移入よりも先に、違和感を覚えたのはなぜだろうか。劇の冒頭から、寺山の愛用のサンダル、義眼、人形、臓器交換、マルセル・デュシャンの「死ぬのは他人」などが出てきて、唐が寺山の痕跡を追い求めていることはわかる。

けれども、寺山が「死ぬのは他人ばかり」をデュシャンからコラージュしたように、そのように、唐も、寺山から間接的にコラージュするのではなく、オリジナルのデュシャンから直接コラージュしたのであれば、『ジャガーの眼』の意図はより明確になったのではないだろうか。

田口　生きるのも　皆他人
　　　死ぬのも　皆他人、
　　　愛するのも　皆他人
　　　覗くのは　僕ばかり(14)

先ず、唐は、寺山を覗き魔として捉えようとする。そして、覗き魔としての寺山が履いていたのがデニムのサンダルである。唐は、寺山を見舞いに行った時、ベッドの傍らに脱ぎ捨ててあったデニムのサンダルに異様に惹きつけられたと述べている。

田口　それが、あれが寺山修司のサンダルだ！（四一八頁）

また、寺山は、自作のドラマ『中国の不思議な役人』のように、鏡をしばしば引用する。この鏡はラカンの言う鏡で虚像を指している。トマス・ピンチョンの『V.』には、虚像としての鏡がしばしば出てくる。元々虚像の鏡は実体がないのだから、或る日V．は忽然と姿を消してしまう。ピンチョンの『V.』でも、ガルシア・マルケスの『百年の孤独』でも、ホルヘ・フランシスコ・イシドロ・ルイス・ボルヘスの『不死の人』でも、或いは、寺山の『さらば箱舟』でも登場人物は忽然として姿を消してしまう。

田口　鏡だ。ありし日の僕の鏡だ！（四三四頁）

更に、寺山が人形に対する偏愛は、ハンス・ベルメールの影響で、『田園に死す』や『中国の不思議な役人』でも人形が生きた人間のようにふるまう。劇団には、四谷シモンがいたから、唐は独自に人形に対して造詣が深かったものと思われる。

少年　しっかりしてよ、おじさん、人形じゃないか！（四五八頁）

寺山は『中国の不思議な役人』でしばしば人形をばらばらにして描いた。或いは、『臓器交換序説』で自身の考えを明確に表わした。つまり、寺山は『臓器交換序説』でD．M，トマスの「適合する臓器提供者を求めて」を引用して死者が新たな移植によって他人の肉体に変わり蘇生すると論じるのである。

私は見ていた　おのれの　肉体が
歓喜につつまれ　運ばれていくのを[15]

唐は、このD．M，トマスの「適合する臓器提供者を求めて」の理論を軸に『ジャガーの眼』を展開していく。また、唐が、「臓器交換」を博打というのは、恐らく、ジョン・ケージのチャンス・オペレーションの偶然性が念頭にあったものと思われる。唐は、ケージが草月会館に来て、チャンス・オペレーションで演奏したのを見た筈である。

眼帯をした男　臓器交換はバクチじゃなえのか？（四七四頁）

或いは、唐のジャガーの眼がどこから来たかというと、寺山の『奴婢訓』に出てくる「多くの眼球を載せた皿」から来たものと思われる。

サッと棚に下りていたカーテンを引いて眼球の棚々を見せる。（四七五頁）

『ジャガーの眼』は寺山を暗示していることは間違いない。唐は、ジャガーの眼について何度も繰り返しイメージを膨らまして、劇の大詰めでは、眩い光を発するように見せている。或る意味で、眩い光は、宇宙の始まりを示すビッグバンのようにも思えてくる。だが、膨張する宇宙が無言であるように、ジャガーの眼は何も語らない。ジャガーの眼は、レーモン・ルーセルが『ロクス・ソルス』で描いたカントレルが発明した科学装置を見ている様な気がしてくる。

また、『ジャガーの眼』には義眼が出てくるのだが、先にあげたトマス・ピンチョンの『V.』に出てくるV.の眼も義眼でもある。こうしてみてくると、唐は『D.M,トマスの「適合する臓器提供者を求めて」を引用しているけれども、『ジャガーの眼』は、寺山の作品だけからイメージを構築していくと片手落ちのように思われる。つまり、『ジャガーの眼』を、寺山が影響を受けたトマス・ピンチョン、ホルヘ・ルイス・ボルヘス、ガルシア・マルケス、レーモン・ルーセルの主要なコンセプトをパースペクティブに見ていかないと、唐の意図を見落としてしまいかねない。だから、覗き屋の眼を、寺山が冤罪となった覗きの眼で見ていく限り、寺山ゾンビから一歩も離れる事が出来ないように思われる。因みに、萩原朔美氏は、寺山の覗き魔事件は冤罪だと証言している。

だが、唐が構築した『ジャガーの眼』は、劇団池の下が寺山の芝居を忠実に舞台化するのとは全く異質なステージであった。元々、唐と寺山は似て非なる者同士であった。むろん、寺山は唐の非凡な才能を最初から見抜いていた。だからこそ、寺山は唐の『佐川君からの手紙』のシナリオ化を目指していたのだと推察される。残念ながら、寺山の夭折によってシナリオは陽の目を見ることがなかった。だが、逆に、唐の方が『ジャガーの眼』を書いて寺山の幻を舞台化して見せたのである。確かに、唐作『ジャガーの眼』の再演をしたほどだから、寺山に対する思いは深かった。しかし、唐が寺山に対する思いがいくら深くても、両者は異質な才能の持ち主であった事に変わりはない。だから、寺山の東北の暗さを、『ジャガーの眼』から窺うことはできない。或いは、『ジャガーの眼』は、眼の角膜移植を扱った臓器交換が主要なテーマになって血なまぐさい話なのだが、不思議なことにあまり暗さが深くなく、どちらかといえば、明るい。この違いは風土的なものかもしれない、たとえば、パリの革命のギロチンの血生臭とスコットランドのマクベスが手を下した暗殺との風土的な相違のようだ。両方とも血なまぐさいドラマであるが、やはり、パリの空の明るさのある『ジャガーの眼』からは、スコットランドの薄暗い空に求めることができない。それと同じ印象を『ジャガーの眼』の舞台から得たのである。

従って、『佐川君からの手紙』の舞台となったパリの明るさは、寺山の手にかかってシナリオ化されれば、忽ち、寺山脚本の『佐川君からの手紙』は、暗雲がたちこめ、嵐が吹きすさぶ闇夜のパリになってしまうだろう。例えば、寺山は、クロード・ルルーシュ監督のミュージカル『シェルブールの雨傘』を『わが心のかもめ』に翻案しテレビドラマ化した。寺山のテレビドラマ『わが心のかもめ』は、冒頭の雨のシーンから、次第に、つまり、物語は、南フランスから、日本の東北地方に変わった暗欝な雰囲気になってしまったのは否めない。むろん、唐が寺山の芝居を幾本かプロデュースしてから、『ジャガーの眼』を再演すれば、より一層寺山的になるだろう。だが、それでは、唐のオリジナルの『ジャガーの眼』ではなくなってしまう。

寺山修司の唐十郎論

先にも述べたように、寺山は、早くから、唐の才能を見抜き、自分の台本と一緒に、唐の台本を文学座の演出家だった荒川哲夫に見せた。恐らく、寺山は、自分にない才能を唐に見つけていた人であったろう。

唐十郎の芝居は必ず、「何者かへの期待」で幕があき、その「何者かの登場」によってクライマックスになるのである。(16)

唐自身が役者として出演する事が、状況劇場の特徴である。それに対して、寺山の天井桟敷は、スタッフ中心の劇団で、俳優はスタッフによって自分が劇の一部分として裁断され、切り切り舞いにさせられてしまうのである。

寺山　頭脳も肉体だということを知らなければならない。
唐　その辺をすっ飛ばしちゃう・・・。
寺山　頭脳が肉体だということは物凄く問題なので、これを無視しちゃ肉体美の完全さは語れない。(17)

寺山は、天井桟敷の芝居稽古で、頭脳も肉体と考えて演出していた筈だから、演出家寺山の指示に応えるのに役者は非常に苦労した事は思い当たるのである。

寺山修司とシェイクスピア

寺山修司が青森高校時代から『牧羊神』(NO. 2) に『ｐａｎ宣言（一）』に『マクベス』論を書いて関心を懐いたことは注目すべきである。寺山は『牧羊神』(NO. 2) の『ｐａｎ宣言（一）』で次のように書いている。

これも旧聞に属するが、シェークスピアの「マクベス」をとりあげて中村草田男は『Sleep, no, more』というあの緊迫した一語が作品「マクベス」で言わんとするテーマの一なのだと万緑誌上に書いたことがある。
そして彼はその章を『だから詩人はこの一語、すなわちSleep, no, moreに如く一語の探究のために命を賭すべきだ』と言って結んでいた。

僕たちも考えよう。ここに創刊したｐａｎは現代俳句を革新的な文学とするため、そして僕たちの「生存のしるし」を歴史に記し、多くの人々に「幸」の本体を教えるための「笛」である。はじめ、この笛を吹きながら踊るのは、僕たちだけしかないけれど、そして僕たちの前には果てしない荒野と、どれがSleep, no, moreの本体なのかわからない羊歯の群ばかりではあるけれど僕たちはこの「笛」を吹きつづけよう。
僕たちはこのｐａｎの方向を仮に憧憬主義と名づけたい。

春の鵙国に採詩の官あらず　育宏[18]

寺山は中村草田男の短歌・俳句に傾倒したがニーチェの超人思想にも共鳴するところがあった。なかでも、顕著な影響の表れとしてシェイクスピアの『マクベス』の愛着に見る事が出来る。寺山は、"Sleep, no, more"[19]を原文から引用し独自に解釈して、後年『盲人書簡』で「よく見るために、もっと闇を！」[20]と書くことになるがマクベスの心の闇を映す独白の影響がここにも繋がっている。同時に、当然のことながら、更にもっと注目すべき点は、寺山がシェイクスピアの原典を照らし合わせるか、或いは、実際に原文を読んでいたかもしれないことである。他にも、寺山が『マクベス』に強い感化を受けていた証拠として、後の作品『花札伝綺』の影響を見る事が出来る。つまり、寺山は『花札伝綺』で『マクベス』の魔女の台詞を「言いは悪いで悪いは良い」（Fair is foul, and foul is fair. p.103）を引用している。マクベスが"Sleep. No more."と英国の北国スコットランドで独白する緊迫感は、日本の北国青森と共通するところがある。後に寺山は上京してひとみ座で人形劇『マクベス』を観て心を動かされ『狂人教育』を書いた。

先にあげたように、唐十郎は『Shakespeare Fantasyシェイクスピア幻想〈道化たちの夢物語〉』で「『ロミオとジュリエット』口説き屋ロミオ」、「『夏の夜の夢』蜂のタイテーニア」、「フォルスタッフ　頬腹先生」、「『お気に召すまま』きみはギュニメード」、「『ハムレット』焼き鳥屋のハムレット」、「『あらし』プロペラ親爺の二百十日」、『リチャード三世』を選んで夢物語を書いている。ところが、唐の手にかかると、シェイクスピアの悲劇であっても、喜劇的雰囲気が漲っている作品が多い。つまりシェイクスピアの悲劇も選んでいるが、寺山のように寒冷な東北地方特有の血生臭い殺戮を期待することはできないのではないだろうか。

まとめ

レオン・ルビン教授は、「シェイクスピアはこれから先三百年以上生き延びるだろう」と語った。いっぽう、バーナード・ショーは、シェイクスピアを一生探求して「シェイクスピアがこれから先　三百年も生き延びる事を憎む」[21]と書いている。これを、唐と寺山に当て嵌める事は軽々に論じてはならないだろう。しかし、コリン・ウイルソンは『アウトサイダー』、『バーナード・ショー』、『オカルト』を書き、そのなかで、「ショーがアイルランドのファンタジーを失わなかった」と述べている。プルーストは「ケルトでは死んだ物に命が眠っていると信じている」[22]と書いている。ウイルソンは、「ショーとプルーストが生命力（性的なエクスタシー体験）をもった偉大なアーティストである」と語っている。

先に述べたように、寺山は、「シェイクスピアは電話帳と同じだ」と述べた。つまり、シェイクスピアの台詞は文字にすぎないが、電話帳のコード番号は電話回路が通じると、忽ち、受話器の向こうから生の声が聞こえて来て、生命のない電話番号のコードは忽ち生の声に転換すると考えていた。

勿論、唐のシェイクスピア論は、劇作品の中で血肉化していることを忘れてはならないだろう。もしも、唐のドラマがシェイクスピア劇と比較できないと考えるなら、それこそ、我々が「シェイクスピアはこれから先　三百年以上生き延びるだろう」という観念に縛られて、唐の新機軸を見落とす事になるだろう。寺山はよく言ったものである。「劇作家はドラマを半分書き、後の半分は役者が作る」と。これを唐の芝居に当て嵌めると、「台本は劇作家の唐が書き、役者の唐氏がその後で舞台を作って完成する」とは言えないだろうか。

ここで他の劇作家の例を挙げて、唐と比較してみよう。例えば、筆者が、実際、天野天街演出の『田園に死す』を観た後、上演台本を英訳していた時に気がついたことがある。それは、「舞台は、役者が作るが、台本は作者が作る」という寺山の言葉である。つまり、かつて、天野自身は、「台本は設計図である」、と語ったことがある。従って、天野は、演出家や俳優がその設計図に基づいて、舞台の上で、劇を如何にして構築するかにかかっていると考えているようだ。けれども、天野が作成した設計図が必ずしも舞台で上手く活かされない場合がある。つまり、舞台や稽古では、演出家や俳優が天野の設計図の細部を省略してしまう場合がある。だが天野の舞台を劇場で観た後で、筆者が、改めて台本を見て英訳していると、演出家が天野の設計図を省略してしまった痕跡がありありと見えてきてしまう場合がある。恐らくは、それは天野の設計図のデイテールを再現することが、演出家や俳優にとって、如何に難しいかを物語っているからかもしれない。

これに対して、唐の台本は小説のように細部が丁寧に明快に描かれているので、演出家や俳優が、その指示に従って、創意工夫を読み取り、そのコンセプトを比較的舞台上に引き出しやすいのではないだろうか。

シェイクスピアの劇を上演する時には、俳優やスタッフに対する指示が十分備わっていたようだ。というのは、シェイクスピアは、台本に細かい指示を俳優に書いたから、どの時代になっても俳優はその指示を解読すればよいのである。ルビン教授は「シェイクスピアの台詞には、言葉だけではなく、舞台上の指示がいっぱい詰め込まれている」と語った。寺山の天井桟敷も、俳優よりもスタッフが充実していたとしばしばいわれる。しかし、寺山の台本からは、舞台上の指示がシェイクスピアほど十分詰め込まれているとは必ずしもいえなかった。

けれども、シェイクスピアの言葉以外、残念ながら、四百年前のシェイクスピアの指示のコンセプトはやはりところどころ失われてしまったことであろう。いっぽう、唐の台本は分かり易いのであるが、だが、それも、同時代人にとってはという限定付きであることも思い出す必要がある。

これに対して、寺山や天野の台本の指示は、言葉として理解ができても、それを如何にして舞台上で実現するかが難しいという問題がある。その証拠に寺山や天野の台本に指示が書かれていても、演出家や俳優によって、実際の舞台では省略されることがあるからだ。言い換えれば、寺山や天野のドラマは同時代人にとっても難解だという事であろう。

しかし、それが返って、謎を深め、しかも、その謎がいつまでたっても解けないから、いつまでもドラマの斬新さを保っていることにもなるかもしれない。

それに対して、シェイクスピアや唐の台本は、舞台を熟知したアーティストが書いたドラマなので、ステージを知り尽くしたアルチィザンには解読しやすく、その結果、観客にも明解で分かり易いのかもしれない。

しかし、寺山は、一見すると、劇場の仕組みをよく知らない詩人が書いた台本のように見える。だから、寺山の多くのアイディアを舞台でどのように生かしてよいのか演出家には分からない場合があったかもしれない。しかしながら、だからこそ、寺山は「台本は半分書いて、残りの半分は俳優が書く」と言ったのである。

いっぽう、先に述べたように、天野の場合は、アイデイアを、演出家や俳優が十分忠実に表わそうとしない時がところどころある。むろん、シェイクスピアの芝居も何度も稽古して、シェイクスピアの意図を、時間をかけて十分解読して舞台に実現しなくてはならない場合が殆どである。そしてまたそのことを演出家や役者は忘れてはならない。つまりは、シェイクスピアのドラマは、舞台を知り尽くしていないと近づきがたい芝居なのである。或いは、また、シェイクスピアがアンビバレントなところがある。というのは、シェイクスピアの劇が二面性を表わしているからである。例えば、『十二夜』では大抵の場合、神の顕現によってヴァイオラとオーシーノの恋は成就する。いっぽう、トレバー・ナンが演出した『十二夜』はヴァイオラとオーシーノが二人の意志で恋が成就する。シェイクスピアは中世と近代が入り混じっているので、アンビバレントになるのである。

唐と寺山の演劇をいわばシェイクスピアの二面性を考慮して考えていくと、やはり二人が似て非なる関係があることが分かる。しかしながら、この二人がアンビバレントでありながら、逆にシェイクスピアが仕掛けた謎を解くためには、このアンビバレントな関係のおかげで、解けない謎のように思われた迷路を解読する重要な手掛かりになっている事に気が付く。つまり、シェイクスピアの劇は悲劇と喜劇が一体となっている。この悲喜劇性によってシェイクスピアは他の劇作家よりも影響力が強いといわれる。寺山は暗欝で重くるしいが、唐は陽気で軽快である。実は両者の二面性をシェイクスピアの劇は含んでいるのである。

一言でいえば、唐はシェイクスピアの伝統性を表わし、寺山がシェイクスピアの現代的な斬新さを表わしていると言えなくもない。しかし、あえて付言すれば、唐は舞台に詳しく、逆に、寺山は既存の舞台をよく知らないという事になるかもしれない。だが、シェイクスピアでさえも、マーロウに比べると、素人に近い劇詩人であった事を忘れてはならない。しかし、シェイクスピアは新しい形式で詩を書く未定型の詩人であるという斬新さを見落としてはならない。その意味では、まさに、唐と寺山はシェイクスピアの二面性を共有しているといえないだろうか。或いは、逆に、うっかりすると、唐と寺山の芝居は似て非なるものだという思い込みに囚われてシェイクスピアの迷路という陥穽に落ち込んでいるかもしれない。だが、その時には、シェイクスピアの二面性をもう一度思い出して、唐と寺山の芝居を解読しなおせば、シェイクスピアの仕掛けた迷路から脱出する手掛かりを掴む事が出来うる。つまり、唐と寺山が醸し出すアンビバレントな劇は、同時に、シェイクスピアが醸し出しているアンビバレントな劇によって繋がっているのではないかと思い当たるのである。

改めて、唐十郎の書誌を見ながら演劇人としての足跡を辿ると、その活躍が不世出の天才によるドラマ上演であった事を思い知らされる。シェイクスピアの場合、台本しか残っておらず、何もかも、シェイクスピアの台本には指示が書かれているわけである。だが、設計図を紐解いていけば荘厳な大伽藍が現れるのだから、それで充分である。一方、唐の場合には、台本とその上演にまつわる上演記録が残っている。台本に次いで、その記録を読むとシェイクスピアとは変わった印象を得る。例えば、プルーストが『失われた時を求めて』の中で綴っている日本の水中花の記述がある。もし仮に、シェイクスピアの台本が水中花の「紙縒り」だと仮定すれば、唐の芝居は、不忍池の泥水や、筑豊の泥炭にまみれた嵐の中を大雨に降り注がれて、巨大に膨らんで咲く毒々しい悪の華のように見える。まさに、唐の演劇はそのような水中花に譬えることが出来るのではないだろうか。

注

（1）西堂行人「演劇革命の系譜　シェイクスピア／唐十郎／ハイナー・ミュラー」（『唐十郎紅テント・ルネサンス』、河出書房新社、二〇〇六）、五〇―五四頁参照。
（2）参考：二〇〇五年六月四日、唐組の「鉛の兵隊」公演が愛知県豊田市・挙母神社　特設紅テントで行われた。
（3）唐十郎「ほんとにシェイクスピアさんなんですか？」（『超時間対談』集英社、一九八一）、一五三―一六八頁参照。以下同書からの引用は頁数のみ記す。
（4）参考：唐十郎『Shakespeare Fantasy シェイクスピア幻想〈道化たちの夢物語〉』（ＰＡＲＣＯ出版、一九八八）同書からの引用は頁数のみを記す。
（5）寺山修司『人生なればこそ』（立風書房、一九七六）七七頁。
（6）清水義和『演劇の現在　シェイクスピアと河竹黙阿弥』（文化書房博文社、二〇〇四）、一九〇―一九二頁参照。
（7）Shakespeare, William, *Twelfth Night* (Edited by Elizabeth Story Donno The New Cambridge Shakespeare, Cambridge U.P., 1985), p.56. All the quotations from *Twelfth Night* are from this edition. The page numbers are in parentheses.
（8）佐川一政『霧の中』（話の特集、一九八三）、一四六頁。同書からの引用は頁数のみを記す。
（9）唐十郎『佐川君からの手紙』（『芥川全集』第13巻文藝春秋、一九八九）七一頁参照。
（10）Henri Hubert & Marcel Mauss, *Sacrifice: Its Nature & Function* Translated by W.D.Halls (Chicago U.P., 1967), pp. 2-3. "In totemism the totem or the god is related to its devotees : they are of the same flesh and blood;…by eating the totem, assimilated it to themselves, …"
（11）*Ibid.*, "Man and the god are not in direct contact. In this way sacrifice is distinguished from most of the facts grouped under the heading of blood covenant, in which by the exchange of blood a direct fusion of human and divine life is brought about."（十一頁）
（12）唐十郎『腰巻お仙　特権的肉体論』（現代思潮社、一九八三）三三頁。
（13）『寺山修司演劇論集』（国文社、二〇〇〇）四九頁参照。
（14）唐十郎『ジャガーの眼二〇〇八』（『唐組熱狂集成　迷宮彷徨篇』ジョルダンブックス、二〇一二）、三三頁。以下同書からの引用は頁数のみ記す。
（15）寺山修司『臓器交換序説』（日本ブリタニカ株式会社、一九八二）二三―二四頁。cf. Donald Michael Thomas, *Seeking a Suitable Donor* (Ed: Langdon Jones *The New S.F.* 1969)

（16）寺山修司『人生なればこそ』（立風書房、一九九三）一五一頁。

（17）寺山修司・唐十郎・他「座談会　本質論的前衛演劇論」（『三田文学』、一九六七・一一）、十三頁。

（18）寺山修司『ｐａｎ宣言（一）』（『牧羊神』ＮＯ．二）表紙の裏、目次参照。

（19）William Shakespeare, *Macbeth* (Edited by A.R. Braunmuller The New Cambridge Shakespeare Cambridge U.P., 1997), p.145.
All the quotations from *Macbeth* are from this edition. The page numbers are in parentheses.

（20）『寺山修司戯曲集三―幻想劇篇』（劇書房、一九九三）二〇五―二〇六頁。

（21）*The Bodley Head Bernard Shaw Collected Plays with their Prefaces* 2 (Max Reinhardt, 1971), p.48. "I hate to think that Shakespear has lasted 300 years."

（22）Proust, Marcel, A la recherché du temps perdu I (nrf, 1954)、四四頁。

四章　レオン・ルビン　ドラマ・メソードへの道

シェイクスピアのiambic pentameterの発声法はRoyal Academy of Dramatic Artで修得する外なかったが、近年ロンドンミドルセクス大学のレオン・ルビン教授が世界中何処でも覚えられるiambic pentameterメソードを確立した。

現在、シェイクスピアの演劇が盛況する日本でiambic pentameterの出来る役者は、一体どの位いるのだろうか。

二〇一八年、忽然とiambic pentameterを使い演出する鹿目由紀が現れた。同年三月ロンドンから帰国してiambic pentameterに基づき同年七月寺山修司の『白夜』を名古屋のG／PITで再演した。アバンギャルドな寺山が一九六二年に『白夜』をスタニスラフスキー・システムに基づいて書き、文学座スタジオで初演した。鹿目は『白夜』の中に『十二夜』（*Twelfth Night*, 一六〇一―二）と同じ結婚喜劇を見つけ、ヴァイオラがiambic pentameterのリズムで優柔不断なオーシーノ侯爵を男にするドラマを探り当て、前衛詩人の寺山が新劇のメソードで書いた台本を損なうことなく、同時に、鹿目の出生地、会津若松の風土を活かしながら、iambic pentameterを如何なく発揮して舞台化した。

ルビン教授は、イギリスのロイヤルシェイクスピアカンパニーをはじめ、アメリカ、カナダ、モスクワなど世界各地の劇場で、シェイクスピアの『リチャード三世』（*Richard III*,二〇〇三年上演）、『ペリクリーズ』（*Pericles*, 二〇〇三年上演）、『ロミオとジュリエット』（*Romeo and Juliet*, 一九九六年上演）、『ベローナの二紳士』（*Two Gentlemen of Verona*, 一九八四年上演）、『ジュリアス・シーザー』（*Julius Caesar*, 一九八一年上演）、『シンベリン』（*Cymbeline*, 一九八〇年上演）、『十二夜』（一九八一年上演）、『終わりよければすべてよし』（*All's Well That Ends Well*, 一九八一年上演）、『オセロ』（*Othello*, 一九八〇年上演）、『アテネのタイモン』（*Timon of Athens*, 一九七八年上演）等の演出を、

iambic pentameterを使い、そのメソードを用いて文学座の江守徹が演じるリチャード三世を演出した。

筆者は一九九七年一二月名古屋の愛知県立芸術劇場で開催された『十二夜』のワークショップに参加し、以来、ルビン教授の演劇メソードを学んできた。その後シェイクスピア劇を上演した場合、どのようにルビン教授のメソードを検証し活用できるかその機会を窺がっていた。その方法は、ルビン教授が示したアンサンブルによる演劇メソードや福田恒存が稽古場で行った舞台設定を髣髴とさせた。その間、福田恒存の劇団雲が一九七五年に上演したバーナード・ショー作『シーザーとクレオパトラ』(*Caesar and Cleopatra*)の稽古に立ち会った。二〇〇〇年六月、名古屋シアターアーツで宮沢賢治原作『とっこべとらこ』、同年八月に、ブレヒト作『セツアンの善人』(*The Good Woman of Setzuan*)に出演した。

一九九八年二月二十二日、劇場演出家マギー・サクソン(Maggie Saxon)は、名古屋で開催された世界劇場会議の講演で、現在英国政府の方針により英国固有のドラマクラスが公立学校の授業から削除されたと述べた。その理由はシェークスピア劇の専門的な資格を得る為には公立学校の演劇教育だけでは余りにも難しすぎるからだそうである。何れにせよシェークスピア劇の専門的な資格を得る為に誰でも学べるメソードを確立する事が、緊急の課題となっている事は確かである。

一九九七年十二月九日、英国ミドルセクス大学のレオン・ルビン教授(Prof. Leon Rubin)が来日しシェークスピア劇を修得する為のメソードを「名古屋演劇ワークショップ」で示した。彼は演出家としての舞台経験を生かし、ミドルセクス大学に英国初の演出家コースを創設した。著者はＲＡＤＡの校長バーター(N. Barter)の講演[1]、カナダ・ショー・フェスティヴァルのニュートン(C. Newton)のワークショップ[2]、劇団「前進座」劇団「昴」ロンドン大学演劇学部等のワークショップに参加してメソードとはいかなるものか知っていた筈であった。だがルビン教授が示したメソードは斬新でエクササイズを通して具体的にシェークスピア劇を習得する為のメソードへの道を示した。

著者が一九九四年ロンドン大学演劇学部に在外研修をした時、ブラッドビィ教授(Prof. D. Bradby)は、チェーホフ（A. Chekhov）の『鴎』（*Seagull*）をスタニスラフスキイの演出ノートを使って舞台稽古した。だが、教授は学生達にスタニスラフスキイのメソードを、彼自身が修得したメソードとして具体的に現す事が出来なかった。恐らく彼は演劇研究家で演出家に必要なプロの舞台経験があまりなかったのであろう。いっぽうルビン教授はマイケル・チェーホフ（M. Chekhov）のメソードを度々引用したが、ルビン教授の演出方法は、永年彼がＲＳＣや演劇学校のワークショップで研鑽を加えて産み出した彼独自のメソードを基にしていた。だから参加した俳優は彼のワークショップに加わり段階を追う毎に、彼のメソードを修得する事が出来たのである。彼のメソードを修得した暁には、俳優はシェークスピアの台詞を最も良い状態で発話できるようになる。従って、俳優は先ずルビン教授のメソードを体得しなければならない。又彼のメソードを体得した暁には、まるで眼から鱗が取れたように、スタニスラフスキイ[3]やＭ・チェーホフやリー・ストラスバーグ（Leee. Strasverg）[4]やピーター・ブルック（Peter Brook）[5]が示したメソードをも理解出来るようになるのである。

初級演劇ワークショップ、一九九七年十二月九日。参加者二十五名。初めに柔軟体操を行う。次いで二人一組になり言葉を使って相手を互に紹介し合う訓練を行う。その際、ルビン教授は、待機しているグループが、前のグループを真似して創意工夫をやめないように様々な注文を出した。例えば「陽気に」とか「軽蔑して」とか「嘘をついて」とかいった具合にである。ルビン教授は途中であるグループには即興を強調し、紹介の場面から転じて親子との対面の場を演じさせた。このような場合もしも熟練した俳優ならば即興的に次々と異なった場面を演じる事ができる筈である。[6]

次に、幾つかのグループに別れ言葉を廃除し、動作で動物を表す訓練を行う。ルビン教授は、ロシアの演劇学校の学生達は、動物に変身するのが驚くほど巧みだと述べた。各グループは、蛙・蜥蜴・鳥達を演じた。ルビン教授は、俳優達に、互いの関係：雄・雌・親子・兄弟姉妹の区別が分るように演じるようにと指示した。そして、彼は、各グループの動物達の演技を観ている時、待機している俳優達に、動物達の区別がどこで分るかと尋ね、細かく観察するように注意した。つまり、演出家には、動物に変身した演技者の心理状態を観察する事が要求される。

最後に、各グループが、言葉も動作も廃除し、ある場面を造形して群像彫刻のように凍結する訓練を行う。各グループは、出産の場面、銀行強盗の場面、満員電車の場面等を造形した。ルビン教授は、各グループの群像を観ている時、待機している俳優達に、問題の群像は何を表しているかと質問をした。またその群像をいろいろの角度から眺めるように指示し、その後で、その群像のどこを直したら、もっと、美的になるかと質問をした。そして、彼は、実際に、俳優達に、その群像を修正させた。これらの三つの訓練が意味するのは、俳優達が、個を捨て、集団で、ひとつの空間を協同して造形し、それに個性と美を与える訓練である。著者が以前に学んだロイヤル・ホロエイ・カレッジ演劇学部の学生達は、この種のオブジェをエレガントに造形するのが巧みだった。恐らくそれが出来るのは、日頃の訓練の賜物であろう。ルビン教授は、日本人は、満員電車等の場面を演じたり又現実の場面よりも頭で描いた場面を造形する傾向があると述べた。更に日本人は、皆で造形するよりも、グループのリーダーの言いなりになる傾向が強いので、協同で、創意工夫する事が出来ない場合が多いと述べた。

指導者のためのセミナー、初日。十二月十一日。参加者十一名。先ずルビン教授は演出家としての経歴を紹介した。彼は最初カナダで演劇活動を始めた。次に一九八〇年二十五歳の時RSCの「ニコラス・ニクルビィ物語」(Nicholas Nickleby)で演出助手を勤めた。その後、ベルファストで、リリック劇場の芸術監督を勤めた。(一九八一—一九八三)更にワトフォード・パレス劇場の芸術監督を勤めた。(一九八三—一九八六)続いてブリストル・オールドビック劇場の芸術監督を勤めた。(一九八六—一九八七)又一九八九年以後ミドルセクス大学に演出家コースを開設して後進の指導に当り、今日に至っている。更に彼は一九六〇年代英国で劇場のレパートリイ・システムが懐滅状態にあった頃、演出家が誕生する事になった歴史的背景を解説した。又演出論では、俳優と観客との間の心理学的機能の重要性を強調した。

第二日。ルビン教授は「稽古で演出を行う際、俳優を叱りません」と述べた。講演の後、彼のワークショップに参加していない人達から「日本では、稽古中、演出家は役者を叱るのは当たり前です。だから役者を叱らないで、劇を演出するなんてとても考えられない」という質問があった。ルビン教授は「演出家が役者を叱ると役者は演劇メソードを体得出来ないのです」と答えた。彼の演劇メソードは、役者が個を捨て舞台のアンサンブルをめざす方法論である。ところがそうした事が彼のワークショップに参加しないと理屈では分らないのである。日本では、未だに演劇メソードが確立していないので、演出家は役者を叱る、叱らないのジレンマに悩まされている。

演劇セミナー「英国の演劇制作状況と俳優教育」

十二月十三日。参加者八十名。ルビン教授は、英国の演劇学校では毎年三週間に及ぶオーディションを行い二十名余りの学生を募集すると述べた。俳優修業は三年間あり一年目は台詞なしで演技の訓練を行うと語った。彼は今回のワークショップで言葉の廃除を徹底した。二年目は台詞が入りオーケストレイションや発声を重視し三年目は脚本を解読して劇を制作する。特にシェークスピア劇では俳優は言葉を外部に向かって発するのではなく俳優の内部に向かって発する訓練をする。その訓練は極めて難しいが重要であると強調した。実際、彼は今回のワークショップでシェークスピア劇を演ずる為に必要な演劇メソードを披露した。

専科演劇ワークショップ、初日。十二月十一日。参加者二十一名。ルビン教授は俳優ではなく、演出家の道を選んだ理由を述べた。彼が俳優として訓練した事は悪しき俳優の例となったが、良き俳優の例にはならなかったと語った。しかし生れつき良い俳優は存在せず、俳優は絶えざる訓練によって上達すると述べた。彼は俳優にならなかったが、演出家として、良き俳優を育てる道を選んだと語った。

次にルビン教授はM・チェーホフの演出論を紹介した。彼は演劇メソードを修得するには、ゲームではなくエクササイズが重要だと述べ、特に即興の重要性を訴えた。又、彼は儀式への関心を示しトランス・パーホーマンスに興味があると述べた。続いて彼は英米演劇のメソードの違いを述べた。ダスティン・ホフマン（D. Hoffman）は稽古前に役作りを完了していたが、ローレンス・オリビエ（L. Olivier）は観客の反応を意識しながら役作りをしたという。二人の違いは、英米演劇のメソードの相違を表しているという。最後にルビン教授はシェークスピア劇『十二夜』（*Twelfth Night*）のコピーを配り宿題を二つ出した。一つは次回迄に各人がその台詞を覚え、更に『十二夜』のビデオを見ておく事、そしてもう一つは各人が動物を演じる事であった。

第二日。参加者二十一名。先ず柔軟体操を行う。第一番目にルビン教授の指導の下で全員が瞑目し精神を集中し、良い言葉を発見する訓練を行った。彼の合図で、全員が瞑目し森の中を歩いていると想像する。これはイメージを喚起して森の静けさを味わう訓練である。更に彼は次の指示を出した。即ちそこへ天からひらひらと紙切れが落ちてくる。そこには今まで見たことのない言葉が書いてある。その言葉を心の中で何度も繰り返して呟き、やがてその言葉を解読する。続いてその言葉を次第に声に出し、遂には何度も大声で叫ぶ。次に彼の合図と共に、全員がその言葉を、リラックスした零％の地点から緊張した百％の高み迄、押し上げて、発して、停止し、身体ごと凍る。それはちょうど陸上選手がスタート台に立ち、合図と共に全力疾走する時と同じ集中力を意味する。このようにして緊張を百％の高みへ押し上げたところにある言葉を、心身一体にして記憶する。

第二番目に全員がリハーサル・ルームの四方の壁に触り動き廻りながら、参加者全員の言葉を聞き取る訓練を行う。つまり各自の言葉を出合った相手に伝え、同時に相手の言葉を記憶する。三分後ルビン教授が停止の合図をし、参加者が各人から聞いた相手の言葉を憶いだして答えさせた。この訓練を記憶する言葉を換えて三度行う。例、愛・絵・雨等。この訓練は歩く動作と相手の言葉を記憶する作業とを同時に行うことを目的とする。何か動作しながら相手の言葉を記憶する事は難しい。つまり集中力が重要となる。又同時にこの訓練によって自己中心的な考えを捨てる事が自然にできた。というのは自己を捨てなければ相手の言葉を記憶出来ないからである。この訓練によって誰かが舞台の中心にいるという依頼心は消え、集団意識形成に役立った。この訓練はワークショップの期間中、少しずつ複雑になり毎回繰り返された。

第三番目に二人一組になり、現在、十年後、二十年後を想定し、何れの場合も同じ言葉を使って挨拶し合った。その際役者は歳月の推移に伴い、異なった状況を次々と創造し、心理の変化を分析して演じ分ける訓練である。

第三日。参加者二十一名。先ず柔軟体操を行う。次にルビン教授の指導の下で全員が瞑目して精神を集中し良い言葉を発見する訓練を行う。次いでその言葉を発して凍る訓練をする。その後リハーサル・ルームを動き廻りながら、全員の言葉を記憶する訓練を行う。これらの訓練内容は前日と同じで、言わば復習である。

第二番目の訓練では各グループが日常生活の一齣を構築し言葉と動きを凍結して群像を造った。同種の訓練は初級演劇ワークショップで既に行った。各グループが覗き見・火事現場・合格発表等の場面を演じた。待機している俳優は、群像が何を表しているか意見を述べた。その群像が何を表しているか分らない場合はその群像を修正する作業を行った。但し演技者に話しかけてはならずちょうど彫刻家が群立する彫像を直すように修正した。次にルビン教授はその群像が何を表しているか見て分る事は大切だが、逆に演技者が群像を旨く表現できず観る人に誤解を招く場合、それを演技者と観る人とが互いに相談して修正する事が重要だと述べた。彼が稽古中に観客の立場にたち、群像を修正する方法は、多くの演出家が採用している。

最後の訓練でルビン教授は二枚の写真を参加者に見せた。一枚はマネ（Manet）の「草上の昼食」（Dejeuner sur l'herbe）であり、もう一枚はパンクの若者であった。彼は次のように指示した。先ず、俳優達が二枚の写真の何れかを選び、正確に模写して凍りつく。次にそこから飛びだして、やがて元の写真の披写体に戻り、再び凍りつくように指示した。俳優達の演技を見た後でルビン教授は次のように意見を述べた。彼は俳優達にその披写体の心理状態に入り込んで生活する事を要求した。だが何れのグループもレオンの要求に答えられなかった。彼が要求した事は一種のストップ・モーションだったかもしれない。例えば『マイ・フェア・レディ』（*My Fair Lady*）の内コベント・ガーデンの朝の市の場面で人々がその場面をストップ・モーションで止まり、やがて、又動き出す場面がある。俳優達はコベント・ガーデンの朝市の生活に入り込んで凍結し、やがて、再び、動き始め、又コベント・ガーデンの朝市の生活に入り込む。恐らくルビン教授が要求したのは俳優達がそのような朝市の一齣を演じ生活する事だったに違いない。彼は俳優達が「草上の昼食」に描かれた人々やパンクの若者達の生活に入り込み、そこで生活する事を望んだのであるが、俳優達は、それが、充分表現できなかったのであろう。ルビン教授は同じ「草上の昼食」の練習をパリの演劇学校で行ったとき演技者がエレガントな雰囲気を表わし、又実際ある女学生が裸になり、裸体のモデルが与える強烈な印象を他の演技者に与えたと述べた。確かに、名古屋の俳優達には、裸体のモデルになるとか、写真が表わしている雰囲気を表現するとかいった意欲が欠けていた。あるいは彼は二枚の写真を使い、M・チェーホフが論じたドッペルゲンガーを援用して変身の訓練を行おうとしたのかもしれない。

第四・五日。参加者二十一名。先ず柔軟体操を行う。最初、ルビン教授の指導の下で、全員が瞑目し、精神集中をし、言葉を見つけその言葉を発して凍る訓練を行う。次に、相手の言葉を記憶する訓練を行う。今回は、更に、ボールを使って相手の言葉を記憶した。つまり、お互いに、言葉を交換して、相手の言葉を記憶するばかりでなく、その際、先ず、ボールを第三者に渡してから、その次に、互いに、言葉を交換する相手を見つけて、その相手の言葉を記憶するという複雑な手続きを踏むことが条件づけられた。この訓練では、集中力が分散して、記憶力が鈍るばかりでなく、ボールを第三者に渡す作業がいいかげんになり、又、一方、ボールを持っている人は、いつまでも、言葉を交換する相手が見つけられないという事態が発生した。ルビン教授は、劇は、ラクビイの試合と同じようにチーム・ワークが大切で、ボールを第三者に渡す作業がいいかげんになると、劇全体の緊迫感が乱れる。だから、各人はボールを第三者に渡す作業を旨くするようにと指示を出した。ところが、ボール渡しの作業が旨くいくと、今度は、相手の言葉を記憶する力が鈍ってしまった。つまり、この訓練では、記憶力の低下をくいとめ、集中力を倍加する訓練が主眼となった。

続いてアレクサンダー・テクニックの実習を行った。ルビン教授は、アレクサンダー・テクニックから修得した彼独自の技術を示した。更に彼は自ら舞台の上で仰向けになり、首を顎に付け、次いで頭や身体を舞台面に押しつけて、緊張感を解放する手本を示した。続いて彼は仰向けの状態のまま、首を顎に付け、声を発しながら、舞台を転がり、身体から緊張感を自然に解放する技術を示した。

次に二人一組になり牢獄の場面を演じた。ルビン教授は、言葉やボディ・ランゲイジを使わないで囚人と面会者とを交互に演じるようにと指示した。この訓練の後で、彼は、囚人役を演じた人にはどのような境遇の囚人を演じたか、又面会者役を演じた人には相手がどのような境遇の囚人であったかと尋ねた。互いに境遇を理解し合ったグループもいたが互いに境遇を誤解し合ったグループもいた。この訓練は、俳優が互いに心理を分析する能力を養う訓練である。

続いて三人一組で牢獄の場面を演じた。但し一人は演出家役になり、観客の心理を演ずる役割を担当した。この訓練の後でルビン教授は演出家役に囚人と面会者とがどのような関係なのかと尋ねた。その質疑応答の後、今度は、彼は囚人役と面会者役に向かつて囚人役にはどのような囚人を演じたか、又面会者役には相手がどのような囚人であったかと尋ねた。その結果囚人と面会者の境遇を理解した演出家役もいれば彼らの境遇を誤解した演出家役もいた。更に囚人と面会者とを演じたグループが互いに境遇を理解して演じたグループもあれば誤解して演じたグループもあった。尚演出家役が囚人と面会者の境遇を何故誤解したかを熟慮した結果、俳優達は観客の心理を強く意識し、観客が演技を誤解せず理解するにはどのように演じるべきか心理的に解読して演ずるようになった。

最後の訓練でルビン教授は各グループに新ミュージカル、前衛劇、前衛ダンス等を演じるように指示し、しかも、二分間の打ち合わせで纏め、演じることを要求した。打ち合わせ時間を短縮したのは、俳優達が即興性を発揮し演技する為の訓練だったからである。しかし後のグループの方が前のグループよりも上手に演じた。というのは後のグループは予め先行グループの演技を観察する余裕があったからである。何れにせよ俳優達は短時間の打ち合わせで演技をした為ルビン教授の意図した即興性を充分発揮した。

第六日。参加者二十一名。先ず柔軟体操を行う。最初全員が輪になる。ルビン教授が指定した一人が、ある言葉を発しながら、その言葉に合った動作を混じえ、その言葉を相手の誰かにパスする。次いで、その言葉を受け取る人は、相手と同じ言葉を発して受けとめ、同時に、相手と同じ動作を混じえて、瞬時に一回転し、今度は、受取った言葉とは正反対の言葉を発しながら、その言葉に合った動作を混じえ、しかも、その言葉を相手の誰かにパスする。これは心と動作の瞬時の入れ換えの訓練である。更に、ルビン教授は、誰かが言葉を投げる時に、他の誰かがその言葉を横取りしてもよいといった。次第に雰囲気は、言葉のラグビイ・ゲームのような様相を呈した。これは一種の雰囲気作りの訓練になった。

第二に、全員、眼を閉じ、盲目になり、舞台を歩き廻った。最初は、俄盲になった気分で、恐る、恐る動いた。ルビン教授の合図で、もっと、活発に動く指示が与えられた。全員が指示通り動いた。彼は「この訓練は、一種のテレパシーを使って、動きながら緊張感を高める訓練である」といった。

第三に、玉子を使って、相手の言葉を記憶する訓練を行った。ルビン教授によれば、この訓練を思い付いたのは、彼の友人のおかげだといった。その友人が、フィレンツエに旅をしていたときに、ジプシイに取り囲まれた。その時赤ん坊を抱えた若い女が、突然友人に近づき、その赤ん坊を彼に投げ与えた。友人は反射的にその赤ん坊を受けとめた。その隙に、ジプシイ達は、赤ん坊を抱き抱えていた友人のポケットから財布を奪って逃げた。最後に、若い女が、友人から赤ん坊を取り返して逃げたという。友人は赤ん坊を投げ与えられたとき、反射的に、赤ん坊を受け取り自分の財布の事を忘れてしまったという。

さて訓練が始まった。ルビン教授の練習では玉子が赤ん坊の代用品となった。役者達は玉子を受け取ることに集中して、相手の言葉を覚える事を忘れてはいけないのである。練習の結果、誰も玉子を落さなかった。だが役者達は記憶力の低下が著しく、相手の言葉を殆ど記憶できなかった。その結果、文字通り皆玉子に気持ちを奪われて、相手の言葉を殆ど記憶できなかった。

第四に全員が輪になり、一緒に同じ歌を歌う訓練を行う。但しルビン教授の合図で、彼が誰かを指差すと、その人だけが歌を歌い、他の人は黙って聞く。又彼の合図で、休止が告げられると、皆心の中で歌を歌わなければならない。更に彼が誰かを指差すと、その人は心の中で歌っていた歌を、途中から直ちに歌い始めなければならない。彼が、とっさに、一人、もしくは、二人に指差すと、指を差された人は一瞬躊躇する。だが一瞬でも躊躇すると、歌の言葉が出遅れるので、絶えず、注意していなければならない。この練習は、やはり、集中力を養うことが目標で、全員が一つになって歌を共有し、個々が、歌のリズムに没頭する訓練である。これは、英国の演劇学校でも行われている訓練方法である。

第五に全員が、銘々考えてきた動物や鳥に変身した。ルビン教授は各人が同じ動物を捜して群を成すように指示した。その結果、それぞれ、ペンギン、犬、鳥のグループに別れた。この訓練は既に初級演劇ワークショップで行った事があった。ルビン教授は、俳優達に互いの関係、雄・雌・親子・兄弟姉妹の区別等が分るように演じるようにと指示した。そして、彼は、各グループの動物や鳥達の演技を観ている時、待機している俳優達に、動物や鳥達の区別がどこで分るかと質問した。又彼は、各グループの動物や鳥達の演技を観ている時、待機している俳優達に、どこを修正すれば、より本物の動物や鳥の群のように見えるかと質問をした。その後で彼はそれらの質疑応答に基づいて、再度俳優達に、動物や鳥の群を演じさせた。この訓練は、役者が人間と異なるものに変身する訓練であった。

最後にルビン教授は宿題を二つ出した。一つは、シェークスピア劇『十二夜』の第一幕四場のオーシーノー（Orsino）とヴァイオラ（Viola）の台詞を二人一組のペアを組んで披露する事であった。もう一つは、全員が事物、飛行機、扇風機、ファックス、コンピューター、掃除機、冷蔵庫、電話ボックス、テレビジョン等に変身する事であった。

第六日。参加者二十一名。先ず柔軟体操を行う。最初各自が事物に変身する訓練を行った。その際ルビン教授は各人の演技を観ながら待機している俳優達に、各人が演じる事物の区別がどこで分るかと尋ねた。又彼は事物の演技を観ている時待機している俳優達に、どこを直せばより本物に見えるかと質問しそれらの質疑の後で、再度俳優達に事物を演じさせた。

第二に俳優達は二人一組になり、言葉を廃し動作だけで、相撲、愛の行為、殺人等を演じた。但しルビン教授は、俳優達が相手と離れ、しかも、各自が観客席を向いてパントマイムを行うようにと指示した。

俳優達は次の練習でシェークスピア劇『十二夜』を稽古する事が、厖大な仕事のように思われてきた。ところが、ルビン教授は、この訓練の後で『十二夜』のリハーサルをするには、残り時間が少なすぎる。そこで、リハーサルは別の機会にしたいと述べた。というのは、彼は『十二夜』を稽古するには、俳優達は余りにも多くの事を学ばねばならないからだと語った。だが彼はこれまでの訓練を通して『十二夜』のリハーサルに必要な訓練を行ってきた筈だとも述べた。

『十二夜』の台詞を覚える宿題は、既にワークショップの初日に出されていた。だから俳優達はワークショップでは稽古しなかったが個々にビデオの『十二夜』を見て練習していたのである。とにかく今度のワークショップは言葉を身体で表す訓練と、心身と一体化した言葉をグループで表わす訓練とが含まれていた。俳優達はこの訓練を基礎にして個人的に『十二夜』を練習してきたのであり、その意味で『十二夜』のリハーサルは、ワークショップの楽日を迎えると同時に準備が完了していた筈だといってもよかったのである。

ルビン教授は、十二月十三日の演劇セミナー「英国の演劇制作状況と俳優教育」で、シェークスピア劇の言葉は、俳優が自分の外部に向かって発する言葉ではなくて俳優の内部に向かって発する言葉であると述べた。その意味で、彼がワークショップで示した訓練は、実はシェークスピアの台詞を俳優の外部ではなく内部に向ける訓練であったと、まとめる事が出来る。事実、観客がＲＳＣのシェークスピア劇を見て良く理解出きる秘密は、俳優達が日頃言葉を身体で表わす訓練を永年行ってきた賜物であった。ルビン教授が、今度のワークショップで示したメソードは、ＲＳＣのシェークスピア劇が良く理解出きる秘訣を名古屋の俳優達に伝受する演出方法であった。

第三に歌を集団で歌う。これは集団で一つの言葉を共有する訓練である。即ち言葉は個人のものではなく、集団のものである事を理解する訓練である。つまり、たとえ、ある台詞が他人のものであろうとも、その台詞をグループ全員が共有しているのだという事を覚える訓練である。この訓練を最後に、ルビン教授のワークショップは終り、彼のメソードのアウトラインが示されたことになった。

ルビン教授はワークショップでシェークスピア劇を演じる為のメソードを提示した。だが彼の方法は俳優がシェークスピア劇の台詞を発する練習を最初から始めるのではなく、台詞を言う前に先ず俳優がしておかなければならない訓練を行ったのである。だから俳優はシェークスピア劇の練習を個人で行い、当然の事として俳優がワークショップに臨んだ時には、いつでもシェークスピア劇の台詞を言う準備が出来ている事が前提条件になっていた。その上でルビン教授はワークショップで彼のメソードを示したのである。

彼は良い役者を育てる為にはM・チェーホフのメソードが大切だという信念を持って臨んだ。従って彼の考えでは、悪い役者とは個を捨てられない役者の事をいう。演劇はアンサンブルであり、オーケストレイションであり、個人が造形する作品ではない。著者にはこの事は理屈で分っていても具体的に表わすべき方法が分らなかった。ルビン教授は個の解体をワークショップで徹底的に行った。俳優は個人プレイが何故悪いか練習を通じひとつずつ理解できる仕組になっていた。例えば俳優は台詞を発する際自分の台詞に集中していたら、相手が言う言葉に集中できない。俳優はこの事を、身体で覚えるために、次第に複雑になる訓練を積み重ねて覚えた。

ルビン教授のワークショップは、ショーの『不釣合な縁組』(*Misalliance*)の一節を思いださせてくれた。その一節で軽業師は片手でレモンを七つ空中に放上げ、その瞬間にもう一方の手で、本を読む訓練をして集中力を養うのだと語る。ルビン教授のワークショップは初歩的な段階から複雑な課程を経てやがて最終目標として前述のショーの一節を実現する方法であった。仮に言葉が最も強烈に生きる場があるとしたら、それは軽業師が演技しながら言葉を覚える瞬間であろう。というのは、俳優はその一瞬最も集中力を必要とし、個を離れ集中力を駆使して、絶えず廻りに気を配らなければならないからである。けれども俳優は、緊張感を高めた時に、最も生き生きとした言葉を掴む事が出来る。だが実際我々は日常生活の場で、個を離れ社会人として働いている。例えばラクビイの試合や外科手術や人命救助や諸々の仕事の中で、ルビン教授のワークショップで訓練したメソードに似た作業を行っている。勿論演劇は、それを最高の芸術作品として創造する為に、更に美と音楽と詩を加えて造形しなければならない。

結論として俳優はルビン教授のメソードを修得すれば、難解なシェークスピア劇に臨んでも良い役者として舞台に参加することが出来るのである。又、彼のメソードは、シェークスピア劇は難解だが必要な演劇だというジレンマを解いて、演劇を一部の専門家の手から万人の手に戻してくれる鍵でもあるのだ。

注

（1）Cf. C. Newton, George Bernard Shaw & Christopher Newton, (Mosaic Press, 1993), pp. 55-67.
（2）村田元史「ＲＡＤＡイン東京'96」（テアトロNo.649、一九九六年十二月）五五―五七頁参照。
（3）Cf. C. Stanslavski, An Actor Prepares, (Methuen Drama, 1994), p.1.
（4）リー・ストラスバーグ著、米村あきら訳『メソードへの道』（劇書房、一九九六年八月）九六―九七頁参照。
（5）Cf. P. Brook, The Empty Space, (Penguin Books, 1968), p.11.
（6）M・チェーホフ著、ゼン・ヒラノ訳『演技者へ』（晩成書房、一九九六年八月）三一八頁。

五章　天野天街脚色『田園に死す』

はじめに

天野天街脚色・演出の『田園に死す』（二〇一二年）の再演を東京・ザ・スズナリで観劇した。芝居が終わった後、筆者は、天野氏にお願いして、天野氏自身の脚本『田園に死す』の英語訳の許可をいただいた。実は、天野氏の脚本演出による『田園に死す』の初演（二〇〇九年）を観劇したとき、心に引っかかるものを感じたが、それが何なのか上演台本を見て確かめてみたかったのである。

殊に、天野天街脚色の『田園に死す』再演で、心に引っかかった台詞は「ぼくの言葉は残るだろうか」[1]であった。というのは、寺山の絶筆「墓は建てて欲しくない。私の墓は私のことばであれば充分」[2]を、天野氏が『田園に死す』再演で、否定しているように思えたからである。

さて、「ことば」は色々なことを考えさせてくれる。前記の天野氏の台詞で真っ先に浮かんだのが、一九九四年に亡くなった吉行淳之介が生前エッセイの中でしばしば「小説の生命はせいぜい二十年だろう」と予測した事であった。

本稿では、天野氏の脚本演出『田園に死す』の結末の台詞「ぼくの言葉は残るだろうか」の解釈を巡って、寺山の『田園に死す』と天野氏の『田園に死す』を比較検討しながら、寺山と天野氏のドラマ解釈の相違点を浮き彫りにしてゆく。

天野天街脚色『田園に死す』

「言葉」に限らず、芸術も、人間の生命と同じ様に命があるようだ。その事を教えてくれたのは、マルセル・デュシャンの「L. H. O. O. Q 彼女はお尻が熱い」である。絵は描き終わった瞬間に、その絵の生命力は徐々に色褪せ始める。レオナルド・ダビンチがおよそ五百年前に描いた『モナリザ』も『最後の晩餐』も描かれた当時の色彩が放った生命力はない。

だから、逆説的にいえば、映画、演劇、小説、詩歌を含むアートは、その時代のものであるといえるかもしれない。

確かに、天野氏演出のドラマ『田園に死す』は寺山修司の映画『田園に死す』とは異質な世界であった。けれども、同質なものではなく、異質なものがあるからと言って、天野氏演出の『田園に死す』は、テラヤマワールドを必ずしも損なったとは限らない。

実は、天野氏演出の『田園に死す』は、むしろ異質なものがあるからこそ、これまで気がつかなかった寺山公演の盲点を教えてくれたのかもしれない。

つまり、寺山自身は、一九六〇年代から一九八〇年代にかけて、当時の新劇を悉く塗り替え新機軸を切り拓き更新し続けた。しかし、寺山没後、寺山が打ち立てた金字塔を更新するのではなくて、絶えず遺作を保存し、ほころびを修復し、模倣し続けてきたように思われる。なかでも、劇団池の下が寺山芸術を継承し、寺山芸術が秘めていたアートの真髄を絶えず新発見し、それを深化して、しかもレヴェルの高い演出により、寺山の命が断たれた為に中断した美の追求を池の下が追い求め続けたのであり、特に技術面のスキルで稀有なアーツを構築した演劇集団だった。

さて、池の下の対極にあるアーツを目指す天野氏が『田園に死す』で根底から脱構築を成し遂げたとすれば、それは何だったのか。そして、それを確認するとすれば、一九七五年カンヌ映画祭に出品された映画『田園に死す』ではなく、むしろ近年の池の下が寺山作品を公演し続けた活動と比較研究することにより、根本的な改変の意義が明らかになるのではないだろうか。

例えば、池の下の俳優たちは、ある種、人形以上に人形の特質を探求し表現し続けてきた。池の下が構築した人形的な特質は、寺山の映画や演劇作品にも頻繁に見られた。だが、ある意味では、同時に、未だに、寺山作品は、未完成で実験的な可能性を秘めていることも明らかにした。池の下の公演を見ると、寺山が懐いたであろう可能性をより具体的に舞台に現わしてくれたのであり、その表現の卓抜性は絶えず、驚きと、同時に寺山の死から寺山アートの復活を確かなものにしてくれた。

人形といえば、寺山がドイツのフランクフルトで一九六七年に開催された国際実験演劇祭で観たマリオネットからの影響は鮮烈なものがあった。寺山が人形劇として創作した『狂人教育』やテレビドラマ『わがかもめ』に挿入されたマリオネットのワンシーンなどは寺山のマリオネットに対する偏愛を十分現わしている。

けれども、池の下の舞台づくりは天野天街氏の対極にあるように見えながら、実は、天野氏の資質の中でも人形劇は重要な要因となっている。既に、天野氏は『平太郎化物日記』で対話劇では観ることのできない視覚に訴える人形の縦横無尽な転位の妙味を創りだした。かつて、レーモン・ルーセルが『アフリカの印象』を舞台化して当時のパリの観客を驚愕のどん底に突き落としたが、そのように、天野氏は人形を使って今まで見た事もない人形劇を披露したのである。

人形は本来死んでいる。天野氏が寺山と一番よく似ているのは、死者としての人形の視点であり、二人のメディア作品にはあの世からこの世を観る眼差しが共通してある。萩原朔美氏が指摘した事だが「寺山さんはあの世からこの世を見ている」のである。

たとえば、天野氏が制作した実験映画『トワイライツ』は、あの世からこの世を見つめている視点がある。そもそも、『トワイライツ』には台詞を記した台本が存在しない。あるのは殆ど絵コンテだけである。おまけに、人形は自ら話すことが出来ない。しかも、天野氏は、台本の指示の中で、「生」と「録音」を多用している。少なくとも、「録音」は機械音だから、ある種、死者の声のようである。つまり、天野氏は、人形のようなメカニックな動きや機械音の挿入を駆使して、あの世をこの世の舞台に現出させているのである。

確かに、人間は、生の言葉を発することが出来る。だが、人間の命に限りがあるように、言葉はその人の寿命と共に死ぬ。そのことを、寺山も同じように考えた。にもかかわらず、寺山は矛盾するかのように「墓は建てて欲しくない。私の墓は私のことばであれば充分」と言ったのである。そのせいか、天野氏が『田園に死す』で使って、指摘することになった「言葉は残るかな」という疑問と寺山の絶筆「私の墓は私のことばであれば充分」は疑問を露わにした。だが実は寺山と天野氏の「ことば」はお互いに矛盾しあっているのではなく、むしろ表裏一体をなしているのであり、その事にわれわれはやがて気付かされるのである。

また、絵に言葉がないように、人形にも言葉がない。更に、寺山は、一歩進めて、絵も言葉も否定した『盲人書簡』を書き、「よく見るために、もっと闇を！」[3]と反語的に相矛盾した言葉を表裏一体にして芝居を描いた。

或いは、寺山は、最晩年、トマス・ピンチョンの小説『V.』に傾倒し、次いで『競売ナンバー49の叫び』の翻訳を試みたのである。しかし寺山は病の為に亡くなり、翻訳は永遠に中断したのである。つまり、寺山の死は、ピンチョンの考えるエントロピーと構造が似ている。エントロピーの考え方では、やがて、人類は滅びるという。もし、ピンチョンのエントロピーを援用すれば、人類が滅びるのに、「言葉は残るだろうか」という天野氏の疑問は、当然寺山の脳裏にも絶えずあった筈である。

だから、寺山は、反語的に、自分が死ぬまで、また、人類が滅びる時まで、“言葉が残ってほしい”と願ったのではないだろうか。

もっと敷衍すれば、寺山は、詩「種」の中で、「たとえ、世界の終わりが明日だとしても、種子をまくことが出来るか？」[4]と書いている。ある意味では「種子」は寺山のオプチミスチックと読み違えられてしまうかもしれない。だが、やはり、寺山は、反語的に、「種をまく」と書いて、一回限りの命を最大限に輝かせたものだと思われる。井上ひさしは、「人間は奇跡そのもの」と述べた。実に地球が誕生していらい四十六億年の歳月の中で人類の祖先と言われるクロマニョン人が現われて以来二十万年前というのである。だから、地球の歴史は石の時代が殆どであったことが明らかであり、現代人が生活して生きているというのは極めて短い時間なのであり、その中で言葉が誕生したのは宇宙の運行と比べると、極端に短い。だが、逆に考えてみるとおよそ五万年前に言葉が誕生したのは奇跡であることにもなる。

すると、寺山の墓も言葉も見かけ上の様子が変わってくる。というのは、寺山は『花札伝綺』の中で、「お墓はお母さんだった」[6]と書いている。つまり、母は、先ず、我々の生命が誕生した場所である。そして、その母は地球から生まれたのである。だから、土（＝地球）に帰る墓は逆説的にみると、生命の発祥地ということにもなる。永遠回帰の視点から考えれば、墓の重要性は子宮回帰を指しているのである。従って、そもそも宇宙の誕生から流れてくる時間と比べてみれば、言葉の誕生は極めて短くて儚い。それにも拘らず、寺山が、死の直前、墓よりもっと短い言葉の命を選んだのは、言葉に特別の想いが込めたように思われるのである。

さて、天野氏が『田園に死す』で示したことは、言葉の解体である。寺山の映画『田園に死す』では、冒頭のところで、母と地主の息子が壊れた柱時計の修理の事で言い争っている。寺山にとって、時間はこの地球を支配している人たちによって決められているという固定観念があった。遺作『さらば箱舟』でも時間を支配しているのは捨て吉ではなく地主の大吉である。地主が象徴しているのは古代以来暦を計算して、地球でのリアルという名の規範となったマヤ暦やユリウス暦が規定した時間だと思われる。この時間によってリアルというコンセプトが出来あがった。そしていつの間にかわれわれは、リアルといえば、時間によって計測される地球時間の事であることに気付かつかされてきた。

ところで、寺山は、『田園に死す』で、未だ殺してもいない母殺しのアリバイ探しを映画というバーチャルな世界（仮想現実）の時間空間を作ってスクリーンに映し出して見せた。寺山にとって、『田園に死す』で仮想される母殺しはバーチャルな虚構空間であり、リアルな時間帯では母は生きている。更に、寺山は、タイムマシーンを使って時空を超え、リアルな時間が如何に曖昧であるかを追求し、結局リアルな時間が如何にとるに足らないものかを検証してみせる。

いっぽう、天野氏は、『田園に死す』で、いわば、母と地主の息子との時間の主導争いを展開し、ナンセンス仕立てにし、ギャグにし、漫画化して遂には相対化してしまった。つまり、天野氏は母と地主の息子の時間の争奪戦を延々と繰り返しつづける事によって殆ど意味をなくするのである。

これを、更に、天野氏は文字の解体に結びつけて、「地獄」→「時獄」→「時計」（五九頁）の文字のモンタージュに表わして、宇宙のカオス「地獄」の時代から秩序の時代「時計」を展開して見せるのである。つまり、これは、日本語や漢字の語源学ではない、むしろ、エイゼンシュテインのモンタージュのような解読によって、天野氏の文字の解体は文字の解読に新機軸を拓いた。

また、天野氏の文字の解体は、寺山の言葉の破壊であり、いわば、寺山のコンセプトの神聖冒涜でもある。最近のことであるが、筆者は、天野氏がジョン・ロメル氏の『ミス・タナカ』の言葉とコンセプトをこのナンセンスを使った無意味な言葉で破壊した脚本を英訳した。二〇一二年九月一三日、筆者は天野氏の台本の英訳を読んだ後改訳してロメリル氏に会った。当然、ロメリル氏から台本の英訳に対してお叱りの言葉を予想していた。だが、筆者は、ロメリル氏の知り合いで、同じオーストラリア人の俳優で演出家のピーター・ウイルソンと二〇〇三年に『ムーン・プレイ』の上演をした際に同時通訳をした想い出を語った。そして、ピーターから筆者が「ティンカ・ベルのニックネームを貰った」と述べたら、ロメリル氏は「何故だ」と尋ねた。そこで、筆者は、「演出家のピーターに筆者がいつも傍に付き纏って、まるで、ピーター・パンのティンカ・ベルのようにうるさく付きまとったから、ピーターがティンカ・ベルのニックネームをくれた」と言った。すると、ロメリル氏はピーターのユウモアを笑い、その場の雰囲気は和み危機を脱したように思った。

しかし、寺山は四十年前に既に亡くなっているから、寺山本人が直接天野氏に批判することはできない。そのせいか、天野氏は、『田園に死す』を『ミス・タナカ』の脚色に比べてかなり自由自在に脚色した。それに、プロデューサーの流山児祥氏も天野氏の新解釈と新演出による『田園に死す』の上演を後押ししたようである。

また、天野氏は終幕で『般若心経』のリズムを使っている。実際には『般若心経』の文言は以下のようである。

仏説摩訶般若波羅蜜多心経

観自在菩薩行深般若波羅蜜多時、照見五蘊皆空、度一切苦厄。舎利子。色不異空、空不異色、色即是空、空即是色。(7)

ところが、天野氏が使ったお経のリズムは『般若心経』のリズムに似ている。文言は以下の通りになっている。

京　終末　消失　望郷　好況　作中　男装　霊安　転換　上京　人身　瀆神　充血
混血　投象　鮮血　昏睡　民族　失恋　俗名　蒸発　公安　号泣　明暗　刻印
重婚　原爆　劇終　天皇　官能　環境　蒼天　状況　闘争　乱暴　逆襲　台風
天幕　愛憎　復員　滅生　天空　瞳穴　葬送　近親　相姦　血縁　痕跡　別件（六六頁）

いっぽう、寺山の『田園に死す』では、冒頭に、死児たちの合唱「こどもぼさつ」がある。

さいのかわらにあつまりし　みづこ　まびきこ　めくらのこ
てあしはいわにすりただれ　んきなきいしをはこぶなり

寺山が『田園に死す』で『地蔵和讃』を詠んだ言葉を、天野氏は出身校、愛知学院大学曹洞宗の『般若心経』の文言ではなく、『般若心経』のリズムに変えて群読した。その理由は、恐らく、天野氏がこれを脱構築の典型と考えたからではないだろうか。寺山にしても『地蔵和讃』のリズムをJ・A・シーザー氏のエレキギターのサウンドに変えたのだから、天野氏が、寺山以上に音楽の新機軸を当然考えたわけであり、天野氏のお経の文言は、言葉でなくリズムだけ借りただけなので『般若心経』の脱構築であると理解できる。

天野氏は『田園に死す』脚色でこれまた寺山の映画『田園に死す』を脱構築した。寺山は「ことば」に拘ったが、天野氏はメデイア映像に拘り続けた。両者の違いは、歌人と映像作家の違いを浮き彫りにしている。萩原朔美氏は、「太田省吾と寺山修司の違いを、太田はアクションでドラマを構成し静かなドラマを構築した。ある時期、寺山も台詞よりもアクションを重んじた。だが寺山は歌人であり、文字の人なので、ドラマよりも映像作家としての道へと転換し、太田と寺山は徐々に離れていった」という。

また、天野氏と寺山のメデイア映像論は、寺山が言葉に拘り言葉を映像化したが、天野氏は、ロイ・リキテンシュタインのように漫画やアニメの技法で映像化した。従って、天野氏の舞台は、半分は役者が勤めるが残り半分は舞台を光媒体で包んでしまう。或いは、天野氏の『トワイライツ』のように、役者の言葉を殆ど削り取り、破壊して、ギャグやナンセンスに転化しダンスや人形のメカニックな動作に変えてしまう。むろん、寺山のドラマにもこうした舞台構成は見られるが、天野氏の場合は、殊に、極端なカオスへと向かう。むろん、三十年前の寺山の映画『田園に死す』はコラージュであり、物語性を否定した作品であった。しかし、天野氏は更に過剰な舞台を構成しているので、一見、寺山の映画『田園に死す』を脱構築したばかりでなく破壊してしまったように見えるのである。

だが、寺山の『田園に死す』の新機軸は一九七五年には、斬新であったが、四十年後の今日では、『田園に死す』の新機軸は既存のものとなり保守的な傾向に向かいさえしている。『田園に死す』の斬新性は既存のコンセプトを破壊するエネルギーに満ち溢れていた。従って、かつてあった『田園に死す』に新しさを求めるとすれば、ひとつの方法として天野氏の脱構築があったと思われる。寺山はエントロピーを糧にして負の力を『田園に死す』の新機軸にした。今度は、天野氏が『田園に死す』を脱構築して、寺山のドラマが持つイノベーションのエネルギーを復活させようとしたのではないだろうか

注

（1）天野天街台本『田園に死す』（流山児事務所、二〇一二年）六四頁。この台本の引用は以下頁数のみを記す。
（2）寺山修司『墓場まで何マイル？』（角川春樹事務所、二〇〇〇年）、六一頁。
（3）寺山修司『盲人書簡・上海篇』（『寺山修司の戯曲』6　思潮社、一九八六）、九〇頁。
（4）寺山修司『種子』（『寺山修司青春作品集：6詩集』、新書館、一九八四年）、一二三頁。
（5）寺山修司『さらば箱舟』（新書館、一九八四年）、一六四頁。
（6）寺山修司「花札伝記」（「寺山修司の戯曲」4　視聴者、一九八四）、一〇六頁。
（7）参考：『房山石経』（中国仏教協会、中国仏教図書文物館／編、趙朴初／主編華夏出版社、二〇〇〇年）仏説摩訶般若波羅蜜多心経

六章　山田太一〜寺山修司のレガシー〜

劇作家・山田太一が痴ほう症を描いた彼自身のホームドラマを取り上げて、介護と呆け問題を考える。山田は『ながらえば』（一九八二）で後期高齢者の認知症と介護を描くに至った。例えば、数年前、九條今日子さんとお会いした時、山田さんは『寺山修司と山田太一の書簡集』の原稿を紛失して困ったと言ってらっしゃった。幸い、田中未知さんがコピーを取っておいてくださったので、岩波からの出版に間に合ったという事例があった。

山田太一（一九三四年—）は、また、脚本家、小説家でもあり、本名は石川太一、東京都台東区浅草に生まれた。一九五四年第二回「文藝」全国学生小説コンクールに山夊太一名義で応募し『喝采』が佳作となる。その後、芸術選奨文部大臣賞等他数多くの賞を受けた。

彼が早稲田大学時代、「あらゆる書物を読破して、小説を書くべきだ」と説いた。松竹に入社し、木下恵介の下で脚本を執筆、次いでテレビ界に進出した。『岸辺のアルバム』（一九七七）では、或る家族の洪水災害を描いた。中村哲のアフガン灌漑工事を彷彿とさせる迫力があった。

『蝶々夫人』を歌った八千草薫の声に惹かれ、ドラマでは主婦（田島則子）役に抜擢した。不審者からの電話に応対する場面は、声に艶があり、小津安二郎が原節子に語らせた言霊を彷彿とさせた。また木下恵介が『陸軍』で戦地に息子を送る母の悲痛な気持ちを、洪水と戦う母親の姿に重ねた。

『緑の夢を見ませんか』（一九七八）では夫（越谷安彦）役の山崎努が不条理な自害をした後、三田佳子が演じる未亡人（弘子）が詐欺に巻き込まれる。手掛けたペンション経営が描く、ヤクザ（朝川竜夫）役の細川俊之の餌食となる。ところが事もあろうに忽ち未亡人と恋に落ち、ロミオとジュリエットのように燃え上る。悲劇と喜劇の皮膜の間を行く、抱腹絶倒のパンチが効いたどんでん返しが続く。演出家の和田勉は「『藍より青く』（一九七二―三）や『岸辺のアルバム』よりも好きで最高傑作だ」と評した。

『路線地図』（一九七九）は中間層の両親（藤森茂夫・麻子）を演じる岸恵子と河原崎長一郎が親子の性問題を深堀した。アーサー・ミラーの『セールスマンの死』でも親子の性問題を描いている。セールスマンのウィリー・ロマンは息子の恋愛や出世を願うが挫折する。自身の浮気も発覚し、子供との溝を埋めようと焦り、保険金目当てに自死するが結局金も手に入らず犬死する。一方『路線地図』では祖父（勤造）役の笠智衆が自決し、古い世代の道徳観を示した。

『アメリカ物語』（一九七九）では日系人女性とアフリカンの結婚を綿密に検証し、日系人家族の葛藤に鋭いメスを入れた。それでもカズオ・イシグロが描いた『日の名残り』に比べ日系人の生活臭が希薄だといわれる。

『獅子の時代』（一九八〇）はパリやカンブルメールでロケし、台本にフランス語を用いた。『日本の面影』（一九八四）ではジョージ・チャキリスをラフカディオ・ハーン役に抜擢、日本語で話させた。ニューオリンズやダブリンで調査し、英訳台本を上梓した。一九九三年ダブリンで『日本の面影』の公演をした。「脚本を書くまでが脚本家の仕事である」と述べた。「シェイクスピアの台本は演出家や俳優への指示が総て書き込まれている」とレオン・ルビンミドルセクス大学教授は指摘する。

小市民のテレビ作家と批判されて、『早春スケッチブック』（一九八三）でサラリーマンの望月省一と元写真家の沢田竜彦を書いた。放映後、寺山修司から電話があった。「自分を沢田だと思っているんです。ぼくを省一だと決めている。俺は沢田でもあるんだといい返した」と一九八五年演出家木村光一との対談で応えた。

一九六六年、寺山のミュージカル『わが心のかもめ』の放送があり、当時二十歳の吉永小百合が東千江を演じた。事故で統合失調症患者になり、異人館とかもめが頭の中で分裂し自殺する。他方、山田は『丘の上の向日葵』（一九九三）

で事故による身体障碍者と丘の上の向日葵との間に心理的な繋がりを示した、この点で両作品に類似性がある。『丘の上の向日葵』はC．G．ユングの夢分析風に描かれている。サラリーマン（柚原孝平）役の小林薫が電車で会った女性と関係し子供ができる。罪悪感に阻まれ虚実の合間で子供が障碍者となり、夢幻的な向日葵に変容する。

『異人たちとの夏』（一九八八）は息子（英雄）役の風間杜夫が酒に酔い、昔自動車事故で亡くなった両親（原田英吉・房子）の秋吉久美子と片岡鶴太郎に会う。ベルグソンは、人が死ぬのではなく遠く離れた所にいるという。宮沢賢治の『銀河鉄道の夜』は、死者に会いに行く。一方、息子は、その後、生気を失い、泉鏡花の『草迷宮』紛いの妖怪に憑りつかれる。しかし、危機を救ったのは、若き日の両親の出現であり、エラン・ヴィタル（＝生命力）の成せる業であった。

『真夜中の匂い』（一九八四）や『ふぞろいの林檎たち』（一九九七）は平和な日本で性に目覚める若者が描かれている。それに比べ、西加奈子は『サラバ！』（二〇一五）で一九七八年イラン革命の戦火で、逞しく自由奔放に生きる商社マンの娘を書いた。

『シャツの店』（一九八六）では鶴田浩二がシャツのオーダーメイド職人（磯島周吉）を演じた。渡世人から一転して堅気に扮した。八千草薫が演じる女房（由子）にサラリーマン（宇本賢次）役の井川比佐志が横恋慕し、ニール・サイモン風のスラプスティック式なコメディに仕上げた。

『ながらえば』（一九八二）、『流星に捧げる』（二〇〇六）の老人や『林の中のナポリ』（二〇〇八）の老婆で後期高齢者の認知症と介護を描くに至ったのである。ヨハン・ホイジンガの『中世の秋』ならぬ人生の秋を表わした。殊に、呆け老人はリア王を偲ばせる。

山田は小津安二郎や木下恵介から、庶民を学び、そこから家族を描いた。やがて山田洋次がその遺産を継承した。

七章　寺山修司の『田園に死す』とM・デュラスの『ラ・マン』

寺山修司は、一九五九年にマルグリット・デュラス脚本の『ヒロシマ、わが愛』を見て影響を受けた。その後、実験的な映画『インディア・ソング』（一九七五）、『トラック』（*Le Camion*、一九七七）等を見続けて、益々深い関心を持ち続けた。その間に、先ず、自作のドラマ『さらば映画よ』（一九六八）を創作した。

『ヒロシマ、わが愛』では、ヒロインのエマニュエル・リヴァが「わたしはすべてを見た」と相手役の岡田英次に言う。すると、相手役は「きみはヒロシマで何も見なかった」と答える。一方『さらば映画よ、スター篇』で、中年のヒロインがだしぬけに「私は見た」と言う、それに対して、映画氏が登場して「きみは何も見なかった」と反論する。デュラスは無意識の夢の中で、曖昧な記憶を辿りながら「見た」と言う。他方、寺山は、映画館の暗闇で、スクリーンの映像を見られるが、白日の下では何も見えないと、映画氏と中年の女の違いを表した。

デュラスはベトナムのホーチミンで出生し、母親の影響でピアノを弾く。だが、ピアニストを諦め、小説を書いた。その後、フランスに帰り、映画監督のアラン・レネから依頼された『ヒロシマ、わが愛』の台本を書く。次いで『かくも長き不在』（一九六一）を書き、『インディア・ソング』（一九七四）では自ら監督した。

寺山はカンヌ映画祭で、『インディア・ソング』を見、映画を賞賛した数少ない批評家の一人であった。ダイアローグが殆どなく、映像とナレーションとシャンソンとベートーヴェン作曲『ディアベリの主題による変奏曲』第十四番を中心とした映画である。大抵の映画はプロットがあって、観客受けの娯楽作品であるが、それとは違う。映画のシュチュエーションは、女優デルフィーヌ・セイリグと男優マチュー・カリエール、クロード・マンらがダンスをしたり、スローモーションで歩いたりする映像描写が殆どであり、スクリーンには、(BGM) Background Musicとしてジャンヌ・モローが『インディア・ソング』を歌うメロデイが絶えずロンドのように繰り返し流れてくる。映像は二十世紀のヨーロッパ文明の崩壊を象徴しており、ヒロインは徐々に死の病に侵されていく。

ヒロインを追いかける男の行動を見ていると、アントン・パブロヴィッチ・チェーホフ（一八六〇―一九〇四）の『かもめ』（一八九六）との類似点を見出だすことができる。

ヒロインのニーナは、女優としてのキャリアを全うすることができず、絶望する。だが、彼女の恋人トレプレフはニーナの絶望に耐えられず、自殺する。

デュラスは、チェーホフの『かもめ』を演出したことがあった。チェーホフは『かもめ』や『桜の園』などを劇化して欧州文明の崩壊を予見した。

寺山は、詩集『田園に死す』（一九六五）の中で、近代文明の下で没落していく庶民を象徴的に歌った。更に、映画『田園に死す』では土地を奪われどん底に落とされ暮らしに喘ぐ民衆を映像詩として表した。

十八歳のとき、最初の詩劇『忘れた領分』（一九五五）を書き、劇中、サックス吹きの青年が、目に見えない鳥を、少女あゆと一緒に追いかける。だが、既に少女は死にかけていた。

寺山もデュラスも、チェーホフの『かもめ』から影響を受けた。二人の作品を辿るとその痕跡を見出すことができる。そこで、先ず『かもめ』からの影響を『インディア・ソング』や『田園に死す』の両作品にしたがって追及する。

デュラスの『太平洋の防波堤』と寺山の『田園に死す』

デュラスは一九五〇年に『太平洋の防波堤』を書いた。一九七三年には、日本語にも翻訳された。したがって、寺山はこの小説を読んでいた可能性がある。なぜなら、『太平洋の防波堤』と『田園に死す』の両方の物語に現れる家族の崩壊は、その状況が互いに似ているからである。

『田園に死す』のスクリーンバージョンは、『田園に死す』の詩集やラジオドラマバージョンとは大幅に異なっている。おそらく、寺山はデュラスの小説『太平洋の防波堤』を読み、その影響を受けて『田園に死す』(一九七四)のシナリオに書き改め、映画制作をした可能性がある。或いは、『太平洋の防波堤』を、ルネ・クレマンが映画化した『海の壁』(一九五七)があるが、それを見たかもしれない。

デュラスは『太平洋の防波堤』でベトナムを流れるメコン川の洪水を描き、貧しい庶民がその川の氾濫で田畑を失い、想像を絶する天災に襲われ滅び死んでゆく。小説の中では、家族が没落し、ヒロインが身を崩して娼婦に転落する生涯を描いている。

デュラスの父親はフランスからベトナムに移住して、学校の校長を務めた。だが、早々に亡くなった。母親は生きてゆく糧を求めて土地を買って耕作を始める。しかし、土地仲介業者に騙され、ついに破産し、貧困に陥る。

寺山は映画『田園に死す』で恐山にある三途の川を背景として描いている。娼婦の花鳥は共産党員の嵐と心中し、三途の川を流れていく。花鳥は父親が亡くなった後、彼女の母親は土地仲介業者に騙され、土地を手放す。その後、花鳥も家族が破産すると共に身を落とし、ホームレスとなり、生きていく糧を得る為に、娼婦になった。

デュラスは三部作のように、『太平洋の防波堤』(一九五〇)、『ラ・マン』(一九八四)、そして『北の愛人』(一九九一)を書いている。それらの物語で共通しているのは、同じようなシチュエーションのなかで、ある家族が崩壊へと巻き込まれていく。

寺山は『田園に死す』(一九七四)、『中国のふしぎな役人』(一九七七)、『ザ・サード』(一九七八)、『上海異人娼館チャイナ・ドール』日仏合作映画、一九八一)などで、同じような状況に置かれた娼婦を描いている。

シモーヌ・ド・ボーヴォワールとフランソワーズ・サガンはアラン・レネから『ヒロシマ、わが愛』の脚本を書く依頼を受けたのだが、断った。その後、デュラスは、一九五九年に『ヒロシマ、わが愛』のシナリオを書いた。デュラスは、第二次世界大戦直後、ドイツのアウシュヴィッツや捕虜収容所に行き、多くの死者たちの間から夫のロバート・アンテルメを探し求め、遂に捕虜輸送車で見つけだし、介護した。ちょうど、同じ頃、広島で原爆投下に関するニュースを知った。そこで人々は広島と同じような悲劇を経験したと考えた。したがって、『ヒロシマ、わが愛』で女優のエマニュエル・リーヴァがヒロインを演じたとき、大戦下のヨーロッパにおける惨事を、広島でも見たと感じた。その光景は、デュラスがアウシュヴィッツと広島で同じ悲惨な光景が在ったと考えていた。第二次世界大戦下の状況を綴った日記『苦悩』(*Le Douleur*、一九八五)があるが、その叙述に触れると、大戦で被った懊悩を吐露する絶叫に遭遇することができる。

寺山は劇場映画ときっぱりと決別したメッセージを、劇場版『さらば映画』(スター篇、一九六八)に書いている。そこでは、(キャストとしての)中年の女がスクリーン上に特殊な経験をしたと言って、シュールに「映画を妊んだ」(八五)と答える。その後で、カメラ付きの布を被ったシネマ氏が現れ、「画面に何も見なかった」(八四)と反論したのだった。カメラ氏が主張するところによると、映画館のスクリーンは明るい照明が当たると、殊に、白昼の灯が映写幕にあたると何も映らない。だから、スクリーンには「何も見なかった」と反発したのであった。

デュラスは、広島でもアウシュヴィッツと同じような悲劇を人間は体験したと考えた。特に、プルーストの『失われた時を求めて』冒頭の夢の場面のように、無意識にその事件を追体験し、ありのままの悲惨な状況と遭遇し、衝撃的な体験を繰り返すのだと考えていた。

安藤紘平早稲田大学名誉教授は、寺山の映像作品から影響を受けた一人であるが、自ら実験映画『フェルメールの囁き』(一九九八)を制作した。映画では、盲目の姉が、傍でラブレターを代読している弟の声に耳を傾けている。その所作によって、目が見えない姉が、事件の真相を知る映像を創り出した。いっぽう、フェルメールの『恋文』(一六六九―七〇)はタブローの中で身動きひとつせず沈黙を守り、永遠に真相を秘したまま、手紙を黙々と読んでいる。

デニス・ディデロの『盲人書簡』(一七四九)によると、健常者には二つの目があるという。盲人はそのうちのもう一方の目(望遠鏡)を使って、物体を物差しで計測し、対象を感知する。五百年ほど前に、ガリレオ・ガリレイは土星を望遠鏡という物差しを使って計り、漆黒の夜空に浮かぶ土星を映し撮ったのは同じ方法である。

寺山も、盲人を扱ったドラマ『盲人書簡・上海篇』（一九七三）を書いている。劇中、小林少年は突然盲目になってしまう。不思議なことに、夢の中では健常者のように物が見え、周りの光景が移り行く様子を見ている。この光景は、レネやデュラスの夢や無意識の世界で見る映像を思わせる。寺山の『盲人書簡』に影響を受けて、安藤名誉教授は、寺山とは別に、実験映画『フェルメールのささやき』を制作したのである。

寺山は、映画と闇の関係を『さらば映画』、『盲人書簡』、『レミング』（一九七九）で、夜の暗闇や夢を通して描き、殊に、映画『書を捨て、町へ出よう』（一九七一）の冒頭では、長めの闇をスクリーン上に映した。

デュラスは自作の映画『アガタ』（一九八一）を撮り、スクリーンに薄暗い闇を映し続け、同時に、ナレーションを流し、ブラームスのワルツ演奏を専ら奏で続ける。いわば、一本の映像詩と、もう一本別の音楽映画を作成した按配で、至高の瞬間をメロデイで捉え映像化した。

デュラスは、プルーストやバルザックが二十世紀の時代に書きえなかった作品を作成しなければならないと考えた。たとえば、映画『インディア・ソング』には、同名の小説があるけれども、ロマンとは違って、トオキイ映画のような会話がなく、サイレント映画のようである。つまり、デュラスは自作の映画に小説で扱ったダイアローグを殆ど使わず、ジャンヌ・モローが歌う『インデイア・ソング』を繰り返しロンドのように流した。そのいっぽうで、映画のスクリーンを薄暗い闇に包み、オブジェの形状をはっきりと見せなくして、無意識の世界を専ら詩的なナレーションによって顕にした。

デュラスは小説『ラ・マン』（一九八四）の最後のシーンでショパンの演奏を描写している。この場面は、プルーストの『スワンの恋』で、スワンがサン＝サーンスのヴァイオリン・ソナタ第一番を始めて聴いたとき心を打たれるシーンを思わせた。殊に、自作映画で、至高の瞬間を、言葉では表現できなくなると、ダイアローグではなく、至上の音楽を使って、哲学的な人間学を顕にした。

安藤名誉教授は、自作の映画『フェルメールのささやき』で、スクリーンに音と闇の世界を使い分けている。従ってその映像メディアを分析していくと、動画の音と闇から、寺山やデュラスから影響を受けた痕跡を辿ることができる。

寺山とデュラスはフランスのトゥーロンで映画審査員を務めた。そのとき、寺山は『インディア・ソング』について質問し、デュラスからは『田園に死す』の批評があったことは、エッセイ「デュラスはこの世で一番遠いところへ」から十分推測できる。そこからは、寺山がデュラスの作品を通して、やがてお互いに影響を受けあったメッセージを、解読することができる。(3)

デュラスが『太平洋の防波堤』を発表したのは一九五〇年であるが、寺山が『青森県のせむし男』を公演したのは一九六七年であるから、寺山が『太平洋の防波堤』を読んで、脚色し、女主人のマツを通して、自堕落で退廃的な大正家の崩壊を劇化した可能性はある。

『青森県のせむし男』では、マツが先天異常でクル病の赤ちゃんを産んだ後、殺害し川に捨てた話を告白する。映画『田園に死す』でも、草衣が不義の子を産み、躰に痣があるのを苦にして殺し三途の川に流す。それに加え、花鳥と嵐の心中事件があり、二人の死体が藁人形となって、象徴的に三途の川を流れていく。その場面に花鳥を演じた女優・八千草薫のナレーションが入り、『太平洋の防波堤』に描かれた一家の破綻の物語に極似したストーリーが語られる。

寺山は一九八三年に四十六歳の若さで亡くなったが、安藤名誉教授は寺山の映像をレガシーとして継承した。したがって、寺山と安藤名誉教授のスクリーンを通して、二人がデュラスから受けた影響を解読することができる。

安藤名誉教授は、寺山が描いた『さらば映画よ』(一九六八)、『ローラ』(一九七四)、『田園に死す』(一九七四)を通して、寺山が意図した映像のアイディアを読み解くことができると考えた。殊に「『ローラ』(一九七四)は、映画の出入りを可能にした」と、画期的なフィルムについて語り、寺山の映像の特異性を指摘した。

安藤名誉教授がアナログの映像で撮った『アインシュタインは黄昏の向こうからやってくる』(一九九四)は、アインシュタインの『相対性理論』に着想をえて創ったフィルムで、地球を突き抜けて、別次元に飛び込む映画だ。映像に現れる息子は、次元を超えて、永遠回帰のように、亡父に会いに行く。ちょうど、『田園に死す』で少年がイタコに頼んで亡父を呼び出すシーンと似ている。映画の中で、別次元に飛び込むということは、言い換えれば、輪廻転生を描いていることになる。

遺作『さらば箱舟』（一九八二）の中で「百年たてば、その意味わかる！百年たったら、帰っておいで！」[4]と、スエは叫び穴に飛び込んで終わる。安藤名誉教授は、その続きを、具体的に、一つスクリーンの中に、もう一つのスクリーンを嵌め込み、こうして異次元世界に飛び込む映像を産み出して、『アインシュタインは黄昏の向こうからやってくる』を撮ったのである。[5]

安藤名誉教授は、デニス・ディデロの『盲人書簡』と寺山脚色の『盲人書簡』の影響を受けた『フェルメールのささやき』を製作した。タイトルのなかで、「ささやき」は、『ヒロシマ、わが愛』で、観客が睡眠状態に陥り、無意識のうちに「ささやき」が、伝わるシーンから受けた痕跡を辿ることができる。

『ヒロシマ、わが愛』を映画監督したアラン・レネは、マルセル・プルーストの無意識な記憶から影響を受けた。レネは、プルーストが文字だけで造形したフェルメール論を、文字のキャラクターを映像化して可視化できるようにした。プルーストがロマンに書いた静止した文字をアニメーションに変換して映像化した。

小説『失われた時を求めて』（一九一三―一九二七）は、文字だけを使って二次元のタブローに押し込めたようにフェルメール絵画が描かれている。レネはこの文字で書かれ、静止した絵画ばかりか音楽も、ビデオを使って、実際に描かれ躍動する絵筆のタッチや、楽譜のスコアを楽器で奏でる音楽に変換し、様々な映像技術を駆使して、斬新な動画を作成したのである。

けれども、デュラスは、レネの制作した映画『ヒロシマ、わが愛』に満足しなかった。それで、彼女自身がプロデュースした映画『インディア・ソング』を撮り、独自の映像制作をした。この映画は、ダイアローグが殆どなく、プロットもなく、ビデオ映像と、他に、詩的なナレーションや、シャンソンとベートーヴェン作曲『デイアベリの主題による変奏曲』の第十四番のクラシック音楽が流れる。これこそ、活字で書かれた『失われた時を求めて』に代わる、デュラス自身が映像化した『インデイア・ソング』である。この映画は、文字で書かれたバルザックやプルーストの小説を超えた映像詩であった。

ジル・ドウルーズは『シネマ2時間イメージ』（一九八三）で、プルーストが小説『失われた未来を求めて』で成し遂げた記憶の「変容」を論じた後で、その文体を映像化した「レネが記憶の概念に被らせる変容を評価する方がよい」[6]と認めたうえで、だが、「いかに映画は、世界への信頼を我々に再び与えてくれるのか」と問題点を指摘することを忘れなかった。というのは、そもそも映像自体が抱えている「非合理な点」があるわけで、レネをはじめとして、その不条理な映像表現というのは、「マルグリット・デュラスにおける不可能なもの、」（中略）「とよびうる何かなのである」（二五四）と指摘し、プルーストの記憶を映像化することの難解さを改めて論及している。

寺山はカンヌ映画祭で『インディア・ソング』を賞賛した数少ない批評家であった。寺山自身も紙媒体である、歌集『田園に死す』を超えて、音声化した『田園に死す』のラジオドラマを作り、更に映像と音楽とナレーションを駆使した『田園に死す』を映像化するに至る。

寺山はドラマ『さらば映画よ』（一九六八）や実験映画『ローラ』（一九七四）をプロデュースした。そこでは、中年の女が映画を「妊娠する」という暗喩から、観客がスクリーンに飛び込んで、光線化した映像の「代理人」を創った。その後、安藤名誉教授は自らのスクリーンで寺山が撮った映像を進化させ、スクリーンに妊娠させて『オーマイマザー』（一九七〇）を作成した。

『オーマイマザー』では、三種類の人物の写真を、一枚一枚、三人のキャラクター、おかま、レスビアン、小暮美千代の写真をフィルムに張り付けたビデオを作製してフィルムを回した。すると、スクリーンには三人のキャラクターとは全く別のfilmをミックスして出来たvideoの怪物が現れる。この怪物は、比喩として、映画が妊娠して新生児を誕生させた化物を意味する。

デュラスは、娘のとき、ピアニストになりたかったといわれる。結局、母親譲りのピアニストの道をあきらめて、小説家になる決心をした。しかしながら、自ら制作した映画『インディア・ソング』には、音楽が極めて重要な役割を果たしている。つまり、音楽が俳優以上の創造者となってスクリーンに顕現し、絵画やメロデイと同等の映像芸術に変身を遂げた。

寺山が『さらば映画よ』に象徴した「映画を妊娠する」を劇化することによって、安藤名誉教授は実験映画『オーマイマザー』のお化けや、デュラスのヌーヴェルバーク映画『インディア・ソング』に現れた陰影や音楽から「分身」を産み出し、象徴的な幽霊現象や、人格を持つに至った音楽が発露するイメージを表した。

寺山は、『田園に死す』の短歌を、ビデオを使って『相対性理論』を援用しながら『田園に死す』を映像詩として創造し、スクリーン上に新しい生命を産み出そうとした。この寺山の遺志を継いで、安藤名誉教授は『アインシュタインは、黄昏の向こうからやってくる』を制作した。その黄昏とは、黄泉の世界、つまり、子宮回帰であり、言い換えれば、子宮から新しい生命の誕生を予告したのである。

『インディア・ソング』のヒロインであり、ラホールの副領事の愛人は、スクリーンの中で人格化したメロデイに変身し、死の国を切望している。つまり、子宮回帰を望んでいる。

デュラスによって書かれた『ラホールの副領事』（一九六五）では、副領事がライ病患者で妊娠した乞食に向かって発砲する。結局乞食女はガンジス川で溺死する。ガンジス川は子宮の羊水を象徴していて、子宮回帰を表している。

ガンジス川はメコン川のように海に注いでいる。海は象徴的に子宮を表し、そこで人は死に、やがて、誰もがそこから蘇る。

デュラスは十八歳の時、当時仏領インドシナのサイゴンからフランスに帰った。その後フランスの大統領になったミッテランから、ベトナム社会主義共和国に変貌した生誕の土地を訪問するよう勧められた。だが、生まれ故郷のベトナムに帰ることはなかった。すっかり政治状況が変わった後になって、生まれ故郷のメコン川を見る気はなかったと言われる。

結局、デュラスはフランスの大西洋に面したトゥルヴィルのロシュ・ノワール館一一二号室に住み、海を眺めて創作活動をした。デュラスは、大西洋を眺めながら、半世紀前の十五歳の少女に帰って、記憶の底に眠るメコン川を思い出しながら『ラ・マン』を書いた。

ロシュ・ノワール館は、プルーストがかつて住んだことがあり、大西洋の海を眺めながら『失われた時を求めて』を書いていた。トゥルヴィルにある部屋で、海を見ながら、マルセルを溺愛した祖母と過ごした少年時代やイリエ・コンブレで過ごした記憶を、心の間欠泉によって思い起こし、失われた時を蘇らせた。プルーストは草稿『ジャン・サントワイユ』を改稿して『失われた時を求めて』を産み出した。そのようにして、今度は、デュラスが、十五歳の娘時代に帰って『太平洋の防波堤』を推敲して『ラ・マン』を書きあげた。

デュラスはユダヤ人に関心があり、カフカ風な不条理小説『ユダヤ人の家』を書き、誰彼となく、エリア・カザンにさえも「あなたはユダヤ人ですか」と尋ねた。ユダヤ人に対し執拗にこだわった要因の一つは、プルーストの母がユダヤ系であり、小説に登場するスワンはユダヤ人で社交界では除者にされる場面を詳細に書いているが、その経緯から推測できる。そこには、デュラスが抱いた趣向の一因を見つけることもできる。スワンのモデルの一人がプルーストだと推測していて、その孤独を、浪漫を通してばかりではなく、現実の社会人からも見つけただしたかったに違いない。

デュラスは、プルーストのように、大西洋に面したトゥルヴィルのホテルに住み、半世紀前にメコン川の岸辺で暮らした、十五歳の少女にかえって、記憶を辿り、フランスに渡った半世紀後に、七十歳を過ぎてから、漸く遥か彼方のベトナムを流れるメコン川の追憶を辿りながら『ラ・マン』を執筆した。

寺山は、紙媒体の詩集『田園に死す』から遂に映像作品の映画シナリオを書いた。しかし、映画に表した下北半島にある恐山は、子供のころ過ごした三沢のような場所ではなかったかといわれている。

おそらく、少年時代に住んでいた三沢は、記憶にある同じ場所ではなかったのだろう。むしろ下北半島の恐山のほうが、幼少期に過ごした悲惨な環境の中で生き抜いた三沢のイメージに似ていたのではないか。

デュラスは十八歳の時にパリへ帰ってから、生涯、生まれ故郷であるベトナムのホーチミン（旧名サイゴン）に里帰りすることはなかった。だが、ホーチミンの代わりに、大西洋を望むトゥルヴィルにあるホテルに行って海を眺め、記憶の底に眠る遥か彼方のメコン川を思い出した。小説『ラ・マン』を書きながら、ベトナムにいた十五歳の頃の少女に戻って、失われた自分自身を見出し、二度と癒すことの出来ない傷ついた孤独に立ち向かった。

デュラスが自ら撮った映画『アガタ』は、自作の小説や自伝的なドキュメンタリーとも全く異なっていた。映画は、憂鬱で病的な心象風景が生み出す記憶の奥底にある孤独を覗き込み、失われた魂の故郷を描いている。

彼女の幻想的な記憶は、小説ばかりではなく、映像によって、より繊細で詳細な表現で描かれた。デュラスは、何よりも二十世紀の小説は、バルザックやプルーストの小説を超えなければならないと考えていた。「私自身は、もうロマンは読めなくなっている。こんにち、バルザックやプルーストのように書くことは出来ない」[7]と宣言して映画を撮った。

プルーストがかつてパリを去ってトゥルヴィルで使用した部屋を、デュラスは『ラ・マン』を執筆する場所に選んだ。その理由は、大西洋を眺めながら、地球の裏側にあるが、半世紀以上前に、少女時代を過ごしたベトナムのメコン川に想いを馳せ、太平洋に注ぐ大河と失われた時間とをダブらせて、喪失し、傷つき、病んだ記憶を思い出すことを選んだ。

デュラスはジャン＝ジャック・アノーが製作した映画『ラ・マン』（一九九二）でさえも気に入らなかった。そのため、映画『アガタ』を撮り、自らのナレーションで、愛人ヤン・アンドレアに次兄を演じてもらい、近親相姦の苦悩を映像で制作した。ちょうど、小説『ラ・マン』で描いたオマージュを、ショパンの音楽に重要な役割を与えたように、今度は映画『アガタ』で、薄暗い部屋の映像と、彼女自身にしか表せないナレーションとブラームスのワルツによって制作したのである。

寺山は詩集『田園に死す』を書き、それからラジオドラマ『田園に死す』を作り、最終的に映画『田園に死す』を制作した。

また、寺山のオムニバス映画『草迷宮』（一九七八）や実験映画『消しゴム』（一九七七）は、デュラスの『インディア・ソング』や『アガタ』のように、現実には失われたアルカディアを映像詩として表している。

デュラスはありとあらゆる実験を試み、小説や映画に表し展開してみせた。カミュの不条理や、ナタリー・サロートのヌーボー・ロマンのスタイルで、小説を書き自作の映画を撮った時期もあった。しかし、不条理やヌーボー・ロマンにさえも飽き足らず、絶えず、異分野に踏み込んで、ロマンやシネマを創作し、世界を挑発し続けた。

ジャン・リュック・ゴダールは映画で絶えず新天地を開拓し、アルチュール・ランボーを現代人にしたような映像詩人である。しかし、ゴダールとデュラスの対談を読むと、そこから、ゴダールは、映像作家であるから、デュラスのような小説家で映像作家であるという複眼的な映像スタイルをとることはなかったことが読み取れる。従って、ゴダールは専ら映画の文法に従って映画を制作していることが伝わってくる。

デュラスは、アントナン・アルトーの『演劇とその分身』（一九三八）にある「分身」のように、小説と映画の間を行ったり来たりしている。だから、デュラスの小説『インディア・ソング』を読んでから、映像を見ないと、映画をアヴァンギャルド風な映像と読み違えてしまう。また小説『アガタ』を読んだうえで、映画『アガタ』を見ないと、意味の分からない抽象的な映像を見ているような気になる。

ジル・ドゥルーズは『シネマ2時間のイメージ』の中で「マルグリット・デュラスは『ガンジスの女』についてこういっている、これは二本の映画、イメージの映画と声の映画だ」（三四五）と指摘した。

寺山の場合も、映画『田園に死す』だけを見ていると、独りよがりに詩人が作ったアヴァンギャルド風な映像に見える。だが、一度、デュラスの『ラ・マン』や『インデイア・ソング』や『ガンジスの女』（一九七三）を小説や映像で鑑賞し解読した後で、『田園に死す』を今一度見直すと、メコン川が、恐山にある三途の川と同じ相貌を伴って表れてくることに気がつく。寺山が拘った母ハツとの近親相姦を思わせる要因は、デュラスと母親との葛藤や次兄ポーロとの近親相姦がトラウマとなっているエレメントと、パラレルになっていることに気がつく。

デュラスの次兄はピアノの名手であったので、小説や映画を創作するうえで次兄の音楽が妹にアイディアを喚起して深い影響を与えたことは看過できない。同時に、音楽を通じてデュラスと次兄ポーロとの間に生じたであろう曖昧模糊とした近親相姦関係は、寺山が描く母子間の漠とした近親相姦を示す不透明な関係を彷彿とさせる。

デュラスが次兄の俤を見ていたホモセクシャルなヤン・アンドレアとの恋愛関係も、寺山の母ハツとの母子関係も永遠に解けないパズルである。つまり、ホメロスからラシーヌを経てプルーストに至るまで、古くから今尚解けないアリアドネの糸である。デュラスの愛は傷つけあう病であり、マクベス夫人のような熱病的なパッションが忍び寄る。

寺山は母ハツとの関係を、オイディプスコンプレックスではなく、むしろオレステスコンプレックスであると述べている。デュラスにとって、プルーストの『見いだされたとき』は、彼女には「未だに見出されないとき」だと言っている。寺山は母を詩やドラマや映画の虚構のなかで何度も殺しているにもかかわらず、現実の生活では、「案外母親と仲良く付き合っている」とパラドキシカルな逸話を語っている。

デュラスに見られる旧フランス植民地インドシナを背景にしたマイノリティの小説やエスニックな映画芸術を、寺山の土俗的で民話的な世界と比較して見ると、寺山が描く人間関係はデュラスの描く旧フランス植民地インドシナの植民地時代の難民と類似している点に気がつく。

デュラスがベトナム生まれの作家であったというキャリアは、ヨーロッパの近代文学と微妙に異なる様相を呈している。何よりも、デュラスはバイリンガルとしてフランス語とベトナム語を話す文化圏の中で育ち、フランス語でベトナムの底辺で蠢く民衆の日常生活を書いた。だから、マイノリティの文学やエスニックな芸術として高い評価を得たものと考えられる。

寺山は、若い頃から、持病のネフローゼの治療で苦しみ、複雑なコンプレックスを抱き、生涯、そのトラウマから離れられなかった。だが、その主題を芸術作品に昇華して、孤高な精神を貫いた。その病は、デュラスの癒されることのない心の病と根本のところで結びついており、その主題を尽きることなく生涯書き続けた一貫性の中に相関関係が見られる。

結び

デュラスは二十世紀の文学は、バルザックやプルーストを越えなければならないと語った。映画化された『スワンの恋』、『見出された時』は、小説『失われた時を求めて』のディテールには及ばない。劇場映画はプロットやドラマチックな展開を見せて終始し、小説固有のディテールに基づく描写とは無関係だからだ。

デュラスは、小説の筋を、文字でなぞるのではなく、映像やナレーションやクラシック音楽から民族音楽まで幅広く使って、ダイアローグだけでは表せない、イメージとしての映像詩やリズムを伴ったナレーションやドラマチックな主題を、主としてクラシック音楽を使って表した。

J・A・シーザーが指摘したことだが、「寺山は絶妙なタイミングで音楽を劇に挿入する」。つまり、必ずしも劇的なカタルシスを台詞やプロットで表現するのではなくて、むしろ音楽によってドラマの核心を表わしている。あるいは、ダイアローグによって大団円を纏めるのではなくて、説教節の節回しや、詩のリズムによって劇的山場を作り上げる。

寺山は『青森県のせむし男』の開幕で、女浪曲師に『石堂丸』の冒頭の部分を語らせている。男性の浪曲師ではなく、女浪曲師が歌わなければ表せないことを、女優固有の声の音質によって証明した。『石堂丸』の「これはこの世のことならず…」は女性の声でなければ表せない声魂がある。このことは、台本には記すことが出来ない。無機物の文字が、説教節の音色に変わって初めて命を吹き返し立ち現れてくるのである。

プルーストは『失われた時を求めて』を、言葉によって韻律と音楽と絵画によるディテールを描いている。ちょうど、ゴッホの書簡にスケッチが描かれ、音楽や文学論が書かれているのと異なり、プルーストは文字だけで小説を書き、映画のように韻律と音楽のリズムと絵画を使って小説を書かなかった。これに対し、デュラスは、文字媒体の小説を書きつつも、他方で、その小説と全く異なった映画の文法に従って、映像や韻律のあるナレーションや、音楽に言霊を与え、それらの芸術様式を駆使して再構成し、映像作品を構築した。

デュラスの場合、小説と映画とは全く別物であるが、似て非なるものをワンセットにして、造形している。しかしながら小説と映画のどちらが欠けても不十分であり、小説と映画の双方の素材を使わって表さないのであれば、プルーストやバルザックの小説を越えた作品を構築できないと、自らの映像作品で描いて見せた。

寺山は、『田園に死す』を創作するとき、先ず、文字媒体の詩集を書き、次いでラジオドラマで音声化し、そうして遂には映像を撮って、かくして三つの表現媒体（詩歌、リズム、映像）を一つのセットにした映像詩『田園に死す』を構築した。

デュラスが描くメコン川で暮らす家族の崩壊は、寺山が描いた恐山から流れる三途の川沿いで生き崩壊していく家族と共通しており、マイノリティの文化遺産やエセニックな日常の暮らしを基にして表した映像作品であることを証明している。

デュラスはベトナム生まれのフランス人であり、寺山は日本の北国にある青森生まれのフォークロアであるが、少なくとも、言語はベトナム語、フランス語、日本語、東北方言など、多岐にわたっており、それらのエセニックな文化を表した映画が背景になっている。デュラスは寺山とカンヌやツーロン映画祭で、共通言語として、英語を介して、映画について話し合った。

寺山とデュラスはカンヌやツーロンの映画祭を通して交流があり、互いに影響しあった筈だが、これまで二人の作品を比較した文献は少ない。ただし、デュラスと寺山が残した映画やドラマや評論の中に、その手がかりを求めることができる。

デュラスの映画に『ル・キャメロン』（トラック）（一九七七）があるが、トラックが只ひたすら走り続ける光景を映したフィルムである。寺山は、この映画を観た後で、デュラスに「この世で一番遠い場所はどこだと思いますか?」

（二四七）と尋ねた。すると、デュラスは「自分自身の心」（二四七）と答えた。そのとき、寺山は、デュラスの孤独を知ったと書いている。

寺山は『壁抜け男』の幕切れ「16．死都」で、キャストの王が「世界の涯とは、てめえ自身の夢のことだ」[8]と独白する。寺山が王の独り言を書いたとき、寺山自身の孤独を表したのであるが、同時にデュラスの孤独を思い出して綴ったのかもしれない。

また、寺山脚色『青ひげ公の城』の終幕で、ナレーションと少女の長い独白とが続いた後で、少女は「月よりも、もっと遠い場所…それは、劇場！」[9]と絶叫する。この独白は、デュラスが『ル・キャメロン』（トラック）で描いたトラックがひたすら世界の涯へと走り続ける孤独な心と同じ心の病とを表している。

寺山はこれまでアングラとかマイナーだと言われてきた。だが、そこから異なる多様な民族文化を解析すれば、具体的には、デュラスの小説、演劇、映画、評論を寺山作品と比較し、その背後関係を明示することによって、寺山が偏ったマイナーな文芸ではなく、メジャーな文学であることを証明していく必要がある。

デュラスの『太平洋の防波堤』や『ラ・マン』や『北の愛人』と、寺山の『青森県のせむし男』や『犬神』や『田園に死す』に示されたレガシィに共通する民族的な遺産を明らかにすることは重要な課題である。本稿では、デュラスと寺山の接点となる映画『ラ・マン』と『田園に死す』を軸にして双方の映像作品を比較しながら、未開の少数民族やその生活文化を抽出して纏めた。

八章　馬場駿吉の顕微鏡

馬場駿吉博士は、名古屋市立大学名誉教授であり、耳鼻咽喉科学の専門家で、同大学の病院長を長年務め、名古屋ボストン美術館館長に就任、加納光於、荒川修作の美術論を著してきた。

馬場氏はレオナルド・ダ・ヴィンチ（一四五二年四月一五日―一五一九年五月二日（ユリウス暦））が画家であり科学者であるがゆえに敬愛している。ダ・ヴィンチは『モナ・リザ』や『最後の晩餐』を画いた画家であり、人体解剖をして「解剖図手稿」を著した科学者であった。馬場氏とダ・ヴィンチの共通点は、二人共、科学者でアーティストであり、ハイブリッドな文化人であることだ。

五百年前、その当時手術や治療方法は現代科学技術に比べて進歩していなかった。今日では、手術を行う科学技術方法は格段に進歩し、同時に、審美的な技術で身体の部位を修復・整形することが可能となり、異分野と思われてきた科学とアートの間には密接な関係が産まれた。

ダ・ヴィンチの「解剖図手稿」は現代の解剖学と比べて、人体解剖による発見の意味は重要でその真価は変わらない。だが、「解剖図手稿」のスケッチは現代医療の顕微鏡やＣＴスキャンの科学技術と比べて比較にならない簡単な素描であった。だが、『モナ・リザ』に勝る絵画は現代においても未だにあらわれていない。

馬場氏は、ダ・ヴィンチの『モナ・リザ』と「解剖図手稿」を長年手本にして、科学者はアートを疎かにしてはならないし、アーティストは科学知識を疎かにしてはならないと一貫して主張してきた。

馬場氏は自著『加納光於とともに』で、加納氏が身体をアートとして、殊に、科学知識を旺盛に自分のアートに活かしながら造形していることを極めて詳細に明らかにしている。

本書では科学者、馬場氏が顕微鏡やCTスキャンによって身体を綿密に分析した研究に基づいて、加納氏が造形した身体のオブジェクトを分析してそのコンセプトを解明する。

馬場氏の論文には、身体のグラフ図、写真、CTスキャン、人体各部位のスケッチのデータが掲載されている。それらの図表、写真は、永年、身体について文章で著したり、グラフの統計を使って表したり、写真、CTスキャンや、人体各部位のスケッチを提示したりしておびただしい数の解説をしてきた研究経歴が見て取れる。馬場氏の学術論文の総数は、二〇二三年までに、耳鼻咽喉科学関係や耳鼻咽喉科感染症の専門研究関係の分野で八〇〇本以上にのぼる。

写真やCTスキャンが存在しなかった遙か五百年の昔、レオナルド・ダ・ヴィンチは、専ら、図表やスケッチで身体を画き、文章で著して「解剖図手稿」などを解説した。

しかしながら、ダ・ヴィンチの「解剖図手稿」は、現代においても、未だに身体解剖の原点にあることに変わりがない。

馬場氏の学位論文のテーマとなった慢性副鼻腔炎研究の新機軸は、ダ・ヴィンチが図示した頭骸骨に空洞があることが大きな手掛かりになった。

馬場氏は「慢性副鼻腔炎における嫌気性菌に関する臨床的ならびに実験的研究」の論文では、嫌気性菌が頭蓋骨の鼻腔近くの空洞に住みついて人間に及ぼす臨床研究を詳細に考究している。

その解説で、「嫌気性菌は頭蓋骨の鼻腔近くの空洞に住みつく習性がある。嫌気性菌にとって、鼻腔は居心地が良いからだ」と語り以下のように論文で述べている。

慢性副鼻腔炎の成因に関しては種々の観点から究明しつつあるが、その発症にかかわる因子の複雑さは、治療の困難にもつながって、現在なお耳鼻咽喉科臨床医の悩みとなっている。（略）副耳鼻腔はその解剖学的特殊性から酸素分圧の低下が生じやすいことが容易に想像され、嫌気性菌の棲息にも有利な条件を備えていると考えられるが、著者は、本症患者における上顎洞内貯溜液中の嫌気性菌を検索し、その分離菌株について種々検討するとともにPeptococcus anaerobiusによる家兎慢性副鼻腔炎発症実験を行い、本症発症に嫌気性菌の果たす役割の一端を窺い得たので、ここにその成績を報告する。(1)

馬場氏は、嫌気性菌を含め、慢性副鼻腔炎研究を通して、ダ・ヴィンチの「頭蓋骨の習作」が示している頭蓋骨の空洞の役割について科学的な研究に基づいて明らかにした。

二足歩行の人間は、身体が頭から地面に直接倒れると脳に衝撃が加わり致命的な損傷を負う。ところが四足歩行の動物と異なって、二足歩行の人類の頭骸骨には空洞がある。そのため、人間が転倒した時、頭骸骨に加わった衝撃は頭骸骨の内部にある孔から鼻腔を抜けて外に抜け出る。人間は頭骸骨にある空洞のおかげで、致命傷を避けることが可能になり、死を免れることができる。つまり、人間の身体が進化する過程で頭骸骨に空洞が出来たのである。

慢性副鼻腔炎の原因となる嫌気性菌は鼻腔の空洞が棲息するのに格好な場所となり疾患の主たる原因になっている。馬場氏は慢性副鼻腔炎の原因となる空洞が何故頭骸骨にあるのかその疑問から研究調査が始まった。長年の調査の結果、二足歩行の人間には頭骸骨に空洞がなければ昏倒した時、頭骸骨に打撃が加わり致命傷を受けて死にいたることが解明したのである。

馬場氏は慢性副鼻腔炎の原因となる頭骸骨の空洞に着目し、その研究の結果ダ・ヴィンチの頭骸骨の「解剖図手稿」に巡りあった。

その空洞は、馬場氏がアルタミラの洞窟の壁画に人間が最初に手を描かいていることに気が付いた時にも、同じ感触を得た。というのは、頭骸骨の空洞発見も、アルタミラの洞窟発見も、人間の手によって痕跡が残された。ダ・ヴィンチは自分自身の人間の手で頭骸骨の解剖を行って空洞を発見した。そのように、原始人も洞窟の空洞を発見しその時代を生きたアリバイとして壁に手の絵を画いた。

等身大の人間を中心にして観察すれば、洞窟に描かれた手は、旧居人が壁面に手を当てて赤い染料を手の周りに吹きかけて型をとり、それから手を壁から離し、手の形の輪郭を残して作った痕跡である。いっぽう、鼻腔の空洞に棲む嫌気性菌の触角は顕微鏡によってしか確かめられない。旧居人の手も、厭世菌の触角も、一方は人間と等身大のサイズであり、他方は顕微鏡で確かめねば確認出来ないミクロサイズである。

ダ・ヴィンチが五百年も前に頭骸骨の解剖をして「解剖図手稿」を後世に残した。そのおかげで、顕微鏡が発明されミクロの世界を観察可能になった科学が二一世紀に至って、漸くダ・ヴィンチの「解剖図手稿」の真価が認められた。一五世紀以来、今日に至るまでダ・ヴィンチは具象画『モナ・リザ』の画家として知られたが、二一世紀の近代科学の時代になって、ダ・ヴィンチの「解剖図手稿」は具象芸術であるばかりでなく、特に、科学者にとって、眼に見えない世界に棲息するウイルス菌の在処を知らせたミクロへ通じる通路を示す羅針盤となり、絵画で譬えるなら、前衛芸術に見られるアートへの路を切り拓いてくれた。

ダ・ヴィンチの「頭蓋骨の習作」の存在について数奇な運命があった。鈴木秀子が著したアンドレアス・ヴェサリウスの『人体の構造についての七つの書』（一五四三年、バーゼル、オポリヌス書店刊）によると、以下のようなダ・ヴィンチの「解剖図手稿」に関する解説がある。

ファブリカ刊行の前にすぐれた解剖図を描いた画家として、レオナルド・ダ・ヴィンチが存在する。ファブリカの挿図がレオナルドの剽窃であるといわれたこともあったようだ。だが、実際には、ダ・ヴィンチの解剖手稿は刊行されることなく、長くコレクターなどによって秘蔵されたままであった。ダ・ヴィンチの手稿が広く世に知られるようになったのは二〇世紀に入ってからである。ダ・ヴィンチはパヴィア大学の解剖学者マルカントニオ（Marcantonio della Torre, 1481-1512）と解剖学の共同研究を行っており、マルカントニオがペストによって死亡しなければ、あるいは、ファブリカのような解剖学書が著された可能性も推定されている。ルネッサンスにおいては、ダ・ヴィンチ、ミケランジェロなどをはじめ、画家の側から人間を正確に描くためにその内部（解剖図）を描く試みがなされた。ダ・ヴィンチの解剖図からの直接的影響は証明できないにせよ、ルネッサンス美術においての画法や精神が間接的にファブリカに影響を及ぼしたことは十分ありうる。

マルカントニオはペストで死亡したために、解剖の本は一三〇数年後の二〇世紀になってイギリスでサンダース（J. B. de C.M. Saunders）がオマリー（Charles D. O'Malley）との共著で発表し、頭骸骨に空洞があることが証明された。

（注）鈴木秀子「アンドレアス・ヴェサリウス『人体の構造についての七つの書』一五四三年、バーゼル、オポリヌス書店刊」参照。[2]

「解剖図手稿」は、ダ・ヴィンチが存命中に書かれたが、長い間行方不明になっていた。だが、二〇世紀になって漸く失われた「解剖図手稿」の真価が発見され出版された。ダ・ヴィンチの「解剖図手稿」が長い期間行方不明になっていた時期やその経過に関して様々な説がある。だが、二〇世紀は科学の時代であり、顕微鏡や内視鏡やCTスキャンが発明された時代であった。顕微鏡や内視鏡やCTスキャンによって、身体の内臓内部のミクロの世界が人類の眼に示されて日の眼を見ることになった。

「解剖図手稿」は、ダ・ヴィンチが人体を解剖して図で示さなければ、未知のままだった人体解剖の起源を示す書物であることが明らかになった。ダ・ヴィンチは具象画『モナ・リザ』の画家であり、同時に、未知の世界、ミクロに通じる路を示すコンパスを現した『解剖図手稿』の科学者となった。事実、ダ・ヴィンチ自身は『モナ・リザ』の画家であるよりも、『解剖図手稿』を執筆した科学者であることの方を望んだ。

現代においては、馬場氏はCTスキャンや顕微鏡を使って耳鼻咽喉科の学術論文を著す科学者である。同時に、専門的な美術批評家でもある。加納光於氏は大岡信とのコラボレーション作品《アララットの船あるいは空の蜜》などの等身大の人間の身体や宇宙だけでなく、グラフィックな抽象画でミクロの世界を現す。

馬場氏は顕微鏡やCTスキャンや内視鏡を使って身体の内部を脅かすウイルス菌を、加納氏の油彩画『胸壁にて』に重ねて見る。馬場氏は加納氏以外の画家では、駒井哲郎やルドンの作品にもCTスキャンや顕微鏡を使って身体の内部を写した映像と見比べながら研究している。

他のアート作品も、CTスキャンや顕微鏡を使って、身体の内部を写す映像を想定しながら双方を比較して研究している。根底には、ダ・ヴィンチが人体の解剖をスケッチした「解剖図手稿」と比較しながら、裸眼では見えないミクロの世界を観察してきた。

馬場氏は、古代メキシコ・アートの"God of Rain"（一九四七）と古代メキシコ・アートの"God of Rain"（一九四七）には顔に筋がはいっていることに注目した。医学の専門医の視点から見ると、「雨の神」は顔面神経に覆われている状態を表していることになる。「Rain God」はメキシコのテスケ、コチティ、サンタクララ、ラグナなどサンタフェ近郊の各プエブロで販売されているみやげ品の呼称でもある。古代メキシコ・アートの"God of Rain"（一九四七）と内臓の神経脈との関係を次のように叙述から科学的に推論している。

メキシコのテスケ、コチティ、サンタクララ、ラグナなどサンタフェ近郊の各プエブロで販売されているみやげ品の製作は顕著であった。その代表がテスケの「Rain God」と呼ばれる小さな塑像型土器である。人形には、ベージュの化粧土の上に水彩絵の具や薄めたインクで赤や緑、青の線が引かれている。プエブロの象徴的デザインである雨や水ともデスケの土器の伝統とも関係がない。この人形は最初、中西部キャンディー製造会社の景品としてサンタフェの交易商人から注文されたものであったが、観光客の人気を得て量産されたのである。また、コチティではインディアン以外の人びと―神父、カウボーイ、ビジネスマン、旅行者などを戯画的に表現した塑像型土器が作られた。テスケの土器は速成で耐久性に乏しかったが、サンタクララで作られた壷や燭台、汽車、動物型土器などは小品だがよく研磨されている。みやげ品の製作は、材料、形態、製作方法、質、作り手の人数などプエブロごとに違いが見られた。(3)

馬場氏は顕微鏡で顔面神経に覆われている状態を確認できるが、顕微鏡が無かった時代に人類が"God of Rain"を描いたことに注目した。ダ・ヴィンチは身体の解剖によって、筋肉や骨の機能を研究し、『モナ・リザ』を描いた。ダ・ヴィンチにとって身体解剖と『モナ・リザ』の関係は、顕微鏡による身体内部と裸眼による皮膚の表面の関係を思わせた。顕微鏡も持たず"God of Rain"を描いた昔の人は近代のシュルレアリスムに類似した想像力によって描いた。

馬場氏は自著『加納光於とともに』（二〇一五）で加納氏のアート作品とCTスキャンや顕微鏡の映像との関係をダ・ヴィンチの「解剖図手稿」を援用しながら詳細に論じている。

今日では、写真、CTスキャンや顕微鏡が著しい進歩を遂げたが、その身体研究の中で、写真、CTスキャンや顕微鏡の映像を駆使して身体の観察を続けてきた。

加納光於氏はアーティストとしてレオナルド・ダ・ヴィンチの古典アート以後、更に時代を下って、マルセル・デュシャンの近代前衛芸術以後のモダン・アートの新機軸を絶えず更新してきた。加納氏は『モナ・リザ』のような等身大のリアルな人物画ではなくて、大岡信とのコラボレーション作品《アララットの船あるいは空の蜜》や、顕微鏡やCTスキャンや内視鏡によってしか見ることのできないミクロの世界、あるいは、荒川修作がマクロ的な宇宙を現す前衛芸術とは逆に、抽象的な物証として人間の裸眼では見えないミクロの世界を幻視し作品として表出し続けている。

ダ・ヴィンチは、一五世紀に、写真、CTスキャンや顕微鏡がなかったのでミクロの内臓をスケッチ出来なかった。そのミクロの世界を、加納氏は描いている。アート作品と同時に、文字で自分のアートの世界感を自著『夢のパピルス』と題して著した。

馬場氏は、ダ・ヴィンチのように身体の様々な部位を解剖してきたが、ダ・ヴィンチの時代にはなかった顕微鏡やCTスキャンや内視鏡を使って、グラフや写真を利用して学術論文を著し続けてきた。

耳鼻咽喉科学の専門家として学術論文を著すだけでなく、更に、今度は、加納氏のアートをその作品に沿って、顕微鏡やCTスキャンの写真を利用し活用して、ダ・ヴィンチがかつて人間の身体を解剖して図示したように、アーティストの側面からと科学者の眼から観察し、自著『加納光於とともに』で加納光於氏のアートを纏めた。

馬場氏は、俳人で、句画集には自作のアート作品がある。それらのアート作品はダ・ヴィンチの『モナ・リザ』や加納氏の『胸壁にて』に匹敵する。句画集には、アンディ・ウォーホルが新機軸を拓いたコラージュの優れた作品が多数ある。その意味で、ダ・ヴィンチがルネッサンス時期にハイブリッドの元祖であったように、馬場氏は、現代のリアルタイムで、医学、アート、批評、俳句等の異種の分野にまたがって研究するモダンでハイブリッドなサイエンティスティック・アーティストである。

馬場氏がハイブリッドなサイエンティスティック・アーティストであるのは、ダ・ヴィンチを軸にして身体をライフワークとして研究を展開してきた経歴に基づく。というのは、自身がダ・ヴィンチのように科学者であり、同時にアートに生涯を捧げてきたアーティストだからである。

ダ・ヴィンチのような過去の人だけではなく、同時代人の中にダ・ヴィンチに匹敵するアーティストを探した。なかでも、加納氏は、生涯、身体をテーマにして描き続けてきたアーティストである。馬場氏自身も、加納氏と生涯同じ時代を並走してアートを追及した科学者であり、また専門科医として、更に美術批評家として身体をライフワークにして研究して生きてきた。

馬場氏が独創的なのは、瀧口修造の実験工房で出逢ったアーティストたちが綺羅星のごとくいて、加納氏をはじめとして、土方巽、澁澤龍彦、駒井哲郎、武満徹、唐十郎、四谷シモンらと交流をもち、それぞれが、身体と関わる仕事をした有様を観察した。ちょうど、アンディ・ウォーホルのように「ファクトリ」（＝実験工房）でそこで働くアーティストたちと共同作業によって共同作品を制作してきたような按配である。中でもアーティストたちのなかにあって特異な存在なのは馬場氏が耳鼻咽喉科の科学者であったことだ。殊に、ダ・ヴィンチの身体解剖と密接なコンセプトをもった加納のアートに特別な関心を懐いてきた。

馬場氏は銅版画家駒井哲郎との交流を通じて瀧口修造の「実験工房」に集まるアーティストたちとの交流を深めた。駒井の小振りな銅版画『束の間の幻影』に深遠な大宇宙を発見した。科学者の馬場氏が、顕微鏡や内視鏡やＣＴスキャンで人体のミクロの世界を発見したように、駒井の小振りな銅版画に閉じ込められてミクロな大宇宙を発見したのである。

科学者として身体解剖手術や顕微鏡や内視鏡やＣＴスキャンで人体のミクロの世界も観察してきた。そのことによって、ダ・ヴィンチの「解剖図手稿」が大宇宙につながる重要な細密画的な縮図であることを突き止めて評価した。ダ・ヴィンチは「解剖図手稿」の他に、建築、飛行機の研究も展開した。

馬場氏はマクロの大宇宙発見の手掛かりを、ガリレオ・ガリレイの望遠鏡からだけでなく、銅版画家駒井哲郎が師と仰いでいた銅版画家、長谷川潔も尊敬したオディロン・ルドン（一八四〇―一九一六）の宇宙観を手掛かりにしてマクロの宇宙を切り拓いた。ルドンには、進化論、心理学、狂気や無意識の研究、奇形学、微生物学、天文学、神秘学、文学、宗教など、同時代の旺盛な知的欲求に裏付けられた複合的イメージがある。

馬場氏は、加納光於氏の『胸壁にて』を論じるときに、専門の科学と同時に、心理学上のシュルレアリスムの観点からも論じている。

ダ・ヴィンチが描いた「解剖図手稿」のスケッチは裸眼で見える。だが、現代では、裸眼ではなく、顕微鏡やＣＴスキャンなどの機械によって人工的に拡大し可視化された映像で見る。人工衛星の宇宙士は、ロボットアームを使って宇宙の惑星探査を行っている。逆に馬場氏は、顕微鏡を使ってミクロのウイルス菌を研究する。ウイルス菌の研究を通して、顕微鏡でミクロの世界を観察しているが、この研究方法は、コンピューターを使ってマクロの宇宙を研究する方法と殆ど同じである。

馬場氏自身は耳鼻咽喉科医であり、宇宙研究の専門家ではない。むしろ、心理学上のシュルレアリスムの観点からミクロの世界を見ている。科学者として、ダ・ヴィンチの「解剖図手稿」に現代医学の起源を見ている。ガリレオが天体望遠鏡で宇宙を観察する科学者でもある。それと、宇宙科学の起源を専門家が示す論点にとどまらず、ルドンやランボーらが象徴主義によって幻視を眺めたように、加納光於氏の『胸壁にて』をダ・ヴィンチの「解剖図手稿」と比較しながら、心理学上のシュルレアリスムの観点から科学者としての視点で観察している。

シュルレアリストのアンドレ・ブルトンは医学生で、フロイトの心理学に傾倒した科学者でもあった。元来、科学とシュルレアリスムは結びつきがあった。馬場氏は「実験工房」の主催者瀧口修造からシュルレアリストのアンドレ・ブルトンを知った。馬場氏の考えでは瀧口修造を通してシュルレアリスムと科学とが結びついている。

ミクロの世界を見るときはダ・ヴィンチの「解剖図手稿」を参考にするが、マクロの世界を見るときは、ガリレオの天体望遠鏡だけではなくて、ルドンやランボーの象徴主義に幻視者の眼差しをミックスして観察している。

馬場氏は、加納光於氏の『胸壁にて』のシュルレアリスムを述べるときに、同時に、加納氏と大岡信のコラボレーション作品《アララットの船あるいは空の蜜》を思い浮かべながら、ダ・ヴィンチの「解剖図手稿」を念頭において論述している。

ダ・ヴィンチが顕微鏡もCTスキャンも持たず、ガリレオも電子望遠鏡持たなかった時代と比べると、現代の専門的な科学者の知識をもつアーティストとして加納氏は、昔、ダ・ヴィンチもガリレオも知らなかった深いフォーカスの電子レンズを使ってミクロとマクロの大空間を自在に探査している。だから、ダ・ヴィンチが裸眼でしか内壁を眺めなかったことに限界を感じる。いっぽう、馬場氏は裸眼で見つめるダ・ヴィンチの視点があったうえで、顕微鏡やCTスキャンで見つめる本人がいる。言い換えれば、馬場氏は科学者であり、同時にシュルレアリストでもある。馬場氏が科学者でアーティストであるように、アントン・チェホフも医者で劇作家であった。加納氏がアーティストで科学者の知識をもっているように、ハロルド・ピンターはチェホフの再来と言われナチュラリストの眼とシュルレアリストの眼をもっていた。

ダ・ヴィンチの同時代人が、誰も「解剖図手稿」の価値を知らなかった時代があった。そのように加納氏のシュールな抽象画には、幻視者の眼にしか映らない画像があり、もし幻視者でなければ、現代人さえ、加納氏の『胸壁にて』はただの模様にしか見えない。

馬場氏によって論評された『胸壁にて』批評は、科学者の眼で捉えた論評であり文系の批評家には出来ないテクニカル・タームによる論述がある。少なくとも馬場氏の批評は八百点以上の学術論文執筆経験が下支えしている。

馬場氏が観察するウイルス菌は、肉眼ではなく、顕微鏡でしか見えない。ウイルス菌の存在は、譬えるなら、ダ・ヴィンチの同時代人の誰も「解剖図手稿」が示すスケッチの意味に気づかなかった状況と似ている。加納氏が描く抽象画は、裸眼ではなく、幻視者の眼にしか映らない画像に満ちている。馬場氏は科学者で同時に幻視者である。

映像作家の安藤紘平氏は、静止画では存在しない幻を動画『オー・マイ・マザー』で表した。人間の眼の錯覚による現象であるが、元々、映画は静止画像が一秒間に二十四コマ早送りされると動画に転換する。加納氏の『胸壁にて』は静止画でありながら幻視を現出させる。科学者の馬場氏は、顕微鏡でウイルス菌が動いている状態の姿を見つめ、同時に静止画像として『胸壁にて』も見ている。

CTスキャンや顕微鏡によって新型のウイルス菌を捉えた時、幻視者ではなく、科学者であれば誰の眼にも現実の顕微鏡やCTスキャンや内視鏡の映像が日常化して見える。そのような時代になった時、加納氏が描く抽象画は現実のミクロの世界を映していることが見えてきて分かるようになる。

ダ・ヴィンチは人体の解剖を行い、筋肉や骨の仕組みを研究して「解剖図手稿」として纏めた。ダ・ヴィンチの新機軸は、当時の同時代にあってさえ、人間の身体は文字による表記としてしか現されていなかった。だが、ダ・ヴィンチが人体内部を解説文や図解で現した。その「解剖図手稿」はダ・ヴィンチがウィトルウィウスの建築論を基にして制作した『ウィトルウィウス的人体図』では、リアルな本物の人体の筋肉や骨組を現していなかった。そこでダ・ヴィンチは自ら人間の身体を解剖して身体内部の仕組みを研究した。

馬場氏は、耳鼻咽喉科の研究、感染症研究で人体の内部観察を、レオナルド・ダ・ヴィンチが施した解剖方法と異なって現代科学の医療機器である顕微鏡やCTスキャンを使って図解した。

ダ・ヴィンチが人体の解剖を行い、筋肉や骨との仕組みを研究して近代科学に新機軸を拓き、顕微鏡や内視鏡やCT

スキャンのなかった時代に、イマジネーションによってスケッチや絵画図に残した。

馬場氏は、顕微鏡やCTスキャンを使って、身体内部のミクロの世界を学術論文やデータに纏めて、ダ・ヴィンチに出来なかった現代科学技術の新分野を開拓した。

馬場氏とダ・ヴィンチとの関係で見ていくと、ダ・ヴィンチが人体解剖によって筋肉の動きの仕組みを研究してモナ・リザを描写するときに活かした。解剖図と人物絵画との間には静止画像しかない。だが、フィルムの連続画像のような運動を脳裏に描いてその画像を捉える事が出来る。花が開花する時間のスピードをおとして連続的に映したフィルムを超スローモーションで映すとき可視化できる。また馬場氏が顕微鏡で見たウイルス菌は、『胸壁にて』に描かれた静止画をフィルムの連続画像の一コマとしてとらえることが出来る。

馬場氏は、駒井哲郎の銅版画からインスピレーションを得て、小さな銅版画に宇宙が詰め込まれているのを発見した。馬場氏は学術研究では、顕微鏡やCTスキャンを使い、ミクロの世界を観察し続けてきたが、極薄のミクロの世界を包含する人体と宇宙の関係を科学とアートの両極を見据え相対的に論じわけた。

銅版画は、歴史が浅く、第二次世界大戦後になって急速に発展し、駒井哲郎、加納光於、池田満寿夫、荒川修作らが銅版画を手掛け、馬場氏が駒井と出会う頃と軌を一にして銅版画は興隆を見た。それは、科学の振興と並走するような形を成した。

殊に、加納光於氏の銅版画は具象画と一線を画す表現で、見る者を拒む孤高の精神がみなぎっている。その銅版画は人間や動物や草木ではなく、譬えるなら、ウイルス菌の増殖のように見える。

マルセル・デュシャン作の『泉』のようなウエルメイドの等身大の日常品ではないが、日常と共にあって日常を脅かす微生物を、アートで現すとするならば、加納氏の『胸壁にて』は顕微鏡で見たウイルス菌が活発に増殖している光景と結びつけてみることが出来る。

馬場氏が考究する感染症の研究対象は、肉眼ではみえないウイルス菌であり、加納氏の『胸壁にて』の赤い色は胸部で増殖し人間の身体を脅かす赤いカラーの付いたウイルス菌のように見える。

人間や動物や植物の進化の速度に比べ、ウイルス菌は次々と圧倒的で強力な速さで進化を遂げ増殖している。それゆえに、人間はますますひ弱な存在になり下がっている。ウイルス菌は顕微鏡で確認することが出来る微生物なので、加納氏が描写で暗示するミクロのアートは科学とアートの関係をこれまで以上の常識を超えた、幻視者的な眼差しを要求した表現を生みだす温床になっている。

馬場氏が携わった感染症のウイルス研究は、加納氏のアートに触発されて進んだことと関わりがある。他に、三木富雄の耳のアートに啓発されて、人工耳を作り約二百人の子供たちに提供してきた。科学とアートを別々に研究したら、馬場氏の学術研究はかなり様相が違うものになっていた。特に、学術研究の事例が八百点以上ある。その数多くの研究の推進力になったのは、医学だけにとどまらず、美術や音楽に啓発されて飛躍的な学術研究をもたらしたのであり、馬場氏独りに限ってみても、耳鼻咽喉科学のみを研究していただけでは教条主義に陥ってしまっただろう。馬場氏にとって、美術や音楽が、耳鼻咽喉科の研究する上で強力な推進力をもたらす源になったことは確かである。馬場氏のような事例は、ダ・ヴィンチが、科学と美術と音楽がお互いにもたらす推進力によって文字通りイタリア・ルネッサンスを生みだし、科学だけの発展、美術だけの発展、音楽だけの発展だけでは起こり得なかった文化現象であった。

レオナルド・ダ・ヴィンチが表した『アンギアーリの戦い』の完成図はなく部分とスケッチが数枚残っている。ダ・ヴィンチが描いた『アンギアーリの戦い』は戦争絵画の大作と称される。

ルネッサンスでは、ダ・ヴィンチが表した『アンギアーリの戦い』は等身大の人間同士の戦いの具象画であったが、現代科学の時代では、馬場氏が、顕微鏡やCTスキャンでその姿を捉えた図は、ウイルス菌と人間の身体との闘いであり、同時に加納氏が描いた油彩画として完成した『胸壁にて』に変貌して生まれ変わっている。

アインシュタインが『相対性理論』を一九〇五年に発表した特殊相対性理論と一九一六年に〈一般相対性理論の総称〉を発表した時から、H．G．ウエルズがSF小説で描いた『宇宙戦争』や『タイムマシーン』が出版された時代から数えて百年近くになる。当時、人間が地経上に存在するウイルス菌に対する免疫が強かった。だが、その後、ウイルス菌が、幾たびも、何度も進化し、人間はその都度ウイルス菌を撲滅する新薬を開発してきた。馬場氏は、新しいウイルス菌を退治する新薬を絶えず開発し続け、自書『感染症』として一冊の本に纏めている。

映像方面では、映像作家の安藤紘平氏は3Dが開発される前に、アナログのフィルムに一枚ずつ異なる写真を張り付けて映写機で回転させて新映像を生みだした。そのとき、スクリーンに映し出された映像は、それまで、映画に表現されなかった動画の画像が現れた。それから、映画がアナログからデジタルに変わり、3Dの映像『アバター』がスクリーンに映し出されて、それまで、人間の眼に見えなかった映像が、静止画像から動画になった瞬間に顕れた。安藤氏は産み出した映像『オー・マイ・マザー』の新機軸について次のように述べている。

テーマは、作家である自分が母親を犯して再び母親の身体から生まれ変わり、また、母親を犯すという永遠のループである。フリーランするエレクトロンは、僕自身の精子だ。フリーランすることでループから抜け出るイメージを期待しても抜け出せない。これこそまさに寺山（修司）さんのモチーフである〝家出〟と〝母への思慕〟のイメージの影響と言うほかない。そこに、ビデオというメディアがフィルムという母なるメディアを犯していくイメージを重層的に表現したかったのである。

母親の象徴としての小暮実千代の写真、ドイツの有名なおかまの娼婦、髭をつけた男装の女の写真が元の素材である。タイトルバックは、ドイツの有名なおかまの娼婦の写真から始まる。パッと見は母親のなりをしているが正体は男のアップの目が刳り抜かれてゆく。このおかまこそ自分と母親の間に生まれた子であり、自分自身であり、ビデオメディアであるわけだが、目が刳り抜かれてゆくのは、ギリシャ神話のオイディプスの話から来ていて、「近親相姦したものの目は刳り抜かれなければならない」から由来している。タイトルの終わりに髭をつけた女になるのは、僕の顔をした母親でも良いからである。そして、母親の象徴としての小暮美千代の写真がエレクトロフリーラン効果で動き出すわけである。

技術的には新しいが、まさに寺山（修司）さんの影響が色濃く現れている。ただ、日本で初めてというべきこの電子効果を応用した映像は、逆に、寺山さんの実験的短編映画『蝶服記』『影の映画』などに影響を与えているように思えて、少し嬉しい。[4]

安藤氏の実験映画『オー・マイ・マザー』の映像は現実にはなくてスクリーンにしか現れない。馬場氏の研究するウイルス菌は、顕微鏡やＣＴスキャンがアナログからデジタルに変わり、３Ｄの映像が画像に映し出されて、それまで、人間の眼に見えなかったウイルス菌が画像に映って顕れた。しかし、顕微鏡でとらえたウイルス菌は忽ち進化し更に強力な新型ウイルス菌に変貌する。

安藤氏の映像『オー・マイ・マザー』に現れる画像は、映像の進化とウイルス菌の進化から見比べると、馬場氏が顕微鏡で発見する新型ウイルス菌と似ている。

馬場氏はそれまで見えなかったウイルス菌を駆除する新薬を次々と開発し続けてきたが、ウイルス菌を駆除できても、次の瞬間、新薬よりももっと強力なウイルス菌が顕れるので、更に、強力なウイルス菌を駆除する、新しい新薬を開発しなければならなかった。

加納氏の油彩画『胸壁にて』を見て、馬場氏は顕微鏡やＣＴスキャンで探求しながら人間の身体の内部を犯すウイルス菌が活発に内臓を痛めつけている図をよく表わしていることに気がつくことになった。

人体内部を顕微鏡やＣＴスキャンを使った極めて詳細な写真は、静止画像であり、仮に、動画であっても、加納光於氏が『胸壁にて』で現した油彩画ほど圧倒的にリアルではなかった。現在人間の眼よりも遙かに高性能な３Ｄカメラはある。だが、加納氏が『胸壁にて』で現した油彩画ほど顕微鏡やＣＴスキャンの写真では現せない内壁を現していると
みている。

『胸壁にて』は顕微鏡やCTスキャンでみた身体の内壁を現しているばかりでなく、大宇宙の進行を映している。だが顕微鏡やCTスキャンは身体の内壁を映しているが、加納氏のような幻視者の眼では同時に大宇宙を表している様子を見ることはできない。

レオナルド・ダ・ヴィンチが表した人体解剖スケッチは顕微鏡やCTスキャンの写真に比べると劣る。にもかかわらず顕微鏡やCTスキャンの映像写真は、ダ・ヴィンチが捉えた人体解剖のスケッチが示すリアルさには及ばない。

専門医は、患者に、顕微鏡やCTスキャンの写真が映しだしたフィルムを使いながら、結局ダ・ヴィンチと同じように内臓のスケッチをもとにして病巣を説明する。つまり、顕微鏡やCTスキャンの写真は、真実の病巣まで映しだせないことがある。だから、専門医は紙にスケッチを書いて病巣を過去の症例を使いながら説明する。たいていの場合、専門医の永年の経験から病巣を分析して病気の原因を推測する。それでも専門医の説明が完璧でないうえに、不十分である場合がある。だから専門医は開腹手術をして裸眼でウイルス菌の存在を見る。

馬場氏は、ダ・ヴィンチがしたように、解剖図を使って再現図（絵画）をうみだす。そのうえで、加納氏が描いた絵画『胸壁にて』が伝える臨場感と比較しながら解剖室の現場のリアリティーを検証する。

ダ・ヴィンチは、自ら解剖して、図を描き、再現図としてスケッチや絵画や解説書を残した。馬場氏は、解剖写真と再現図と学術論文によって研究を進めているが、手本にしてきたのは、ダ・ヴィンチの解剖図と再現図と解説書が基本にあった。

馬場氏は、ダ・ヴィンチがなしえなかった解剖手術の臨場感を俳句にして纏めている。ルドンが書いているように「一粒の種に生命があり、しかもその中には広大な宇宙がある。」馬場氏にとって、一粒の種とは、世界で最も短い詩の俳句である。

言い換えれば、一服の絵画や銅版画は狭い額の中に広大な宇宙を凝縮して現しているが、同時に、短詩の俳句はその宇宙を生みだす種子を現している。

解剖で、写真や論文で表わせなかったキーワードやコンセプトを、俳句にして現す方法を馬場氏は俳人として身につけた。

ダ・ヴィンチの時代を現代にあてはめてみるなら、顕微鏡やCTスキャンの写真が絵画や銅版画に相当し、学術論文のエッセンスは俳句に相当する。馬場氏の新機軸は、一分野に偏ってきた科学を、ダ・ヴィンチが解剖図やスケッチや絵画で現した方法を現代に委嘱して、更に、ダ・ヴィンチの時代になかった顕微鏡やCTスキャンの写真を応用し、日本独自の短詩型の俳句を、ちょうど、映画の短い字幕のように応用したことである。

馬場氏が他の科学者やアーティストと異なる点は、レオナルド・ダ・ヴィンチがルネッサンスの他の科学者やアーティストは異なっていたのと類似性がある。ダ・ヴィンチが科学者だけでなくアーティストであったのは、異分野にまたがるハイブリッド的な啓蒙主義者の元祖であったからだ。同様に、馬場氏は科学者でありアーティストでもあるのだから、現代のハイブリッド的な啓蒙主義者である。

レオナルド・ダ・ヴィンチは、リュートが上手で弾き語りをして、皆を楽しませたようだ。即興の歌も歌い、「美しい声・歌が上手」な音楽家であった。オリジナルのリラ（リラ・ダ・ブラッチョ）も制作し、スフォルツァ家に献上した。楽器のアイディアや演劇（オペレッタ）の衣装などもスケッチし、グリッサンド・リコーダー、オルガネット、ペーパーオルガン、ヴィオラ・オルガニスタ（ガイゲンヴェルク）という楽器もある。いくつかの楽器は再現され演奏されている。また、「愛は喜びを与えてくれるが、同時に痛みをもたらしてくれる」という曲もスケッチしている。

科学者のダ・ヴィンチが科学や絵画の他に、音楽にも関心があり、楽器を奏するだけでなく自ら歌い、音に興味を懐いていたことが分かる。馬場氏は耳鼻咽喉科の専門医であるが、耳の聴覚の機能についてばかりでなく、聴覚にもたらす音楽の役割に関心があった。又、耳鼻咽喉科の専門医として学術論文を書き、三木富雄の耳の彫刻作品を見て霊感を受け、実際に耳に障害のある子供のために、人工耳の作成に取り組んだ。

山田泰生氏は『毎日新聞』で「科学と芸術の間闊歩　名古屋ボストン美術館館長　馬場駿吉さん」（二〇一一年五月

十五日）と題して次のように評価している。

医師としては、耳介形成術の第一人者だった。耳が欠損して生れた人のために、米国医師のトレーニングを受け四〇〇人の耳を再生した。（略）耳をモチーフに彫刻を多数制作した三木富雄さん（故人）の作品は宝物のひとつだ。[5]

既に、タンザーやハノーバーやボストンなどのカナダ周辺地区で耳復元手術が行われてきた。そのなかには、次のような紹介がある。

タンザー、ハノーバー、ボストンなどのカナダ周辺地区では耳復元手術が行われている。手術治療は十六世紀以来様々な術式が試みられた。現在の方法は一九五九年にタンザーが発表した肋軟骨を三本使用する方法に元づく。タンザーの方法は肋軟骨で耳介のフレームを作製し側頭部の皮下に埋め込み、数ヶ月後、移植した耳介フレームと皮膚を立たせ、耳介後面と側頭部に植皮する。この後で、耳の穴のくぼみを造る手術をする。タンザーはこの手術を初めは六回に分けて行い、皮膚も体のあちこちから取り、患者にとり負担のある治療だった。だが、形の良い耳介ができると云うことは画期的だった。現在行われている耳復元手術式は全てこのタンザーの方法から発展したものである。[6]

馬場氏は、彫刻家、三木富雄が制作した「耳」に関心があったが、専門医として「人工耳」を作成した。但し、実際に耳がなくても、耳の内部で音を聴き分ける能力を潜在的に有した障害者の耳を手術して耳の機能を回復させた。馬場氏の人口耳手術は、レオナルド・ダ・ヴィンチが音楽を歌うだけでなくオリジナルのリラ（リラ・ダ・ブラッチョ）の楽器を制作したことと繋がりがある。

馬場氏は、人体が宇宙を現すと考えていた。そのコンセプトはレオナルド・ダ・ヴィンチがウィトルウィウスの建築論を基にして制作した『ウィトルウィウス的人体図』に現われている。

顕微鏡で映しだして拡大化して見ることのできる人体の内臓が現すミクロの世界は、巨大なマクロの世界と化した宇宙と関係してくる。

『ウィトルウィウス的人体図』をモデルにして、レオナルド・ダ・ヴィンチは身体に関心を懐き、実際に人体解剖を行い、それまで未知の分野であった筋肉や骨の仕組みや構造を明らかにしていった。

馬場氏はレオナルド・ダ・ヴィンチが明らかにした身体の仕組みや構造から、ダ・ヴィンチの時代にはなかった顕微鏡やCTスキャンだけでなく、ダ・ヴィンチがモデルとした『ウィトルウィウス的人体図』を現代に探し求めながら、実際手術に携わってきた。

油彩画『胸壁にて』と顕微鏡やCTスキャンの因果関係や、『アララットの船あるいは空の蜜』にダ・ヴィンチがモデルとした『ウィトルウィウス的人体図』との因果関係を求めている。

加納光於氏の今はほとんど木工所と化したアトリエ別棟から、一九七一年秋に三十五個の『アララットの船あるいは空の蜜』が巣立つ。それはひとつずつ微妙に異る内部を持ちながら、すべて独立完結した三五個の函である。縦六八〇ミリ、横四四二ミリ、厚さ二二八ミリ。内部には、八月初旬現在、約八〇の材料（木、金属、プラスチック、フィルム、紙、その他）が用いられることが明らかだが、完成したときにはなお別の材料が加わっているかもしれない。実は今も、加納光於の部品集めは続いている。けれども作品は秋にはついに出来上がる。作品の題名は、八月はじめにきまった。作りつつある加納光於氏は、脳裡に〈方舟〉のイメージがしだいに強くなってきたと語り、その数日後、私の中で〈アララットの船あるいは空の蜜〉という言葉が動かしがたくなった。大洪水ののち、アララット山の中腹に幻の船が漂着し、空の蜜となって薫っている幻像は、少なくとも私には、大部分が加納光於の約一年がかりの作品であるところのこれらの函に、ふさわしく思われるのである。(7)

馬場氏が油彩画『胸壁にて』に関心を懐いたのは、専門医として加納氏の『胸壁にて』に顕微鏡やCTスキャンを見つめる時に抱く同じ眼差しがあったからである。三木富雄の彫刻作品『耳』を鑑賞した時に、生まれつき耳がなくて不自由をしている子らに人工耳を作ってあげようという気持ちを懐いた。

殊に小ぶりの銅版画に強い関心を懐いたのは駒井哲郎の銅版画『束の間の幻影』との出会いに求めることができる。駒井の小振りな銅版画『束の間の幻影』に広大な宇宙をみた。レオナルド・ダ・ヴィンチがモデルとした『ウィトルウィウス的人体図』は、駒井の小振りな銅版画『束の間の幻影』に広大な宇宙をみたのと軌を一にする。馬場氏が加納氏の銅版画に共感したのは描かれた被写体が、ちょうど、顕微鏡やCTスキャンで覗く内臓や胸部のミクロの世界を思わせたからである。

加納氏が描く油彩画『胸壁にて』は、レオナルド・ダ・ヴィンチが素描した人体解剖図や『ウィトルウィウス的人体図』を彷彿とさせたばかりでなく、加納氏の油彩画や銅版画はダ・ヴィンチの解剖図を発展展開させて遂にはダ・ヴィンチの解剖図にはなかった新機軸を拓いた。

専門医がアマチュアの芸術批評家として印象批評を書いているのではない。父も祖父も医者を生業として同時に俳句芸術にも心血を注いだ。だから、馬場氏の俳句には、執刀医としての手術の現場の生々しい現場が読み込まれている。医者と芸術家の審美眼が働いているので、アート批評には、医学と芸術の両分野にまたがって視点が絶えず働いている。馬場氏は句画集『断面』で次のように詠っている。

廊下冬日学の白衣に兎の血（天龍　昭和三三年）
解剖いま終りし煙草秋の暮（天龍　昭和三三年）

不治と診て辞す手袋をはめにけり（背後の扉　昭和三五年）
人間は血をもつ時計年歩む（途上　昭和三六年）
手術衣に血痕の群大暑来る（断面　昭和三七年）[8]

耳鼻咽喉科専門医の馬場氏が作句した俳句は、緊張した手術と密接に関係している。一連の俳句は、執刀医が、顕微鏡で撮影した写真やCTスキャンにコメントやメモ書きや図解したスケッチとの関係に読み替えることができる。但し、馬場氏の俳句の方は生々しい手術の臨場感を映し出している。

レオナルド・ダ・ヴィンチの集大成になるはずであった幻の戦争壁画「アンギアーリの戦い」がある。このスケッチはダ・ヴィンチの「解剖図手稿」と密接な関係がある。「アンギアーリの戦い」の一部分が残っているが、戦う人物の躍動する筋肉は「解剖図手稿」と密接に関係がある。

レオナルド・ダ・ヴィンチの幻の戦争壁画「アンギアーリの戦い」と「解剖図手稿」との関係は、馬場氏の俳句と、緊張した手術と密接に関係している。

「レオナルド・ダ・ヴィンチ　幻の戦争画大作　二〇一五年六月二八日放送　再放送（九月六日よる）」の中で次のような解説がある。[9]

出演　樺山紘一さん（歴史学者　印刷博物館館長）アレッサンドロ・ヴェッツォージさん（レオナルド・ダ・ヴィンチ理想博物館館長）ジョヴァンニ・チプリアーニさん（フィレンツェ大学歴史学教授）等去年の春、一枚の絵を見るために世界中から多くの研究者たちが、フィレンツェに集まりました。その絵とは、レオナルド・ダ・ヴィンチの幻の戦争壁画の大作、その下絵と考えられる油彩画でした。その作品は「タヴォラ・ドーリア」（ドーリア家の板絵）

と呼ばれ、一六世紀初頭に描かれた戦士たちの戦いの図といわれています。レオナルドが壁画に取り組んだのは、「モナ・リザ」と同じ円熟期。描かれているのは、フィレンツェが宿敵ミラノを破った「アンギアーリの戦い」です。当時のフィレンツェ政庁舎であったヴェッキオ宮殿の大会議室の壁を飾るはずでした。しかもその横には、ミケランジェロが別の戦争画を描くことにもなっていました。二人の対決は、話題を呼び、〝世界の学校〟とまで言われます。果たして、レオナルドは、どのような絵を描こうとしたのでしょうか。下絵や素描、レオナルドが書き残した手稿を基に、絵の謎に迫ります。さらに好奇心と探究心が人一倍強い天才レオナルドは、壁画の製作に取り組みながら、その一方で人体解剖や治水事業などにも挑んでいました。実はそうしたさまざまな科学的な研究は、ダイナミックでリアルな絵画表現を実現するために欠くべからざることでもあったのです。情熱をかけ新たな表現に挑んだ戦争画の大作、なぜ完成しなかったのか、そして原因はどこにあったのか。しかし後世の画家たちは、下絵から何かを学ぶために、たくさんの模写を残しています。その魅力はどこにあったのでしょうか。レオナルド・ダ・ヴィンチの集大成になるはずであった幻の戦争壁画「アンギアーリの戦い」。今もなお、人々を引きつけるその魅力のすべてに迫ります。

馬場氏が著した『加納光於とともに』で、論じているのは、化学反応が惹き起す状況は、科学者にとっては、その結果を分析することであろう。そして、アーティストにとっては、その結果は、心に拡がる波動であろうと述べている。馬場氏は、科学者で、アーティストである。他方、加納氏は専門家も驚く科学の知識があり、幻視的な現象をとらえるアーティストである。

『Ｐｏｅｔｉｃａ』臨時増刊所収の対談「揺らめく色の穂先に」の中で、加納氏は馬場氏に化学反応について次のような質問をしている。

加納　『版画の技法』（今順三）簡単な手引書でしたが、特に銅版に興味をもって実際にはじめてみると、硝酸を使って金属の表面を腐食させる、そちらの方に、版の先にある絵よりも強く興味をもった。

馬場　加納さんが版画に入られる前、鉱物とか植物、化学実験などに関心をもたれた少年時代があったとうかがったことがありますが、版そのものが変化するという化学反応みたいなものへの興味が、物をつくることへの興味と重なったということなんでしょうか。

加納　「強い水」と言われる硝酸に金属の表面を浸し、腐食させるという行為[10]（p.13）

銅版画では腐食作用を行うが、加納氏の場合、この腐食作用と加納自身の病体験との関係をパラレルにみていた。馬場氏は銅版画の腐食作用で自覚症状がないままに皮膚を犯され舌癌で亡くなった駒井の銅版画制作現場に立ち会っていた。加納氏は銅版画家として硝酸が金属を腐食させる化学変化に関心があり、馬場氏は専門医として化学変化を見つめていた。

専門医として、絵画の批評家として、歌を詠む俳人として、三つの視点から、硝酸が金属の表面を浸し、腐食させる化学変化を見つめていた。馬場氏はハイブリッドな感覚で加納氏の作品に現れた身体性を次のように指摘する。

馬場　ぼくは加納さんの作品の中に身体性を感じるんです。すべてのものは静止することはできず、生命も生れてから死ぬまで、寸時も同じ状態ではなくて、揺れ動いている。ぼくは職業的に医学をやっていますけれども、加納さんの作品には、生体内の解剖学的な構造とか、生理学的な肉体の中の動きとかを想起させるところがあります。あるイメージは、ぼくには筋肉の模様に見えるし、あるときは、血管の脈動に見たいなものが画面に現れる。個人的で気ままな幻視にすぎないのでしょうが、体の中で生き生きと今おこっている、あるいは消えていく動きが、加納さんの作品から必ずぼくには感じ取れるのです。（二一〇頁）

加納氏が油彩画や銅版画に表した表現は、馬場氏にとって、手術中に、刻一刻と変わる専門医が眼にする幻視のような現象を人体解剖で表された筋肉や脈動に見ることだった。加納氏の絵の色彩は顕微鏡や手術で見るのと同じ状況にみえた。「生あるものは死ぬ」という視点で見つめる版画家、加納氏の眼差しと、医師の眼差しがクロスする場面である。加納氏は自らの病気との体験から、また馬場氏は駒井哲郎の舌癌を診療した体験から銅版画の同じ腐食作用を見つめている。

馬場氏は、マドリッドで開催された世界耳鼻咽喉科学会で、美術の加納、音楽の武満と、医師の視点とで医学映画を制作し国際科学技術映画祭で上映し銅メダルの受賞を得た。

世界耳鼻咽喉科学会がマドリッドで開催された折、併催された国際科学技術映画祭に、医学映画を制作、出品したんですが、そのタイトルバックに加納さんの作品を使わせていただいた。音楽は武満徹さん、大変ぜいたくなこの映画はお陰様で多くの応募フィルムの中から銅メダルを受賞しました。[11]

馬場氏は、世界耳鼻咽喉科学会で、氏の専門耳鼻咽喉科学と加納氏の美術と武満徹の音楽のコラボレーションによって映画を制作した。加納氏がレオナルド・ダ・ヴィンチの科学や美術に傾倒して影響を受けて銅版画・油彩画を画いた。武満徹はルドンの『夢の中で』に触発されて、音楽『閉じた眼』を作曲した。

加納光於氏は、東京国際版画ビエンナーレに第三回展（一九六二年）で、亜鉛版を腐食させたモノクロームのインタリオ《星・反芻学》（一九六二）を出品し国立美術館賞を受賞した。

武満徹は一九六七年ニューヨーク・フィルハーモニック創立一二五周年記念委嘱、尺八、琵琶、オーケストラのための《ノヴェンバー・ステップス》を、小澤征爾が指揮し同オーケストラにより、ニューヨークで初演された。

加納と武満と馬場とが国際的に著名な芸術家らによって医学映画が銅メダルを受賞した功績は大きい。殊に、馬場氏が、瀧口修造主宰の実験工房で知己を得た加納光於氏や武満徹と同時期に一緒に、医学の分野においても、文字通り実験を経て医学映画を制作した。加納氏や武満徹が音楽や美術界が新機軸を拓いたのと同じように、医学会に新機軸をもたらしたのである。その証拠として銅メダルを受賞したのである。

科学者の馬場とアーティストの加納は、レオナルド・ダ・ヴィンチの業績を科学分野からそれぞれの視点で捉えている。

馬場　レオナルド・ダ・ヴィンチも、そういうところを透視する能力と表現力があったとぼくは思うんです。

加納　ただ、レオナルドは有効性を信じていたけれど、今は、無効性に対する何かを考えなければならない時代じゃないかという気がする。(三三頁)

加納氏との対談で、耳鼻咽喉科の専門医であり、また科学者としての視点から身体の内臓の機能について左記のように解説している。

馬場　生体の内臓器官の働きを無意識的に調節する自律神経には、交感神経と副交感神経の二通りあって、対立的な作用をしているのですが、その他にもホルモンなどが、調整役を果たしています。先入観として二つの対立したものだけを考えていては、真実を見失うことがあるという気がします。(三四頁)

馬場氏は科学者の視点で解釈するが、特に、レオナルド・ダ・ヴィンチについてあくまでも科学者の視点で次のように加納に説明する。

馬場　レオナルド・ダ・ヴィンチにも、人体が円に内接している作品がありますね。レオナルドの時代から、円というのは人間を包み込む思考のマトリックスであるという捉え方がつづいているのかもしれませんね。（三五頁）

科学者で美術評論家である馬場氏は専門医の視点でアートを論じている。アーティストの加納氏にとっては医学の専門分野は未分野の世界である。また、馬場氏には実作者である加納氏のアートの専門分野には未分野の世界である。馬場氏には「加納光於論」としてまとめた批評が幾つかあり、自身、科学者として歌った俳句があって、ハイブリッド的な感覚（異種混合）から、医学とアートと文学を複合的に観察している。

「『加納光於「骨ノ鏡」あるいは色彩のミラージュ』展覧書き」で加納氏の絵画についてレオナルド・ダ・ヴィンチの『最後の晩餐』との関連から次のように語った。(12)

加納さんは、美しい青の画面を指さしながら、レオナルド・ダ・ヴィンチの『最後の晩餐』のヨハネとマタイの衣裳もこういう風に描かれていたという。勿論『最後の晩餐』はレオナルドの生前から落剥して、この絵のような感じにはなっていないが、本来は、この絵のように下地に暗黒ではないが、暗い色をおき、その上に明るいブルーをおくことで色彩のふくらみを獲得したのであると続ける。レオナルドの手記の中の言葉、「青空の底に暗黒がある」を引用し、その言葉をレオナルドはヨハネやマタイの衣裳のなかに再現したのである、と語った時には驚きのどよめきが起こった。自らの色彩の秘密を語ったのちに、この『鱗片のセミオティク』の色彩は、「レオナルドのおかげで出てきた色」であるとこの作品の解説を締めくくった。明晰で、説得力のある解説は友の会の会員たちを、この後も魅了し続けた。一抹の不安は杞憂に終わったのである。

レオナルド・ダ・ヴィンチが身体を観察する目に関して、加納氏の場合と馬場氏の場合とでは視点が異なる。加納氏はダ・ヴィンチにないものを探し、馬場氏はダ・ヴィンチについて、これまでの歴史上評価されないままで見落とされてきた業績の再評価・再発見を目指す。加納氏はアーティストであり、馬場氏は科学者であるからである。

加納光於個展《胸壁にて》―（アキラ　イケダ　ギャラリー、一九八〇年十一月一日―二八日）の中で、《胸壁にて》について次のように論じている。

「胸壁」という言葉は、心臓を包む胸部の前壁の意をもつほか、敵の銃弾を避けるために胸の高さまで堆土を意味する語である。（三八頁）

加納氏は油彩《胸壁にて》の「胸壁」が身体を指すことを認め、同時に、「胸壁」が銃弾を避ける堆土だとも説明している。

馬場氏は「想像力の海へ乗り出す船―加納光於のオブジェ」の中で加納氏と武満徹とのコラボレーションについて以下のように述べている。

加納は作曲家武満徹からLPジャケットの挿画を依頼され、この《プラネット・ボックス》二点の図版をそれに当てたい旨を告げたところ、武満も大いに歓迎したとのことである。高橋悠治ピアノの演奏（四三頁）

画家、加納氏や作曲家、武満徹と馬場氏とのコラボレーションがあるが、加納氏と武満徹と、ピアノ演奏者、高橋悠治とのコラボレーションがある。

「「葡萄弾」に射貫かれて―加納光於のオブジェ展」で、ダ・ヴィンチと加納氏のアートの関係について次のように述べている。

レオナルドを想起させるほどの凄みが漂う。加納光於は、まさに端倪すべからざる作家である。（四八頁）

加納氏のオブジェ「「葡萄弾」に射貫かれて」が、ダ・ヴィンチの考える身体を想起させると述べている。

馬場氏は「世界をからめとるものとしての色彩」の中で、加納氏のアートについて次のように論じている。

このような局面に見られる加納光於の物象への立ち向かい方は、科学者のそれと共通するものがあり、その意味でも彼の仕事の原点は極めて現実的なものであることがわかろう。（五六頁）

更に、加納氏の作品から受けたイメージが、身体と密接なつながりがあると指摘している。

われわれのからだの内部に騒立つ血管樹林。地殻の裂け目から噴出する溶岩流。絶壁のように立ち上がる津波と、その高さからなだれ落ちる水塊―そのようなものがもちろん画面の中に描かれているのではない。ただ色彩の器としてたまたまそれを思わせるエクトプラズマが私の眼だけに顕ち現われているにすぎないのであろう。しかし、そのようなイメージが私の霊媒されるのは、やはり加納光於の手にする色彩に根源的な身体性が備わっているからなのに違いない。（五七頁）

馬場氏と加納氏との対談「ことばの粒子に添って」の中で身体について、次のように論じあっている。

加納　身体性というものを視点とした場合も、いろいろな拡がりの中に成り立つものが見えて来ると思うのです。先程言った、赤なら赤という色に対しても、血液であったり、炎であったり、生命感覚を緊張に火照らせる、否応なく古代から人の中にあった照応のしかたがあるわけで、ただそのような答えるという方法のものだけでなしに、同時代を超えた新しい意味を求めてつねに問いなおされなくてはならないと思うのですね。（七三頁）

加納氏は「身体性を考えてアートを構築している」と自身で述べている。これは、馬場氏が医学専門の日常の眼差しと通底する概念である。

「加納光於―翼あるいは熱狂の色彩」の中で色彩の動力学を認めて加納氏のアートを論じている。

加納光於は、さらに色彩の動力学に傾斜を深めてゆくが、一方ではその頃から次第に函のかたちをとるオブジェの制作にも力を入れはじめる。（九六頁）

加納氏の『葡萄弾―偏在方位について』について、アートが、ダ・ヴィンチの額から遊星が噴出していると以下のように述べている。

葡萄弾に狙撃されたレオナルド・ダ・ヴィンチの額からは遊星が噴出、飛散し、甘美な仮死の空間を微分する。（九七頁）

馬場氏は、「色彩の凝縮と結晶化」に収められた「新作版画シリーズは《「波動説」―インタリオをめぐって一九八四年―一九八五年未だ視ぬ波頭よ：Colors Intaglio》のなかで、加納氏のアートにブラックホールを認めて次のように論じている。

加納は沸き立つ色彩のエネルギーをやがて吸い上げるブラックホールの存在をも彼方に見てとったのであろう。

（一〇四頁）

「ブラックホール」は、科学者の口から発せられた加納氏のアートを顕微鏡で覗いた感覚で、続けて以下のように論じている。

ことに三三点中にブラックホールのように口をあけるモノクロームの一点《No. 11》やその深部から組織片を削りとり、顕微鏡下に置いた時のような妖しい美しさに満ちている。（一〇五頁）

科学者として、「加納光於《強い水》―あるいは反転するベクトル」の中で、「強い水」が銅版画を生みだす美であり恐ろしい力であると述べている。

「強い水」とはフランス語のオー・フォルトの訳語で、銅版に作用させる硝酸のことを指し、転じて銅版画そのものを意味する語。（一二四頁）

馬場氏は「現在進行形の変容願望―加納光於モノタイプ展」の中で、生物の脱皮を加納氏の絵の中に認めて次のように纏めている。

加納氏のノートによれば、（略）phyllosomaは、phyllo-＝葉、soma＝体細胞の合成語であって、葉状の細胞を意味するのだが、実際には生物学用語であり、透き徹った微小な伊勢エビの幼生の一段階を指す名称だという。ちなみに、卵生期から伊勢エビという終着形に到着するまで三十回も脱皮を繰り返して姿を変えてゆくことが確認されている。(一二五頁)

「密封された詩集の命運—《アララットの船あるいは空の蜜》をめぐって」の中で、加納氏の身体とダ・ヴィンチの人体解剖図とを重ね合わせて論じている。加納氏のオブジェは、いっしゅ、レオナルド・ダ・ヴィンチの人体解剖図を思わせる。加納氏のオブジェは、四谷シモンのオブジェよりも抽象的であるが、加納氏のオブジェはベルメールほど肉感的ではない。身体を宇宙として考えるならば、加納氏のオブジェは、人体を思わせる。馬場氏は、《アララットの船あるいは空の蜜》について以下のように身体と宇宙の関係を論じる。

《アララットの船》という函型のオブジェが人体の宇宙モデル想い起させるのも、これらの詩句がエロスとタナトスとが通じ合う現象を物質化し、内在化させているからだろう。(一三二―三頁)

「加納光於初期版画再照—色彩の根源としての黒」の中の「四《星・反芻学》とその周辺(一九六二—六三年)」で、加納氏のシュルレアリスムがもたらす幻視について以下のように纏めている。

古代猛禽類の抜け羽や骨の集積—それを素材とする風車?扇?鏡?簾?宇宙に残る星雲の痕跡?様々な隕石?海底火山の軽咳?三葉虫の化石?位相差顕微鏡下で活動する血球?粘膜組織細胞?電子顕微鏡下で活動する血球?粘膜組織細胞?電子顕微鏡下のウイルスの姿?など、アナロジーの旅は考古学、天文学、地質学、生物学など様々な領域を横断しながらつづく。(一四六頁)

右記の引用文は、「天文学と生物学のイメージが、あらかじめ意図されることもなく出会う場であることを暗に指し示している」と説き、馬場氏と加納氏の科学と芸術が繋がる契機となる場所である。

馬場氏は「色彩」の中で、顕微鏡が映しだす色彩について、感情を抑えて、坦々と語って見せる。

馬場　現実に、この頃では私たちは内視鏡というものを使って体内の闇に光を当てるということをします。光さえ当てれば粘膜の色も血液の色も色彩を伴って見えてくる。色彩が中に閉じ込めている闇です。（一五五頁）

体内の闇とは、宇宙の闇でもあると読み替えられる。その場合、人間の身体は宇宙を詰め込んだミクロの世界だとも言える。

まとめ

耳鼻咽喉科の専門医、馬場博士の医とアートが一体化したハイブリッド人生を考えるとき、ほぼ、同時代を並走して生きた加納光於氏のアートをライフワークとして考えなくてはならない。加納氏は馬場氏ほど専門的な医学の技術や知識はなかったかもしれない。だが、加納氏の幻視者としてのヴィジョンは、科学者には啓示的な部分であり、だから、加納氏の幻視者としてのアートに一生惹かれてきた。つまり、二人はアートと医学が分けがたく繋がった共同体的な宇宙であるのだ。

加納氏のアートを分析する方法は、馬場氏が顕微鏡で研究した身体各部位の症状を、加納氏の銅版画や油彩に当て嵌めて批評しているところが特徴である。

　科学とアートは互いに重なるところは少なくみえる。けれども、馬場氏は科学とアートを長年並行して研究してきた。ダ・ヴィンチが絵画と解剖を生涯並列させて研究して方法と類似している。ダ・ヴィンチは身体の内部の筋肉や骨の機能を解剖によって研究していた。身体の内部を顕微鏡やCTスキャンで分析して、そのメカニズムを、生涯の知人、加納光於氏の銅版画、油彩画に重ねてみてきた。馬場氏の眼は、ダ・ヴィンチの眼差しと共通している。ダ・ヴィンチは科学者でありアーティストであった。同じように、馬場氏は科学者でありアーティストである。馬場氏はダ・ヴィンチとの類似点を通じて、科学者はアーティストでなければならないことを教えてくれる。馬場氏は加納氏のアート分析を通じてハイブリッドな科学者でなければならないことを明示している。

注

（1）馬場駿吉「慢性副鼻腔炎における嫌気性菌に関する臨床的ならびに実験的研究」（名士大医誌、二〇巻四号、一九七〇）、八〇〇頁―八〇一頁参照。鈴木祥一郎、上野一恵『厭気性菌』（第二版）小酒井望編―日常検査法シリーズ八（医学書院、一九七八）参照。

（2）Cf. www.lib.meiji.ac.jp/about/publication/.../suzukiA01.pdf 2015/05/06

（3）www.rikkyo.ac.jp/research/laboratory/IAS/.../iiyama.pdf 2015/05/06

（4）安藤紘平「映画と私と寺山修司〝最近、なぜか、寺山修司〟」（『寺山修司　海外ヴィジュアルアーツ』（文化書房薄文社、二〇一一）、五頁。

（5）山田泰生「科学と芸術の間闊歩　名古屋ボストン美術館館長　馬場駿吉さん」（『毎日新聞』二〇一一年五月一五日）二一頁。

（6）Cf. www.aichi-med-u.ac.jp/keiseigeka/syojisyo.html 2015/05/06

（7）大岡信「『アララットの船あるいは空の蜜』由来記」より）

（8）馬場駿吉『断面』（昭森社、一九六四）

（9）「レオナルド・ダ・ヴィンチ　幻の戦争画大作」二〇一五年六月二八日放送　再放送：九月六日よる www.nhk.or.jp/nichibi/weekly/2015/0628/ 2015/05/06

（10）揺らめく色の穂先に　一九九二（Poetica 臨時増刊　小沢書店一九八九）、一三頁。以下同書からの引用は頁数のみ記す。
（11）馬場駿吉『加納光於とともに』（書肆山田、二〇一五）、三三頁。以下同書からの引用は頁数のみ記す。
（12）『加納光於「骨ノ鏡」あるいは色彩のミラージュ』展覚書き」（愛知県美術館［愛知芸術文化センター一〇階］

九章　J・ジロドゥ作『エレクトル』と寺山修司作『身毒丸』のペスト

オレステスは母殺しの罪で復讐女神エリニュスによって奈落に投げ込まれた。古代ギリシャから現代までオレステスといえば母殺しを指しアイスキュロス作『オレステイア』三部作やソポクレス作『エレクトラ』やユウリピデス作『エレクトラ』や『オレステス』に次々と登場し、更に時代が下ってエリザベス朝に再び現れハムレットの面前で同じ復讐を繰り返して、近代になるとオレステスの末裔がE・オニール作『喪服の似合うエレクトラ』やジャン・ジロドゥ作『エレクトル』やサルトル作『蝿』に現れペストのように人間を打ち倒した。

さて、寺山修司は学生のころから俳句や短歌に亡くなっていない母の死を歌った。

母もつひに土となりたり丘の墓　（青森高高一年　昭和二五年）

音たてて墓穴深く母の棺おろされしとき母目覚めずや　（『東奥日報』昭和二七年）

更に、寺山は映画『田園に死す』でも母殺しのテーマをスクリーンに現した。こうして寺山は生涯母殺しのテーマを追い求めた。けれども、これまで、寺山の母殺しのテーマは寺山ハツと寺山修司との母子関係とパラレルな関係で論じられてきた。

此処では、古代ギリシャ以来受け継がれてきたオレステスの母殺しのテーマと寺山が生涯自分の作品の中で繰り返し拘り続けた母殺しのテーマを比較して、どの様に寺山が母殺しのテーマを彼自身の劇の中で一種の型として機能させているのかを検証する。

田中美輪太郎は、ギリシャ悲劇について論じた文章の中で、トラジェデーを定義して、生者ではなく死者となった英雄の悲劇であると述べた。そして、生者の悲劇はコメディであるといっている。アイスキュロス作『オレステイア』三部作のうちの『供養する女たち』を支配するのは死者としてのアガメムノンである。アガメムノンはあの世からこの世を支配している。

寺山の『身毒丸』ではしんとくはあの世に行って亡き母を捜し求める孤児の悲劇である。他にもまま母・撫子によるしんとくの毒殺事件はちょうどエイゼイシュテインの映画『イワン雷帝』にその例を見ることができる。『イワン雷帝』ではイワンの伯母が我が子ウラジミルを帝位につけようとイワン毒殺を企てる。このような母と子の関係はオレステスとクリュタイムネストラから始まってハムレットとガートルードを経てしんとくとまま母の関係にまで繋がっている。また、ジロドゥは『エレクトル』の中で、オレステスの復讐の問題が先行作品『トロイ戦争は起こるまい』の戦争の問題と地続きになっていることを暗示している。

更に、謡曲の『弱法師』は、ギリシャ悲劇が親子の愛憎劇となって日本の演劇に現れたものだ。また三島由紀夫が脚色した『弱法師』に出てくる俊徳は捨子としての儚い人生が親殺しや復讐劇よりも一層過酷な親子関係を浮き彫りにしている。

或いは寺山は映画『田園に死す』で「お母さん私をもう一度妊娠してください」といって不条理な母子関係を取り戻そうとした。現代では、天野天街氏は『トワイライツ』や『ソレイユ』で交通事故死や原爆投下で親子関係が突然断ち切れ死んだ子供の魂がこの世とあの世を往来して不条理な親子関係の修復を求める作品を創った。

本稿では、ギリシャから現代に至るまで、オレステスが犯した母殺しの系譜を辿りながら、寺山が、しんとくのまま母殺しを劇化するときに、どの様にしてオレステスの母殺しを型として自分の劇に取り込んでいったかを解読していく。

アイスキュロスの『ザ・オレステイア』とエウリピデスの『オレステス』、『エレクトラ』とソポクレスの『エレクトラ』

アイスキュロスは『ザ・オレステイア』三部作のうち第一部『アガメムノン』で、トロイア戦争に参加していたギリシャ軍総大将アガメムノンが、トロイアを陥落させ、一〇年ぶりに故国に戻るところから劇を始めた。トロイア戦争へ出征する際、アガメムノンは娘イピゲネイアを女神への生贄として捧げた。これを怨んだ妻のクリュタイムネストラは、同じくアガメムノンに恨みを抱いていたアイギストスと深い仲になり、凱旋してきたアガメムノンおよび、捕虜として連れられてきたカッサンドラの殺害を図る。トロイア戦争におけるギリシャ側の勝利という大義のためなら、娘の命を奪うこともやむをえないという父アガメムノンの正義が、愛する娘の命を戦争のために奪ってはならないと思う母クリュタイムネストラの正義によって倒される。こうして帰還したアガメムノンと捕虜カッサンドラが館に入ろうとすると弔いのコーラスが流れ、館の中に消えると断末魔の叫び声が響く。二人の遺体とともに妻クリュタイムネストラが現れ、娘を殺した犯人に対する復讐は正義に基づくものであると訴える。

アガメムノンの暗殺後、妻のクリュタイムネストラは息子のオレステスをミュケナイから追放し娘エレクトラを冷遇した。その後成人したオレステスがミュケナイへと帰還し、父アガメムノンの墓に詣でアポロン神に導かれて復讐を誓う。オレステスは、父の墓場でやはり母への復讐を願う姉エレクトラに出会い、母クリュタイムネストラと情夫アイギストスの暗殺を図る。旅人に扮したオレステスは母の館に向かい、オレステスが既に死んだことやオレステスの骨壺を持ってきたと伝える。母クリュタイムネストラは嘆き悲しむが内心ではやましさに揺れながら、オレステスを館に招き入れる。オレステスは先ずアイギストスを殺害し次いで母クリュタイムネストラを殺そうとする。旅人の正体がオレステスと知ったクリュタイムネストラは、息子に向かって必死の命乞いをする。クリュタイムネストラは、息子に対して生みの母の愛を訴える。しかし、オレステスは、情夫を愛し夫を殺害した母クリュタイムネストラを非難する。それも運命であったと弁明する母に対しそれならここで殺されるのも運命としてオレステスは母を殺害する。こうして、オレステスはアポロンの神託が命じた通り父の敵討ちをして正義を全うした。だが、その結果母殺しという重い運命を負うことになった。母の怨念やかつて復讐をそそのかした復讐女神に襲われる幻覚に苦しみオレステスは狂乱状態に陥る。

復讐女神エリニュスに付きまとわれながらオレステスは、放浪の末デルポイの神殿に現れアポロンにすがる。オレステスはアポロンの神託に従いアテナイのアクロポリスにある女神アテナの神殿に向かう。そこで、アテナを裁判長としてオレステスを弁護するアポロンとオレステスを母殺しとして告発する復讐女神エリニュスの間で裁判が行われる。当時のアテネでは直接民主制が行われアテネ市民一二名が陪審員として判決を左右した。

陪審員の判決は、有罪・無罪が半々に分かれるが、裁判長のアテナがオレステスを支持しオレステスは無罪放免となる。判決を不服として復讐女神エリニュスは激怒するが、なだめられアテナイの慈しみの女神エウメニデスとなるよう説得される。こうして、エリニュスたちはこの申し出を受け入れる。その結果憎しみの連鎖は遂に断ち切られ、ギリシャに調和と安定が回復する。アイスキュロスは『ザ・オレステイア』三部作全体を通して、アガメムノンがアイギュストスに殺され、アイギュストスがオレステスに殺害されるという復讐の連鎖をテーマにした。けれども、結末では機械仕掛けの神が現れて問題を解決する。

次に、ソポクレスは『エレクトラ』で、オレステスが死んだという贋情報によって、クリュタイムネストラは騙され油断したところを襲われて暗殺される。その後で、アイギュストスも騙されてクリュタイムネストラの遺体をオレステスの遺骸と間違える。

Aegisthus: Whose trap is this
That I have fallen into?
Orestes: Are you so blind

You cannot tell the living from the deed?
Aegisthus: God help me, now I know. You are Orestes.[1]

アイギュストス　俺は一体どういう奴等の罠にかかったのだ。
オレステス　貴方はそれほど目が見えないのか、生きている者に向かって死人に言うように話していたのに気づかなかったのか。
アイギュストス　ああ、分かったぞ。おまえはオレステスだな。

さて、ソポクレスの『エレクトラ』では、オレステスもエレクトラも母殺しの罪で苦悩する場面がない。一方、ユウリピデスの『エレクトラ』はエレクトラが貧しいミュケナイの農夫と結婚させられる。だが、エレクトラは処女を守り続けて終にオレステスと結託してアイギュストスを殺害し次いでクリュタイムネストラも殺して復讐を遂げる。だが、忽ち、後悔して苦悩する。

Electra: But what word from Apollo, what oracle proclaimed that I must be my mother's killer?[2]
エレクトラ　しかしどういう経緯でアポロンによって、どのような神託が下され、私が母殺しとなるように定められたのでしょうか。
オレステスもエレクトラと同じ様に母殺しの苦悩から逃れられることが出来なくなる。
Orestes: And I must not only leave my father's home, but be tried by a foreign code for the murder of my mother.　(p. 295)
オレステス　しかしぼくは父の家から出て行くというだけでなくよその国へ行って、母殺しの裁きを受けることになるのです。

ユウリピデスは、オレステスの苦悩を、象徴として蛇を使って表した。

Castor…these charred-skinned demons; their serpent-wrapped
and writhing arms will bear you mortal agony.　(p.296)

カスター　・・・手には蛇をつかみ、その面は黒く、恐ろしい苦悩の果実を味あわそうとする者だ。

また、ユウリピデスは『オレステス』の中でオレステスが暗殺したクリュタイムネストラの死霊に悩まされ狂気になる。

Oresteｓ: Mother! No, no! Don't set them at me, I implore you – Those female fiends with bloody faces wreathed in snakes! There're here! They're coming closer! Now they leap at me![3]

オレステス　お母さん、いやだいやだ、お願いです、この血だらけな顔をした蛇みたいな娘たちをけしかけないで。おお、来た、そばまで来た、飛びついて来た！

オレステスは、自ら、戦いを挑んで運命を切り開いていく。また更に、アイスキュロスの『供養する女たち』やエウリピデスの『エレクトラ』や『オレステス』には復讐を象徴的に表した蛇が出てきてオレステスを悩ます。このオレステスを悩ます蛇は実はしんとくを悩ます蛇と幾分か似通っている。

シェイクスピアの『ハムレット』

トロイ戦争とは異なって、フォーティンブラスは額ほどの領土を巡って諍いを起こすがこの戦争が『ハムレット』の背景にある。『ハムレット』では亡き父のハムレットが亡霊となって現れ、息子のハムレットに向かい父の弟クローディアスによって暗殺されたと告白し復讐をせまる。だが、ハムレットは、復讐に応ぜず躊躇する。明らかに、ハムレットは復讐の連鎖から解放されている。さて、ハムレットとオレステス、亡き父ハムレットとアガメムノン、クリュタイムネストラとガートルード、クローディアスとアイギストスらの関係はそれぞれ類似しているがそればかりか双方の劇構成も互いに似ている。

ハムレットの母ガートルードは、父王の弟クローディアスと結婚したため、クローディアスはハムレットに代わって王位継承者になる可能性があった。となると、ハムレットはガートルードとクローディアス夫婦にとって余計者である。そのような観点からこの劇を見ていくと、ハムレットは境遇がオレステスやしんとくと似ている。

オニールの『喪服の似合うエレクトラ』(一九三一)

オニールが書いた『喪服の似合うエレクトラ』の時代背景にはアメリカの南北戦争がある。南北戦争は内戦であるが政治が社会に及ぼした影響においてはトロイア戦争に匹敵する。『喪服の似合うエレクトラ』の登場人物は『オレステス』の登場人物を擬している。オリンはオレステスに相当する。オリンはマクベスのように戦場では英雄的であったが、母と母の愛人との不倫を許せず母の不倫相手を殺害してしまう。だが、マクベスが暗殺したヴァンコォーの亡霊に慄き次第に気違いになったように、オリンは罪を悔い自殺した母の亡霊に慄きピストル自殺する。明らかに、オリンはサルトルの『蝿』に出てくるオレステスと比べて自由意志はなく自滅してしまう。

Orin: (*stammers - pointing*) It was here - she - the last time I saw her alive -
Lavinia: (*quickly, urging him on commandingly*) That is all past and finished! The dead have forgotten us! We've forgotten them![4]

オリン　（指し示しながら吃る）ここだ―母さんが―生きていた母さんを最後に見たのは。
ラヴィニア　（命令するように急き立てて、素早く）そんなことは皆昔のことで終ったことだよ！死んだ人は私たちのことなんか忘れてしまったよ。私たちも死んだ人のことなんか忘れてしまったよ。

一方、オリンの姉ラヴィニアはエレクトラに相当するが、サルトルの描いたエレクトラよりも遥かに強靭な意志の持ち主である。だが、ギリシャ劇に見られる復讐の連鎖を断ち切るだけの強さを持っていない。

Lavinia (*with a strange shy eagerness*) Do you really think I'm as pretty now as she was, Orin?
Orin (*as if she hadn't interrupted*) I mean the change in your soul, too. I've watched it ever since we sailed for the East. Little by little it grew like Mother's soul - as if you were stealing hers - as if her death had set you free - to become her!　(p.343)

ラヴィニア　（奇妙なほど恥ずかしそうに、熱心になって）お母さんのように可愛いってほんとにそう思う、オリン？
オリン　（まるで、姉が口を挟まないでいるかのように）姉さんの心の中の変わりようだよ。僕たちが東洋の旅に出たときから僕はその変化をみていたんだ。お母さんの心のように少しずつ変化していったんだ―まるで、お母さんの心を盗んでいるみたいに―お母さんの死によって解放されたように―お母さんそっくりになった。

ラヴィニアがエレクトラと違うのはラヴィニアが母親に似て淫乱な性格がある。それは遺伝で受け継いだものだ。イプセン（Ibsen, Henrik）の『幽霊』（*The Ghost*）のようにラヴィニアの血には母の血が流れている。遺伝が復讐の女神となってラヴィニアに復讐する。

Orin: So you kissed him, did you? And that was all?
Lavinia: (*with a sudden flare of deliberately evil taunting that recalls her mother in the last act of "Homecoming," when she was goading Ezra Mannon to fury just before his murder*) And what if it wasn't? I'm not your property! I have a right to love!　(pp.355-6)
オリン　へえ、接吻したのかい？それだけだったのかい？
ラヴィニア　（『帰郷』の終幕で、エズラ・マノンを殺す直前に、母がエズラの怒りを掻き立てた様子を思い出させるように、突然かっとなって、わざと意地悪そうに嘲弄しながら）それだけでなかったら、どうなの？私はお前のものじゃない。私にだって愛する権利があるのよ！

ラヴィニアは自分の母が自殺した後、母が犯した不倫の過ちを繰り返そうとしている。

Lavinia: (*without opening her eyes – strangely, as if to herself*) The dead! Why can't the dead die!　(p.372)
ラヴィニア　（目を閉じたまま、奇妙に、まるで独り言のように）死んだ人間が！何故死んだ人間は死んでいられないのでしょう！

ラヴィニアは意外なことに自殺した母の霊が自分の身体に入り込んだことで苦悩する。

Lavinia:… Want me! Take me, Adam! (*She is brought back to herself with a start by this name escaping her – bewilderedly, laughing idiotically*) Adam? Why did I call you Adam? I never even heard that name before – outside of the Bible! (*Then suddenly with a hopeless, dead finality*) Always the dead between! It's no good trying any more! (p.374)

ラヴィニア　・・・あなたのものにして！抱いて！アダム！（うっかり出たこの名前に驚き、はっと我に帰り、面食らって、白痴のように笑う）アダムですって！何故貴方のことをアダムと呼んだのかしら。そんな名前今までに聞いたこともないのにー聖書以外ではね。（絶望して、これを最後にという風に、突然）いつも、死人が間に入る！もうこれ以上何したって駄目なんだわ！

こうして、ラヴィニアは愛情の瞬間に婚約者の名前でなくて母の愛人の名前を叫ぶ。すると忽ちラヴィニアは母の淫乱な血が体に流れていることを悟る。チェーホフ（Chekhov, Anton）の『桜の園』（*The Cherry Orchard*）に出てくる老執事が時代に取り残されて古い家に閉じこもって死を覚悟したように、ラヴィニアもマノン一族の呪いを先祖伝来の家に封印して死に備える。

さてオリンは己の原型を父親に見ラヴィニアは己の原型を母親に見る。だが寺山のしんとくはまま母に己の原型を見ているけれども、また、まま母の方もしんとくに己の原型を見ている。まるで二人は合わせ鏡のようである。

ジャン・ジロドゥの『エレクトル』（一九三七）

ジロドゥ作『エレクトル』の時代背景には世界大戦がある。またこの劇はギリシャ悲劇を典拠としながら大戦当時の普通の人たちの時代感覚を表している。川島順平氏は『ジャン・ジロードゥーの戯曲』で、エレクトルの性格を次のように纏めている。

エレクトルも、古代の衣装をまとっていても、実は二十世紀の教養と思想と感覚を持った女性なのである。[5]エレクトルが会話する言葉使いは現代人の知性や感覚を表している。また預言者風の乞食はシェイクスピアの『十二夜』に出てくる道化フェスタのように登場人物たちの道案内をする。オレストは少し無邪気でエレクトルとエジストの争いに巻き込まれていく。纏めると次のようになる。

エレクトル、強い意志と同時に寛容さをもち、英知があってヒューマンな精神にもえ、調和を愛する人物、乞食、ひょうきんでいたずら好きで、ユーモアに富み、善意は多分にもちながらも、時には意地悪くなるというような人物である。オレスト、純情ではあるが気が弱く境遇に引きずられていくような人物である。（『ジロードウーの戯曲』pp.74-75）

『エレクトル』上演当事日常世界は世界大戦という抜き差しならぬ緊迫した状況にあり、息の詰まるような異常な空気が劇場空間に張り詰め異次元的な時間の帯を紡ぎだしていた。

絶体絶命の境遇の中で芝居は始まる（『ジロードウーの戯曲』p.68）

劇が始まると復讐の女神ユーメニードは未だ少女で、不吉な前兆が誕生したばかりであることを示している。さてジロドゥの『エレクトル』に登場する庭師はユウリピデスの『エレクトラ』に出てくる農夫を引用している。エジストは王女エレクトルをこの庭師と結婚させようとしている。エジストが王女エレクトルを身分の低い者と結婚させようとしたのは、エレクトルの末裔が一大勢力となってエジストに反抗するのを防ぐためである。

Egisthe: … Tu perds ton temps, le jardinier épousera Electre…(6)

エジスト　・・・暇つぶしだ。庭師はエレクトルと結婚するのだ・・・

ところが、エジストの計略は逆効果となり、エレクトルに復讐心を募らせていく。エジストはこの復讐心を俊敏な伝染性のあるペストとしてみる。

Egisthe: …La peste éclate bien lorsqu'une ville a péché par impiété ou par folie,　(p.32)

エジスト　ある町が不敬や無分別から罪を犯すとペストが発生する。

エジストが恐れているのは復讐心である。だが、一方では、ジロドゥは、復讐劇にコントラストをつけて喜劇的な要素を盛り立てる為に乞食を登場させた。ジロドゥの乞食は、チェーホフの『桜の園』に登場する乞食に似て不気味である。つまり、ユウリピデスの『オレステス』とは異なり、ジロドゥは『エレクトル』に預言者風な乞食を登場させたり、摩訶不思議な魔女ユーメニードを登場させたりして、舞台に『オンディーヌ』のような悪戯な精霊が怪しい雰囲気を醸し出している。

預言者とか精霊とか天使とかいう超自然の力を持った人物を好んで登場させた。(『ジロードゥーの戯曲』p.69)

乞食役は、預言者としてエジストがエレクトルを殺害すると予告する。この乞食はエジストの潜在意識を読み解く能力がある。

Le Mendiant: Electre… Je voudrais bien la voir avant qu'on la tue.

Egisthe: Tuer Electre? Qui parle de tuer Electre?
Le Mendiant: Vous.　(p.38)
乞食　エレクトルに・・・殺す前に是非会っておきたい。
エジスト　エレクトルを殺す？誰がエレクトルを殺すといった。
乞食　あなたが。

乞食役が語るナルセス一家の運命とは、エジストがエレクトルを庭師と結婚させて、その後で、王女としてではなく、殺害する計略を暗示している。

Le Mendiant: … C'est assez facile à tuer, une femme de jardinier. Beaucoup plus facile qu'une princesse en son palais.　(p.43)
乞食　・・・庭師のかみさんは割合楽に殺せる。宮殿にいる王女よりはずっと楽だ。

また、乞食役は、エジストが目論んだ計略は浅はかであると言って、観念的な神のお告げや運命を、現実世界にある飢えや病気と同列に譬えた。

Le Mendiant: Sois sans inquiétude. Le cancer royal accepte les bourgeois.　(p.45)
乞食　王のガンは町民にもうつる。

エジストはアガメムノンを暗殺して真実を隠し封印してきたが、エレクトルは、生き返らせねばならないと主張する。ちょうど、マクベスはヴァンコォーを暗殺して真実を封印するが、ヴァンコォーが亡霊となって出現して真実を明かすのと似ている。だが、エレクトルは言葉でエジストの心にアガメムノンを蘇らせる。

Electre: … Il suffit de rendre la vie à un mort.　(p.49)

エレクトル　死人を一人生き返らせればいいのです。

こうして、エレクトルはエジストの良心を苦しめるが、この告発は、ちょうど、マクベスがヴァンコォーを暗殺した後ヴァンコォーが亡霊となって現れてマクベスを苦しめる状況と似ている。更に、エレクトルはアガメムノンの未亡人だと主張する。

Electre: … Je suis la veuve de mon père,…　(p.50)

エレクトル　私は父の未亡人です、・・・

更にまた、オレストが現れると、エレクトルは母のクリテムネストルに夫だと紹介する。

Clytemnestre: D'où venez-vous? Qui est votre père?　(p.67)

クリテムネストル　どこの人?父は誰?二〇一

こうして、エレクトルはオレストを母クリテムネストルに紹介して父アガメムノンを思い出させる。アガメムノンは死んだが、血を分けた姉弟が目の前に現れたので、エレクトルはオレストと組み、エジストとクリテムネストルと対峙しようと身構える。

Electre: Trop tard, ses bras me tiennent.　(p.68)

エレクトル　もう遅すぎます。この人の腕が私を掴まえている。二〇一

だがオレストは気が弱く復讐心よりもクリテムネストルに母として愛情を感じている。

Oreste: Je suis moins dur pour elle,…　(p.72)

オレスト　ぼくはそれほど冷たくはない・・・

一方、エレクトルの方は性格が激しく母親のクリテムネストルが夫のアガメムノンが留守中に犯した罪を激しく咎める。

一〇数年前に犯した姦通を非難する。(『ジロードゥーの戯曲』p.159)

更に、エレクトルは母のクリテムネストルが他の男エジストと不倫したことを非難する。

Electre: Celui de la chasteté.　(p.77)

エレクトル　純潔のこと

ハムレットが母ガートルートの純潔を訴えたように、エレクトルは、クリテムネストルに純潔を訴える。やがて、エジストがやってきてオレストが脱走したという。

Egisthe: … Oreste n'était pas mort. Il s' est évadé.　(p.78)

エジスト　・・・オレストは死んだのではない。脱走したのだ。

その瞬間、クリテムネストルは目の前にいるオレストを息子として悟る。

Clytemnestre: Ainsi c'est toi, Oreste?　(p.81)

クリテムネストル　ではあなたなのね、オレスト？

クリテムネストルはオレストを赤子としてしか覚えていない。ジロドゥは、いきなり、青年となってクリテムネストルの目の前に出現したのである。この時間的なギャップを魔女ユーメニードが少女から急に成長して十二、三歳になる姿で表した。ユーメニードは魔女であるから何にでも化けることが出来る。しかし、この場合ユーメニードの身長が伸びるのは、クリテムネストルが大きくなったオレストを見たときの心の驚きを、魔術を使って代弁している。

乞食役は狂言回しであるが、ジロドゥは会話によって物語を構成しないので、ナレーターが必要となり、乞食が端折られた話を面白おかしく繋いでいく。

悲劇『エレクトル』の場合でさえ、作者は喜劇的人物を登場させて、笑いの場面を挿入したのである。（『ジロードゥーの戯曲』（p.80））

幕間劇では庭師がモノローグで物語る。やがて、田園風な庭師のモノローグが終ると、嵐をもたらす暗雲のようにエレクトルが登場して鋭くエジストの暗殺を非難する。

Electre: … leur bouche pestilentielle.　(p.100)

エレクトル　・・・その口がペストになることです。

エレクトルは、自分の信念を絶対と信じ、妥協を排し他人にたいして仮借なく自己の主張をうけ入れさせようとする。その間に魔女ユーメニードたちは魔術を使う。こうしてユーメニードたちもまた大きくなって一五歳になっているのである。

ジロドゥの『エレクトル』ではオレストはアガメムノンの暗殺を既に知っていて復讐のためにきたのではなくアガメムノンの暗殺を知らずに現れ初めて聞かされるように反応する。

Oreste: Tué, Agamemnon!　(p.112)
オレスト　殺された、アガメムノンが！

また、ハムレットには父ハムレットの亡霊が現れたように、エレクトルは、アガメムノンの亡霊が現れたという。

Electre: Son cadavre cette nuit m'est apparu,…　(p.113)
エレクトル　昨夜、その亡骸が現れた・・・

つまり、エレクトルはペストで暗殺を暗示し暗殺犯の正体は夢に見た暗殺事件をお告げに現れたという。エレクトルはクリテムネストルの犯罪を畳み掛けるようにして執拗に追及していく。

Electre: Tu vois! Ce n'est pas ton amant, c'est ton secret que tu me caches.　(p.127)
エレクトル　そうら！あなたが隠しているのは恋人じゃない、秘密だわ。

エレクトルはクリテムネストルがアガメムノン暗殺の秘密を隠蔽するためにエジストと結婚をすることに反対する。エレクトルはハムレットが母ガートルートの結婚に反対したように、クリテムネストルの結婚に反対する。だが、ハムレットが幕間劇を見せてクローディアスの心を見破ったのとは異なり、エレクトルは直接エジストに向かって母との結婚を強く反対することにより、逆にクリテムネストルが隠していた秘密を白状させてしまうのである。

Electre: Vous n'épouserez pas Clytemnestre.　(p.145)
エレクトル　クリテムネストルと結婚してはいけません。

エレクトルがエジストにクリテムネストルと結婚に反対すると、クリテムネストルはエジストを愛していると思わず告白してしまう。

Clytemnestre: Oui, j'aime Egisthe.　(p.145)
クリテムネストル　そうです、私はエジストを愛しています。

クリテムネストルの告白はラシーヌ（Racine, Jean）が劇でフェードルがする告白と幾分似ている。フェードルにとって自分が破滅することよりも自分の狂熱的な情熱の方が強いのである。さて、クリテムネストルにとっては自分の情熱を妨げるのは敵のことであるが、その敵は最初復讐とかペストとかで暗示されるが、次いで敵は民衆や敵軍に変わっていく。

Un Messager: Seigneur, ils ont forcé le passage! La poterne cède.　(p.164)

伝令　閣下、敵は水路を突破しました！間道は敵の手に渡りました。二八八

ジロドゥの『エレクトル』の背後ではギリシャ悲劇『オレステス』が親殺しを系譜となり枠組みとして働いているので、敵とは抽象的には復讐のことであるが、しかし、一瞬ではあるが、敵とは復讐なのかペストなのか敵軍なのか民衆なのか分からなり混乱する。

Un Messager: Ils entrent dans les cours intérieures, Egisthe!　(p.167)

伝令　敵庭まで侵入しております、エジスト！　二九〇

伝令は、言葉だけで、敵の攻撃を報告する。さて、ケネス・ブラナーが監督した映画『ハムレット』では、クローディアスの陰謀が発覚するとフォーティンブラスの軍隊がデンマークの王宮に攻め込む場面を映像にして表した。しかし、ジロドゥの『エレクトル』では、乞食はオレストがクリテムネストルとエジストを殺す場面を芝居の立ち回りでなくナレーションで物語る。次いでエジストが断末魔でエレクトルの名前を呼ぶ。

La Voix D'Egisthe, *au-dehors*. Electre…　(p.177)

エジストの声　（外で）エレクトル・・・三〇一

エジストは、良心に苛まれてエレクトルの名前を口にしたのかもしれない。しかし、エジストがクリテムネストルと一緒にいながら、何故エジストが息絶える直前にエレクトルの名前を呼ぶのか疑問として残る。手がかりとなるのは、

ジロドゥが『オンディーヌ』の結末でオンディーヌが意に反して思わずハンスの名前を叫ぶ場面がある。また、これと似た例で、オニールの『喪服の似合うエレクトラ』でも、結末で、エレクトラに相当するラヴィニアは弟のオレンが暗殺した母の姦夫アダムの名前を思わず叫んでしまう場面がある。アダムはエジストに相当する人物である。或いは、もしかしたら、瀕死のエジストが叫ぶ声は、今度は、逆に、エレクトラに向かって、新たなペストになって襲ってきたのかもしれない。つまり、その声は、呪いとなって今度はエレクトラに伝染する。

このときまでには、魔女ユーメニードたちはエレクトルと同じ年、同じ身の丈になっている。魔女ユーメニードたちが年齢や背丈が伸縮自在であるのは精霊や神の仕業である。また、突然、ナルセスのかみさん役がこの場面に登場して民衆の気持ちを代弁する。

La Femme Narsès: Comment cela s'appelle-t-il,… que les innocents s'entretuent, mais que les coupabies agonisent, dans un coin du jour qui se lève? (p.179)

ナルセスのかみさん　罪のない人たちは殺し合い、一方では、罪人たちがのぼってゆく太陽の片隅で、死の苦しみにあえいでいる、これを何と言ったらいいのでしょうか？

民衆が舞台に出てくるのはこの劇があくまでも庶民の立場で、しかも庶民の視点から姦夫姦婦に対する意見が書かれているからである。

姦夫姦婦を描くときさえも、作者は人間として十二分にいたわりの目で描き出しているのである。(『ジロードゥーの戯曲』p.75)

また、乞食役は絶体絶命の危機にあってさえ、その危機の後には平和が訪れると予言する。ジロドゥは、重苦しい大戦の戦火の中でも希望を捨てようとしなかったのかもしれない。

Le Mendiant: Cela s'appelle l'aurore.　(p.179)
乞食　その名は黎明というのだ。

乞食役の予言は『マクベス』の中でダンカンの息子マルカムがマクベスを討伐する軍を率いて檄を飛ばし「暗い夜の後には夜明けが来る」と言う予言を想起させる。だが乞食の予言はマルカムの予言よりも苦渋に満ちている。

またジロドゥはギリシャ悲劇に現れる神の意のままに登場人物を動かさず『オンディーヌ』に出てくるような精霊との交流を用いた。

時にはこの神や精霊の意志によって戯曲の物語が急展開するような筋立てになることも恐れなかった。(『ジロードウーの戯曲』p.60)

ジロドゥの『エレクトル』にはギリシャ悲劇と世界大戦とが背景にあるが、古い神々や魔女を使うのではなく、『オンデイーヌ』のような精霊の世界を挿入して舞台を飾った。

預言者と三人の復讐の魔女を活躍させて幕が降りてから後に起こる事件まで説明する(『ジロードウーの戯曲』p.69)

ジロドゥは、古いヨーロッパの妖精物語を駆使しながら、ギリシャの古典悲劇を外枠として使い、永遠の時間を表すのに不死の世界を使って描いた。更にまた、密度の濃い心理描写を使って、ラシーヌの悲劇を現代に蘇らせたのである。

フランス古典劇の手法を極端に圧縮し、その精髄を抽出したような手法による戯曲を書こうとした(『ジロードウーの戯曲』p.64)

ジロドゥは大戦の死の恐怖が息の詰まるような切迫した状況の中にあっても、現実を変革して、自国に伝わる妖精物語を『エレクトル』に蘇らせようとしたのかもしれない。

『エレクトル』は、目前に迫ろうとしている第二次大戦に対する作者の最後の警鐘だった(『ジロードウーの戯曲』

p.126)

こうして、ジロドゥは『エレクトル』の中にギリシャ悲劇の母殺しの系譜を枠組みとして鋳型に流し込み更に妖精を登場させ近代劇のリアリズムを超えた豊穣なファンタジーを作り上げた。

サルトル『蝿』（一九四三）

サルトルの『蝿』の時代背景にはヨーロッパの第二次世界大戦がある。『蝿』は世界大戦中のレジスタンス運動の息遣いが生々しく伝わってくる。サルトルは『蝿』で近代ヨーロッパの戦乱をギリシャ悲劇の『オレステス』の戦争に重ねることによって客観的な視点から状況を俯瞰してみたかったのではないだろうか。また母殺しの後悔の念を蝿にたくして、蝿が死体に群がるように、逆説的に暗殺者の心にも群がる暗喩として蝿を描いて見せた。同時に、サルトルは、死の恐怖を、死体に群がる蝿としても描いた。その意味で、「蝿」はジロドゥの「ペスト」に似ている。エレクトラはこの蝿に慄き気がふれてしまう。

Oreste: Que nous important les mouches?
Électre: Ce sont les Érinnyes, Oreste, les déesses du remords.(7)
オレスト　一体蝿どもが僕たちに何の関係があるって言うんだ？
エレクトル　この蝿たちはエリニュエスなのよ。オレスト、後悔の女神たちよ。

サルトルの描いたオレステスは母殺しを復讐ではなくて投企と考えているようだ。だから、母親を殺害しても後悔しない。

Oreste: Je suis libre, Électre; la liberté a fondu sur moi comme la foudre.　(p.53)
オレスト　僕は自由だ、エレクトル。自由が電撃の様に僕に襲いかかってきたんだ。

投企はサルトルが表した哲学概念である。サルトルは自分で選んだ道がたとえそれが間違っていても迷わず生きることによって自由が得られると考えていた。若い頃寺山はサルトルの投企の概念に共感していた。寺山も極限状態に追いやられたとき、ひょっとしたらサルトルの投企を念頭に置いていたかもしれない。しんとくが、恐怖に慄かないで生きていく果敢な姿を見ていると、サルトルが描いたオレステスのような投企を度々想起させられる。

説教節の『しんとく丸』

説教節の『しんとく丸』や『あいごの若』は、寺山の『身毒丸』と幾分類似したところがある。相互の作品を比べると、継母によってしんとく丸が苦しめられるところが似ている。『あいごの若』では、しんとく丸を殺害する継母の怨念が蛇となって現れるところがある。この結末は、寺山の『身毒丸』の結末を考える上で重要である。また、『おぐり』や『山椒太夫』では、怨霊が出てきたり黄泉の国が出現したりして、この世とあの世を往来するが、その描写には、寺山の『身毒丸』と類似性がある。寺山は、『身毒丸』を執筆するときに、説教節の『しんとく丸』、『あいごの若』、『おぐり』、『山椒太夫』を大枠として自作に取り入れて脚色したと思われる。

説教節は、社寺の門前で、庶民に仏教を広めるために語られた。当時は、文字が読めない民衆に仏典を聞かせても分からなかった。そこで民衆に仏の教えを物語にして伝える方法が生まれた。『今昔物語集』などの説話には、平安時代に僧侶が説経したものがある。室町時代になると、「刈萱」、「山椒太夫」、「しんとく丸」、「愛護若」などの五説経があらわれた。「小栗判官」では熊野の霊験が語られている。また、「しんとく丸」にも出現する熊野の霊験が語られ、熊野詣の道筋にある天王寺が舞台となっている。

さて、昔、河内国の高安の信吉長者という裕福な人がいたという。ところが、この信吉長者は前世での悪行の報いで子宝に恵まれなかった。そこで、信吉長者夫婦は京都東山の清水寺に参り、観音に願掛けて申し子をし子供を授かった。赤子は、「しんとく丸」と名づけられた。同じ題材の謡曲『弱法師』ではしんとく丸は俊徳丸と当て字がつけられている。しんとく丸は九歳のときに、三年間、河内国高安に近い信貴の寺に預けられ修行した。

しんとく丸は信貴の寺で一番の学僧となった後、河内国高安に戻り、天王寺の聖霊会で稚児舞を舞った。そのとき、観客席に和泉国近木の庄の蔭山長者の娘・乙姫が居て一目惚れした。やがて、信吉長者の家来の働きで文を交わし、しんとく丸は乙姫と結婚を約束する。しんとく丸は喜んだが、ちょうどそのとき、しんとく丸の母が亡くなった。そこで、しんとく丸は持仏堂にこもり母の菩提を弔った。一方、信吉長者はまもなく再婚し新しい母は男の子を出産した。この継母は、しんとく丸がいるために自分の子供を信吉長者の世継ぎにできないのを恨み、都に行き都中の寺社に呪いの釘を打ちしんとく丸を呪った。しんとく丸は継母の呪いのせいで盲目となり癩病となって天王寺に捨てられた。しんとく丸は絶望し物乞いもせずに飢え死を決意した。だが、しんとく丸の夢枕に清水の観音が立ち「人の呪いによってかかった病いである」と告げた。

しんとく丸は夢から覚めると再生を誓い「教えに従って、物乞い申そう」と、天王寺七村を物乞いした。だが、町家の人がこれを見てからかい、弱法師とあだ名を付けた。三島由紀夫はこれを典拠にした近代能『弱法師』を書いている。やがて、清水の御本尊がしんとく丸にお告げをして「これより熊野の湯に入れ。病い本復申すぞよ」と教えた。しんとく丸はこれを聞いて天王寺を出て熊野に急いだ。

道中、清水の御本尊が旅の道者に身を変えてしんとく丸に近づき、この土地の有徳な長者が施しをしていると説いて「施行を受け、命を継げ」と教えた。しんとく丸はこれを聞くと「ならば施行を受けよう」と誓うが、以前手紙で約束した乙姫の館とは知らず、庭先に立った。ところが、昔のしんとく丸と乙姫との仲を知っていた家来がいて、盲目のしんとく丸を見て愚弄した。すると、しんとく丸はこの屈辱に堪えられなくなり外に出た。しんとく丸は悔しくて、結局熊野には詣でなかった。乙姫は、しんとく丸が盲人となり乞食になったのを知り哀れんで、巡礼者となりしんとく丸の消息を求めて旅に出た。そして、天王寺で死ぬ覚悟をしたしんとく丸に会う。乙姫はしんとく丸を連れて清水寺に詣で、観音に病気平癒の祈願をした。すると、病気が回復し、しんとく丸はもとの姿に戻った。しんとく丸と乙姫の夫婦は京より和泉国に向かい、乙姫の両親と対面することになった。

一方、しんとく丸の父の信吉長者はしんとく丸を捨てた後、目が潰れ、身代も潰した。しんとく丸は盲人のときに他人から受けた恩返をしたくなり安倍野が原で施行をした。そこへ信吉長者たちも施しを受けにやってきた。こうして、しんとく丸と信吉長者たちは再会を果たすことになった。しんとく丸は信吉長者の目を治し奥方と子どもは首を斬って捨てた。その後、しんとく丸は乙姫や信吉長者とともに河内国に戻った。

かつてしんとく丸は病気になって捨てられたとき四天王寺へ赴きそこで京の近くにあって海に沈む夕日を拝んだ。この四天王寺はその西門が極楽浄土の東門に通じると信じられていた。当時人々は四天王寺の西門から海に沈む夕日を拝み夕陽の沈む彼方に西方極楽浄土を観相し極楽往生を願った。これを元にして観阿弥世阿弥は謡曲『俊徳』を書いている。

また、熊野は盲人や癩病者を回復させることのできる霊場だと信じられ、盲人や癩病者たちが治癒の奇跡を求めて熊野を詣でた。その熊野詣の道筋に四天王寺があった。

説教節の『しんとく丸』は仏の教えを説くところに本懐があるから、しんとく丸の復讐や苦悩は病に添加され隠れて、ひたすら仏の慈悲による救済が中心となっている。一方、オレステスはアポロンの神託とはいえ、復讐から母を殺して忽ち苦悩に陥る。

或いは、寺山のしんとくはまま母を殺害しようとするが実の母殺しではない。しかし、しんとくの父が再婚ししんとくを捨てるところは、オレステスの母がオイギストスと不倫し、父アガメムノンを殺して、オレステスを捨てるところと似ている。更にまた寺山の『身毒丸』では、しんとくはまま母に対する恨みが強いが、次第にしんとくの苦悩はまま母に対する愛憎となって複雑に絡まり渦巻いていく。従ってこの母と子の関係は、むしろラシーヌが劇作したフェードルとイポリットの母と子の愛憎関係に近いものとなっている。

寺山修司の『身毒丸』

少年のしんとくは母が亡くなった後父が再婚したまま母の撫子によって邪魔者扱いされる。まま母の撫子はしんとく殺しを謀る。不治の病を負ったしんとくは復讐心にかられ撫子の連れ子せんさくに癩病をうつそうとする。この癩病はギリシャ悲劇の復讐の女神やオニールの遺伝やジロドゥのペストやサルトルの蝿と同じように暗喩として機能している。

さて、まま母の撫子は見世物小屋の女性である。第二場ー蛇娘では見世物小屋の呼込男がまま母の素性を語る。

呼込男　先日お母さんのお腹から出たこの姉さん、花も恥らう年頃なのに、体中びっしり鱗が生えました。顔はにんげん、からだは、蛇。[8]

まま母の正体は妖怪である。妖怪とは人魚のような妖精である。つまり、寺山は、『身毒丸』で妖精と人間との恋を描いているのである。

第五場では、怪人二十面相のように変身する柳田国男が登場する。柳田は宇宙を支配するアポロのように異次元の世界へ行く穴を売り歩いている。

柳田　これを、ぴったりと壁につけると、そこから壁の向うへもぐっていける。(p.22)

アポロがオレステスの運命を操ったように、柳田は人形浄瑠璃の糸操り師となってしんとくを操る。しんとく、ほとんど夢遊病者のように、さまよってゆく。実は、柳田国男おじさんの扮した黒衣に、見えない糸でたぐりよせられていくのである。(pp.24-25)

しんとくは黄泉の国の地獄に潜り込んで死んだ母を探し求める。

しんとく　その、仏の母の顔がみたい。(p.26)

しんとくは地獄で母を探すが、母だと思った女性は実はまま母の撫子であった。

三メートルもあるような髪切虫が暗闇から姿をあらわし、まま母に向って、二、三歩あるきだしたところで、拍子木が一つ打たれ、悪夢は消える。(p.27)

柳田が操る悪夢の世界は消えたが、しんとくが、夢から目覚めた現実世界も、また、別の夢の世界であった。

女　わからない子だね。口べらしのために売られて十年。あたしは、三畳ひとまの、うしろ指の淫売なんだ。(p.29)

この女性は『田園に死す』に出てくる花鳥の身の上話と似ている。また、黒子は魔女や魔法使いのように現れてしんとくを糸で操る。

まま母　もとはといえば、長男だったものを、何の因果か、この家に嫁ぎきて、はなとは見えぬ夏草の、しんとく丸を兄と呼び、家継ぐことも、かなわざる。

まま母は説教節の『しんとく丸』の継母のようにしんとくの殺害を画策する。

まま母　安心おし、せんさくや、兄のしんとくは、まもなく癩病にかかって死ぬのだよ。（p.32）

一方、しんとくは目がよく見えないせいか、生みの母をまま母と見間違えてしまう。

しんとく　思いがけなくところに立っているのは、まぎれもなく生みの母のうしろすがたか。もしや、おっ母さん。（p.32）

しんとくは生みの母とまま母と判別出来なくてまま母を母と慕う。寺山は、しんとくがまま母を恨みながら、それでもまま母に惹かれる矛盾した心の揺れ動きを瞬間的に捉える。

しんとく　はい、お母さん、あれは鬼です。お父さんは、どうしてあんな女の色香に迷うてしまったものやら。（p.33）

しんとくが生みの母とまま母とを間違えるのは心の奥底ではまま母に特別の愛情を懐いているからであろう。

まま母　かわいいわが子のせんさくのため、おまえさんには気の毒だが、ひともきらいし、異例を授くるのさ。

目が癩病　景色がくさる
目が癩病　景色がくさる（p.34）

しんとくは、好きな女性であれば生みの母であろうとまま母であろうと見境はつかなくなる。このしんとくの情念は折口信夫の小説『身毒丸』に出てくるしんとくを想起させる。

盲目になったしんとく丸、一人ずつ両目おさえて、薄い光明をたずねながら去っていく。（p.35）

しんとくは母を恋する気持ちが、まま母に対する恋しい気持ちと重なって引き裂かれる。

語り手　行方不明のしんとくは、どこへ行ったか、隠れたか？癩病やんで家を捨て、あとの家督はせんさくが、仏壇みがいて、菊活けて、母の期待に応えます。（p.36）

さて、赤子の背丈が急に大きく伸びるのは魔術が働いているからであるが、第九場では、間引きで殺害した赤子の背が伸びて少年に成長していた。

間引き女二　ヒャーッ！こんなに大きくなってしまった！（p.37）

次の第一〇場─命の人さらいの場面では、しんとくがまま母に化けて出てくる。

いま頃どうしているのやら　まなこつぶれた　しんとくは　真実一路の巡礼の
鈴を鳴らしてさまようか　鉄道線路に身を投げて　なみあみだぶつ　散ったのか（p.38）

しんとくは、まま母に捨てられたのを逆恨みして、復讐するために、まま母ではなくまま母の連れ子のせんさくを亡き者にしようとする。

天幕の破れから中を覗いているせんさくに、まま母の撫子が近よってゆき、そっと肩に手を置く。(p.39)

しんとくはまま母を殺さないが、連れ子のせんさくを殺害して復讐を遂げようとする。

まま母　ははは。
せんさく　あ、おまえは！
まま母　そうさ、あたしはおまえの兄のしんとくだよ。(p.40)

台本には、本来なら「まま母」ではなく「しんとく」と書いてあるべきだが、「まま母」となっていて、そのまま母が連れ子のせんさくに語りかけることになっている。ところが次の場面で、せんさくはまま母（せんさくにとって実の母）と思っていたのがしんとくであるのが分かって正体がばれると、その瞬間台本に明記されている「まま母」が「しんとく」に変わる。

しんとく　ああ、そのおびえた顔が、また可愛いねえ、せんさく。
せんさく　来るな、癩病がうつる。(p.40)

せんさくは、見世物小屋出身のまま母（せんさくの実の母）の子供なので、イプセンの『幽霊』や折口信夫の『身毒丸』のように成人して発病する可能性がある。従って、この場面では未来の出来事をしんとくが病原菌となってせんさくの体内を襲うようにも見える。
さて、劇全体が殺伐とした人殺しの場面になると、柳田が登場して狂言回しのように振舞う。

柳田　皆さん、こんばんは。またお逢いしましたね。わたしは柳田国男、このたびは、東京都遺失物収容所の管理係に化けております。(p.41)

柳田の手品は、身長がちぢんで小人になったしんとくの父を大きくする魔術である。余興が終ると、第十二場に変わって母子関係の修羅場が展開される。まま母とまま母に化けたしんとくが対決する。と、ガラリと戸をあける仕草で、もう一人のまま母（ほんもの）が入ってきて、

まま母　その札ならあたしが持っているよ。
せんさく　（ハッとして）ア、あなたは？
まま母　せんさく、ホラ、同じ札を四枚ももっている。ぜんぶ、母札！
せんさく　（あわてて、目の前のしんとくの化けたまま母を見返して呟く）信じられない。・・・(pp.44-45)

物の怪が登場すると、舞台には異界が生じる。妖精の世界を書いたジロドゥの『オンディーヌ』の世界が出現する。

父　見えない、わたしには何も見えない。（と、ふるえだす）(p.45)

まま母としんとく、互いに歩み寄り、青い壜に目をとめる。

二人　（声を揃えて）おや、こんなところに、また髪切虫だ。（p.45）

髪切虫はこの世に存在しない架空の虫である。だから、舞台に異界が生じたことになる。

しんとく　わたしは、しんとくのまま母の、
まま母　撫子（p.46）

寺山は一人の女性撫子を二人に分けて表した。だからしんとくはまま母で、まま母はしんとくである。

まま母　呪い殺したしんとくを、
しんとく　時にはいとしく思い出し（p.46）

この場面はそれまでの劇の成り行きからいって、まま母がしんとくを「いとしく思い出す」筈はない。にもかかわらず、次の台詞でまま母は、しんとくに好かれたかったという。

まま母　（ふいに若い女のように恋い乱れて）ああ、しんとく、許しておくれ。わたしはおまえさんに好かれたかったのだ。
しんとく　（憑きものが、墜ちたように）だが、ぼくはおとなになるのが、おそすぎた。（p.46）

赤子が少年になったり父の身体が伸びたり縮んだりしたのはどうやら舞台に魔法が働いて、まま母としんとくとの恋愛が不自然に見えないようにするための伏線であったようだ。

しんとく　（ふいに母の着物を脱ぎ捨てて）お母さん！もういちど、ぼくをにんしんしてください！（p.46）

しんとくが、いつまでも未成年だったり、突然赤子を願望したりするのは何らかの重力が時間観念に加わり、三次元の世界を飛び出して四次元の世界や五次元の世界にワープするからかもしれない。

まま母　（せんさくに）怖がらなくともいいんだよ。この家には、もう、おまえ一人しか男はいないんだから。（そして、しんとくに）安心おし。しんとくはもう、死んだんだ。（pp.46-47）

けれども、まま母は妖精なのに人間の気持ちに近づいたせいか三次元の世界から異次元の世界にワープできなくて狂いだす。このまま母の狂うところは、『オンディーヌ』でハンスが狂うのと幾分似ている。しんとくは妖精ではないのでまま母と一緒に狂うしかない。

しんとく　地獄！

と叫んで抱きついてゆくと、まま母の黒髪、一瞬にして白髪にかわってしまう。（p.47）
まま母は三次元の世界から時間を飛び越えて四次元の世界に突入すると白髪の老婆に変わってしまう。実は、まま母は夢幻界では物の怪であり妖怪であった。

母、母、母、すべての登場人物、母に化身して、唇赤くして、絶叫する
裸の少年しんとくを包みこみ、抱きよせ、白なめずりして、バラバラにして、食ってしまう。
鬼子母神の経文、巡礼の鈴の音。
そして、すべては胎内の迷宮に限りなく墜ちてゆき、声だけが谺しあって消えてゆく。(p.47)

鬼子母神が人間の子供を食べてしまう言い伝えに因んで、大勢の母が少年しんとくを食べる。どの母もわが子可愛さに目が眩み他人の子供を犠牲にして食べてしまうらしい。寺山は説教集『しんとく丸』の霊験を外枠として借りながら、その霊験にあやかれなかった人の無念な思いを裏返して舞台で見せたのかもしれない。

しんとくの実の母は、昔火事からしんとくを救おうとして息子の身代わりに死んだ。だから実の母は死んだのだからしんとくが企てようにも母殺しは最初からなかった。ところがしんとくは相手が実の母ではないのにまま母の殺害殺しを企んだり、しんとくがまま母に化けてまま母の連れ子せんさくを殺害しようとしたり、まま母がしんとくを妊娠すると約束したり、更にしんとくがまま母に憑依して二人が合わせ鏡のように対面したりするので、しんとくとまま母は母子関係を共有しているように見えてくる。つまりこの擬似的な母子関係は、しんとくとまま母の関係以外にも大正松吉と大正マツや欣也と毛皮のマリーの関係を通して透けて見える。ということは、寺山は自作の劇作品の枠として母子関係がありその鋳型に流し込んで母と子の物語を作っていることになる。

そうすると、もしかしたらこのしんとくの母子関係や母殺しの原型は、オレステスとクリュタイムネストラの母子関係や母殺しに遡る系譜の中に求めることが出来るのではないだろうか。オレステスは物心がつく前に母から捨てられたので母の顔は覚えていなかった。オレステスが母と会っても実感がわかず、いわば母は幽霊のような存在であった。まして、オレステスの母は生みの親以外の男と一緒にいるのだから、オレステスにとって母子関係の意識は強いとはいえ

ない。またオレステスには、長年に亘る母親不在や不自然な母子関係に対して違和感があるのだから、しんとくが生みの母やまま母に懐く感情はオレステスの母に対する考え方に幾分近いものとなる。この点から、オレステスの母殺しを原型とするとしんとくの母子関係はむしろ根底のところで型として機能しているように思われてくる。

さて蜷川幸雄は『身毒丸』の新演出でしんとくをまま母に対する愛憎から解放してしんとくとまま母の愛を成就させた。だが蜷川の新演出によって寺山のしんとくが抱えていた苦悩は消え、ギリシャ悲劇のように機械仕掛けの神が現れて問題が解決してしまう。更にまた注目すべきことは蜷川氏が『オレステス』の新演出でもギリシャ悲劇にある復讐の連鎖を解いてみせてくれたことだろう。先ず蜷川氏はオレステスが親に捨てられ復讐から殺しその後母の霊から今度は逆襲されおびえる青年の心を劇化した。だが結局機械仕掛けの神が現れて問題を解決してしまう。ここから見えてくるのは、蜷川はしんとくの悲劇をオレステスの悲劇と重ね復讐の無意味さを見せてくれたことだろう。一方、寺山は、母殺しをあくまでも劇を飾る外枠にしてしまい、むしろ、しんとくと物の怪と化した母との不条理な愛憎を一幅の絵画のように劇化しているのである。

寺山の『身毒丸』は説教集『しんとく丸』や古代ギリシャ悲劇『オレステス』の母子関係を系譜として考察する必要がある。ギリシャ悲劇のアポロンは人間をロボットのように操る。ジロドゥの『エレクトラ』では登場人物は皆近代的な普通の人間で封建的ではない。得体のしれない乞食役が狂言回しを演じ魔女のエリニードたちは背たけが伸びる。寺山の『身毒丸』でもアポロンに相当する柳田国男出てくるが怪人二十面相のように奇術を弄し生徒や父親の背丈が伸縮する。だから、寺山の『身毒丸』は神の支配よりもサーカス小屋の見世物小屋的な遊戯装置を想起させる。

ギリシャ悲劇では問題が解決できないと機械仕掛けの神が出て難問を解決する。この不自然さは寺山の『身毒丸』にはない。確かに母殺しという型で見るとしんとくが殺そうとしたのは実の母殺しでなくまま母殺しである。だがこの擬似親子は余り不自然な感じはしない。つまり寺山の劇にはカタルシスがないので母殺しと言っても型として機能しているにすぎない。仮に母殺しという型があるとした場合その型との距離をあまり近づけるとギリシャ劇の模倣になってしまう。『喪服の似合うエレクトラ』や『蝿』はアポロンの支配が濃厚である。封建制度やファシズムは何時の時代にも存在する。だが少なくとも芸術が舞台の中心を占めるのが本来の姿の演劇であろう。ラシーヌは『フェードル』(*Phèdre*)で古代ギリシャ悲劇の型を借りながらフェードルとイポリットの不条理な情熱を芸術にまで高めた。ジロドゥが描いたクリテムネストルの苦悩にラシーヌのフェードルと幾分似た不条理な情熱を感じる。この不条理な情熱は寺山のしんとくとまま母撫子との不条理な情熱に繋がっている。

ジロドゥが自由にオレステスの悲劇を翻案出来たのはギリシャ悲劇にある母殺しのオレステスを型として機能させるだけに止めたからである。寺山もまたジロドゥのように母殺しを自由奔放に翻案して妖精と人間の恋として脚色し母殺しを型として機能させるだけに止めた。

ジロドゥはエステチックを重要視し物語の起承転結にあまりこだわらなかった。寺山の芝居は物語よりも遥かに重要なエステチックがあった。それは不条理な情熱ばかりでなく、ドラマから映像美、映像からドラマの美感覚、蹴鞠や藁人形に対する失われた美感覚が舞台を占めている。寺山は、ジロドゥのエステチックをきっかけにして、自分自身の美感覚を飛躍的に発展させた。ジロドゥの『エレクトラ』の跡を辿っていくと、寺山の『身毒丸』にその影響を見つけることが出来る。つまり、寺山はオレステスの母殺しを型としながら、まま母に対する情熱から生まれる苦悩をエステチックな演劇芸術に高めたのである。

寺山の母殺しは現実の寺山の母子関係と切り離して考えなくてはならない。寺山ハツは、寺山よりも長生きした。だから、作品を寺山の母子関係と結びつけて、母殺しのテーマを追求するのにも限界がある。つまり、寺山は、母殺しのテーマを、オレステスの母殺しをあくまでも型として使っているにすぎない。

プルーストは実母の死に打撃を受けた。プルーストにとって実母の死はどんな母殺しを扱った作品よりも重かった。(9)『失われたときを求めて』はオルフェウスのように死んだ母の面影を過去に求めるロマンである。さて寺山は母殺しを実母の死と関連付けて劇作出来る筈がなかった。だから寺山は母殺しのテーマを型としてダブル(分身)にして使っている。寺山の母のイメージは人間でなく妖精や蛇のお化けのような幻影であった。恐らく、寺山の母殺しを扱った作品は、逆説的に寺山の孤独から生まれた憧れのようなものでもあった。従って寺山は母殺しを型として扱ったとき中身の母は得体の知れない妖怪に変わったのであろう。寺山の恐怖は母のいない幼い子供が懐く孤独であった。つまりここにだけ寺山の孤独とプルーストが実母の喪失から生まれた孤独との緩衝地帯が存在するように思われる。こうして寺山は孤独を日本型の母殺しという鋳型に流して劇化したのである。

注

（1）*Sophocles, Electra & Other Plays* translated by E.F. Watling (Penguin Classics, 1982) p.116.
（2）*Euripides, 2 Electra* translated by Elizabeth Seydel Morgan (PENN, 1998),p.294. 同書からの引用は頁数のみ記す。
（3）*Euripides, Orestes & Other Plays* translated by Philip Vellacott (Penguin Classics, 1972)、p.309.
（4）O'Neill, Eugene, *Mourning Becomes Electra* (Vintage, 1958) p. 341. 同書からの引用は頁数のみ記す。
（5）川島順平『ジャン・ジロードゥーの戯曲』（白水社、一九五九）、p.77. 同書からの引用は頁数のみ記す。
（6）Giraudoux, Jean, *Electre* (Le Livre de Poche,1937), p.30. 同書からの引用は頁数のみ記す。
（7）*Jean-Paul Sartre Théâtre Complet* (nrf Gallimard, 2005), p.54. 同書からの引用は頁数のみ記す。
（8）『寺山修司の戯曲六』（思潮社、一九八六）、p.12. 同書からの引用は頁数のみ記す。
（9）Cf. *Correspondance de Marcel Proust 1910 et 1911* Tom X (Plon, 1983), pp.269-70.

十章　名古屋の小劇場運動　天野天街・他

ジャン・ジュネの研究家であるデビッド・ブラッドビー教授は一九九五年ロンドン大学で「ダダイズムとシュルレアリズムはモダンドラマを考える上でなおも未開の分野であり続ける」と述べた。ダダイズムやシュルレアリズムがモダンドラマに与えた影響は衝撃的であったが、絶えず、未踏の分野を開拓する使命がある。一方、ナチュラリズム演劇はちょうど顕微鏡を通してミクロの世界を開示したように未知の世界を明示した。けれども、医者や心理学者の分析方法を借りて、演劇を、観察するナチュラリズムのメソードは、舞台人が高度な科学技術を兼ね備えた分析家にならざるをえない。また、科学は船舶や飛行機やコンピューターの著しい発展により人類を世界の果てまで連れて行き地理的にも歴史的にも自在に未開文化を提示した。ブラッドビー教授にとって「アルトーのバリ島、ブレヒトの中国・アフリカ、イエイツの日本がヨーロッパ演劇に対して触発した要因は重要であった」という。だが、ダダイズムやシュルレアリズムは、医学や心理学の跳躍的な進歩がなければ生まれなかったが、近代科学を超えた想像力と芸術性を要求することは言うまでもない。

アヴァンギャルド演劇は、科学の進歩と同時に退行が始まった。ロシアやドイツにおいても表現主義やフォルマリズムが共産主義リアリズムとの軋轢の中で推移した経緯は、メイエルホリド（Meyerhold）やブレヒトの演劇活動に見られた。

日本においても、村山知義がヨーロッパでドイツ表現主義美術運動に参加し、日本で意識的に構成主義やダダイズムを展開し、村山のモダニズムと共に吉行エイスケの新興芸術や辻潤のニヒリズムが勃興した。それでも村山がプロレタリア文学運動に退行していったのは、アヴァンギャルド演劇が一回性の芸術で物語性とか歴史的発展のような時間軸を排除していたことにも関係があった。

名古屋の小劇場運動

名古屋は芸所といわれる。坪内逍遥は日本の新劇の黎明期に文芸協会を作り活躍したが、幼年期に名古屋で演劇の素養を育んだ。逍遥は名古屋に立ち寄り『マクダ』を上演した。また養子婿の坪内士行は名古屋にしばしば訪れ、職場演劇の審査委員を務め、故郷の名古屋の演劇に愛着を示した。現在、名古屋女子大学の狂言研究家・林和利名誉教授は、逍遥フォーラムを主催し全国的に注目を浴びている。

松原英治は戦前から名古屋の新劇活動の中心的な演出家であった。戦後、松原は演劇集団（演集）を結成して、名古屋における新劇活動の拠点を創った。

戦後は新劇とアングラの関係から演劇の発展と展開を見ることができる。唐十郎は「アングラの源流を探る」で、「アングラを自分で名乗ったことはないんですが、そのように命名されたんですね」[1]と明言する。だが、寺山修司は雑誌『地下演劇』（一九六九）を発行しアングラのシンボル的存在であった。演出家・丸子礼二は六〇年代、小演劇運動の勃興と共に「『新劇』という言葉自体が死語になりかかっているという状況等々」[2]と論じた。少なくとも、名古屋の新劇は戦後隆盛したが、六〇年代以降アングラの勃興と共に先細りになった。

松原英治の『名古屋新劇史』（一九六〇）によると、先ず、愛山会が、明治四四年九月発足した。[3]趣味的な文化団体であったが、一五〇名の会員を目指し、名古屋新劇の出発となる。この中に、亀山六次が在籍していたが、新聞記者が多かった。愛山会演劇試演会は、明治四四年九月に三日間山本有三の『穴』を上演し、同人誌「印象」を発行したが、白樺派の影響を受けた。大正一三年、脚本朗読研究会が開催され、久能豊彦の実兄、久能竜太郎が参加した、名古屋出身の新劇研究家であった。また秋田雨雀が名古屋に現れ、エスペラントの講習を開催した。場所は、矢場町にあった長野浪山経営の市民食堂で、一階は一般勤労者向き簡易食堂で、二階は文化的集会場であった。牧師の金子白夢も常連であった。その後、長野浪山は、南鍛冶屋町で「番茶の家」という喫茶店を開いた。寺下辰夫が、昭和四年一〇月二七日、名古屋小劇場を結成した。

昭和五年三月二三日、松原英治は新美術座を結成した。松原は演出し、装置は亀山巌が手がけた。松原は、昭和一〇年一〇月、東宝劇場に入社し、新設の名古屋宝塚劇場に勤務した。松原は、戦後直後に名古屋の文化に、観衆五万人の提唱をした。そして「良き演劇は良き劇団と良き劇場と良き観衆との三位一体にしてはじめて生まれると確信する」(八五頁)と述べた。当時、演劇雑誌「映画サークル誌」「名演」「中京演劇」「ペン」「演劇なごや」等が発行された。

名古屋青年劇団は、代表、小林正明らが昭和二一年に組織化して、昭和二八年一〇月、小谷剛作『彼を笑う者』を上演した。昭和二九年二月、松原演劇研究所が設立された。更に、昭和三〇年四月、アンデルセン百五十年祭の際、バレー『マッチ売りの少女』の美術を宇野亜喜良が担当した。

昭和二一年一二月名古屋演劇クラブが結成されたが、昭和二三年四月新演劇人協会名古屋となった。昭和二一年頃、名宝会館に「いとう書店」があったが、伊藤太一は名古屋演劇クラブの一員であった。

昭和三一年、名古屋放送劇団で、山田昌が活躍した。いっぽう劇団かもめで、天野鎮雄が活躍し脚光を浴び始めた。昭和三二年、劇団演集で、坂田佳代が活躍した。劇団名古屋では、船木淳が活躍していた。劇団しげみでは、木下信三が活躍していたが、近代文学研究家で、名古屋市史を編纂した。劇団新生座では、小谷剛が中心であった。当時名古屋劇作家協会が演劇活動に積極的に協力した。

松原英治は当初、東京で秋田雨雀の勧めで新劇協会に所属し、その後、名古屋に移り新美術座で演劇活動を行った。松原の名古屋への移住は、坪内士行の宝塚への移住を思い出させる。坪内は養父の逍遥と同様名古屋育ちの演劇人で、英米で五年間役者修行をして帰国し帝国劇場でハムレットを演じた。

松原英治が東宝を辞めて自立演劇を始めたのは、坪内士行が劇界を退き早稲田大学教授となったのと異なる。また、坪内が宝塚国民座を創設しながら、やがて解散したのに比べ、松原は生涯演集の活動を発展させ、やがて、若尾正也に運営を任せ、更に、丸子礼二へと受け継がれていく土台を作った。

木崎祐次は俳優出身の演出家である。木崎は松原の薫陶を受け『ロミオとジュリエット』(*Romeo & Juliet*)『桜の園』(*The Cherry Orchard*) 等を上演したが、演集を経て、アマチュアからプロの劇団を目指し演劇人冒険舎を結成、次いで、名演小劇場付属シアター・アカデミーで後進の指導に当たっている。木崎は「日本の不条理演劇が外国製のコピーなのは自然主義演劇よりも上演しやすいからだ」と語った。また、栗木英章は松原の指導を受けた後、演集を経て劇団名芸に参加、劇作家・演出家として活躍した。

天野鎮雄は、名古屋放送劇団を経て、文学座に参加、新劇のドラマメソードを身につけた。その後大島渚主催「創造社」に参加、山本安英の会に参加、一九八五年に劇座を創設した。殊に木村光一演出の下で地元劇団として大きな成果をあげた。

鈴木林蔵は、民芸で新劇のドラマメソードを身につけ、七二年ゲルドロデ (Ghelderode) 作『ハロワイン』(*Halewyn*) 公演でベルギー、ハンガリー、ルーマニアの演劇祭に参加した。

岩田信市は大須のスーパー歌舞伎の主催者として活躍した。岩田がアヴァンギャルドの画家としてゼロ次元で活躍したこととスーパー歌舞伎との接点は、大須大道町民祭と関わりがある。

鈴木忠志の『劇的なるものをめぐって』の中で、吉本隆明は新劇にもアングラにも余り興味を持たず専らテレビ番組に関心があったと述べているが、テレビは演劇にとって手強い相手であった。[4] 寺山修司が「書を捨てよ、町へ出よう」と言ってアングラを始めたとき、ある意味で、演劇がテレビに勝ることを挑発したのだ。

岩田がアヴァンギャルドの画家から、動く動画、歌舞伎に転換したのは大須大道町人祭である。岩田の盟友原智彦が歌舞伎の役者絵風のいでたちで現れ、やがて二人は山車の上でのパーフォーマンスでは飽き足らず歌舞伎へと傾斜する。元々、岩田の歌舞伎には、かつて、大須にあった新歌舞伎座で見た芝居に原点がある。戦後一九四〇年代、岩田は生家の隣の新歌舞伎座に足繁く通い、役者たちの素朴な発声に惹かれた。三〇〇人の客席は歌舞伎を見るには格好な空間であった。ところで、岩田の頭の中で、シュルリアリズムと歌舞伎が結びつくのは、スーパー一座の海外公演であった。また寺山と岩田の演劇を比べると、寺山の『邪宗門』は歌舞伎的であるが、寺山は歌舞伎を劇の中で破壊した。岩田は岸田劉生の『歌舞伎美論』に触発され歌舞伎を大衆劇にした。岩田は海外公演で歌舞伎を言葉の意味でなくリズムや音の響きで伝えた。岩田氏の音の響きは地元名古屋の発声法にあった。

岩田は外国の曲を地元名古屋のリズムに乗せた。岩田は歌舞伎に次いで大須オペラを始めた。そのコンセプトは、浅草オペラの『ボッカチオ』(*Boccaccio*)にある「ベアトリねいちゃん」や「恋はやさし」のような原曲のリズムでなく日本語にあったリズムに編曲する事であった。

名古屋でのアングラの開始は、今井良實が未来座で公演した前衛劇であった。次いで今井は一九六六年自前の小屋を持った。場所は城山町にあり、ルロイ・ジョーンズ(Jones, R.)作『ダッチマン』(*Dutchman*)を上演した。舞台の背景は岩田が描いた。(5)

一九六七年に西区の浄心にあった丹羽正孝の家を改造して、シアター36を作った。シアター36を、今井が始め、丹羽との間で構築した。やがて、今井は、映画へ傾斜した。その後、丹羽は東京へ出たがスキャンダルを起こし無理心中して果てた。

岩田の『現代美術終焉の予兆』(一九九五)によると、(6)ゼロ次元で「これが八ミリジェネレイションだ」を撮ったとある。川中信弘がイメージフォーラムを開催し、八ミリで、前衛作家たちが、パフォーマンスを披露した。八ミリを写しながら、加藤好弘がブランコに乗り、水上旬は呪文を唱えた。

一九五八年頃より活動を開始したゼロ次元は日本のハプニング集団であった。ドナルド・リチー(Donald Richie)が、映画『シベール』(*Cybele*)で、ゼロ次元のパフォーマンスを撮った。東映の中島貞雄がゼロ次元を撮ったセックス描写の『日本猟奇地帯』は面白い作品であった。しかし、七〇年に加藤が「猥褻物公然陳列罪」で逮捕されると、活動は急速に衰えた。

岩田はゼロ次元で行き詰まるとやがて歌舞伎に転換し、海外公演を六度果たした。ヨーロッパツアーではヒッピーでアメリカとオランダを旅した寺山修司の同級生、九慈が同行し、ナンシー演劇祭で世話をした。ナンシー演劇祭では、寺山の代わりに、岩田がパフォーマンスを担当することになった。ナンシー演劇祭は規模が並外れ、鯨を作り、運河を渡って、鯨を送るプランであった。少女が先頭に立ち、スーパー一座が行進する計画であった。企画は市長が行ったが、中止になった。

萩原朔美氏は天井桟敷で寺山の『奴婢訓』を演出して活躍したが、『思い出のなかの寺山修司』で、名古屋公演の証言をしている。(7) 当時、名古屋の新幹線のガード下で、百円寄席があった。高橋鎮夫は香具師の親分で、寺山を世話した。高橋はてきやの親分で、大須の大道町人祭りを取り仕切った。ステージの第一回で、イントロとして町人祭りのときに、寺山は『奴婢訓』を上演した。高橋正樹は父親の回想記『他人になれない』(二〇〇一)でその経緯に触れている。

春日井健は詩人であった。荒川晃は、「青春の日々に」で春日井との交遊を述べている。(8) 春日井健の劇を、荒川が演出し二村睦子が演じた。春日井は浅井慎平、須藤三男らと小説同人誌『旗手』を創刊したが、春日井は短歌一篇(二六首)、短編小説三篇、戯曲一篇、テレビドラマ三篇を発表した。三〇代半ばで、演劇集団「グループ鳥人」を組織し、今池にあった演劇喫茶「ターキー」で自作『わが友ジミー』を旗揚げ公演をした。春日井の思いには寺山修司を意識した功名心があったばかりでなく自分好みの世界にただ熱く没頭して遊ぶためだけであったに違いない。寺山修司は早稲田時代にグループ『鳥』を結成したが、「鳥人」と「鳥」との符号をどう考えるか興味深い。春日井は一九六二年NHKテレビドラマ「遥かな歌・遥かな里」(小中陽太郎演出)を執筆し、後に創作オペラとして脚色されCBCラジオ録音構成「愛の世界」で芸術祭奨励賞を受賞した。一九八四年一一月現代短歌シンポジウムで寺山修司の「新・病草子」を構成し、演劇時代の友人松本喜臣のウイークエンド座で上演した。なお上演ノートは「中の会」会報一二号に掲載された。

神宮寺啓（本名、高須啓一）はクセックアクトの主催者である。神宮寺は学生時代、毎年東京へ度々観劇に行った。卒業後、一九七六—七年の二年間スペインに遊学して、七〇年後半のスペイン演劇に触れ、七〇年代のヨーロッパの演劇を直に見た。

神宮寺氏は六〇—七〇年代寺山修司、鈴木忠志、唐十郎の芝居を見た。早稲田小劇場、新宿の花園神社、夢の島へ赴き、新劇に対するアンチテーゼとして新しい演劇に触れた。

神宮寺氏は舞踏家の麿赤児の身体の演技に感銘を受けた。麿が南山大学で、一九六九年、掘っ立て小屋で舞踏を披露した際、舞踏のショックを受けた。麿は巨大な人で、スペイン、ゴヤ、特に、ロルカについて語ったとき強烈な衝撃を受けた。

神宮寺氏は、麿や土方巽の表現する身体を見ながら、舞踏のあり方、身体論とは何かを考えた。新劇は、物まねであり、翻訳して、西洋演劇を移入しただけだと思った。従って、神宮寺氏は西洋の演劇をアンチとして捉え、日本人の身体、日本の言葉、生のものを表現する人、そして、背景や小道具として、畳、炬燵、障子を考えた。

唐十郎が、宮沢賢治の『風の又三郎』を脚色し、野外のテント公演を行い、生の川、水、鶏を見せた演出に感銘した。また、寺山修司が、裸、化け物、大山デブ子、身体、仕掛け、大道具を駆使し、同時に、ポエティックで、しかも、演劇に対してアンチであり続け、隠蔽されたものを掴み出し、それを観客にリアルに見せ、詩的な世界にまで高めてみせたのが強烈な印象となった。

更に、麿や土方は舞踏によって、小道具+肉体を使い、舞台をオブジェ化した。舞台は言葉だけでなく、意味を伝える場所だと知った。それが感動をもたらす要因を劇として作り上げたのだ。

神宮寺氏はヨーロッパで、アルゼンチン出身のバリェ・インクライン（Valle-Inclan, 1866-1936）がガルシアに移住した経緯を探求し、隠蔽されたもの、言葉とは何かを追及した。ヨーロッパでは、六〇—七〇年代の前衛演劇は、身体と共通である事が分かり、刺激を受けた。彼はサラマンカ大学の文学部で、演劇論を学んだ。現代演劇を専攻したが、教授はスティール写真を使って、遺物ではなく、ものを見せた。神宮寺氏はものを通して、言葉を超えることを会得した。そうして、何をしたいかを考え、結論として、インクラインを取り上げることに決めた。インクラインは、詩人で、劇作家で、スペイン市民であったが、ロルカが銃殺された同じ年に病死した。インクラインの作品は解読できないし、分からなかった。母音＋・・の言葉の解釈が難しかった。神宮寺氏はインクラインの三部作を翻訳した。ガリシアは、ポルトガルの上にあり大西洋側の一部で、ガリシア語が話された。ガリシアは風土を愛する。ガリシアには、インクラインの姪がいた。生家は、小高い丘の上にあり、魔術的で、寺山修司の世界に繋がるものがあった。神宮寺氏はインクランの作品を、帰国して上演する決意をした。

神宮寺氏は、シアターウイークエンド座の松本喜臣に頼んで「舞台空間を使って演出したい」と申し出た。松本はOKをしてくれた。神宮寺氏は、榊原忠美、服部公、吉田憲司氏らと共に、インクラインを二本上演することを決めた。神宮寺氏は、「観客の前でリアルなものを見せよう」とした。伝えるものは言葉ではない。例えば「食べる」一語にしても、きちんと「食べたい」と言う。というのは、「食べたい」という一言は、状況によって違ってくるからだ。「食べたい」は、「飢え」や異性と相対したときに変わる。

神宮寺氏は身体を、飢えたもの、死と貪欲（金）と淫乱（セクシャル）として考えた。一九七八年インクライン作『紙のバラ』（*Rosa de Papel*）では、男は、お金を使い、妻以外の女のところへ行く。そこで、母と子は飢える。遂に女は男を殺す。舞台化するときに「欲しい」、「食べる」を綺麗に言うのはつまらない。足がなくて、「食べたい」と言ったり、犬が「食べたい」と言う場合がある。言葉は表面的ではないのだ。裏に意味がある。手がかりとしてグロトフスキの『実験演劇論ー持たざる演劇をめざして』を読んだ。麿は、言葉を持っていて、言葉を立たせる。麿のタレントが、言葉を立てた。身体でもって立てた。しかも、麿は観客を切る。そしてドキッとさせた。最初、俳優は舞台を這う。あるとき、舞台稽古で、たかべしげこが「高須、何やってんのよ」と言った。彼女は、母役で、神宮寺氏は彼女に「席を立たなくて良い」と述べ「金くれ」と言うように指示した。『紙のバラ』には餓鬼と母が出てくる。二人はわめき、動く。衣装は、ドングロスを身につけ、顔の化粧は白塗りにして、表情を消した。他の俳優たちは、茶と黒塗りにし表情を消した。こうして公演をやり遂げた。次いで、『洗礼者の頭』の稽古に入った。

神宮寺氏は若林彰とヨーロッパで出会った。若林と松本が知人であったおかげで、神宮寺氏は松本の舞台を使うことができた。その結果、『洗礼者の頭』をシアターウィークエンド座で公演した。だが、観客の九〇％が否定的だった。演出家の本島薫は「俳優が涎を垂らして演技したが何を言いたいのか全く分からなかった」と回想する。中には、アンケートで椅子の使い方に関心を持ち「こういう点を探求すべきだ」と、激励した。舞踏に関しては「寺山修司を真似している」と批判があった。

神宮寺氏は寺山、唐、鈴木を見続けた。彼らの傾向は、日本的で、能の世界、新しい能、現代能、歌舞伎の様式を取り入れたことだ。だが、やがて一九八九年早稲田小劇場から白石加代子が脱退すると、鈴木の舞台を見ていてもあくびが出るようになった。身体に関しては、別役実が理論武装し、殊に演出論に関して、一九六六年『マッチ売りの少女』で詳細に論じた。別役は六七年早稲田小劇場を離れた。論理的な別役に比べると、鈴木は演出論がいい加減だ。かつての鈴木の演出には、動きがあったが、今はない。

神宮寺氏は個人の視点で『ドン・キホーテ』を見ていくと、ペイソス、ユーモア、パラドックスを捕らえる事ができるという。一方、インクランは、呪術的で、土俗を感じる。結局、日本語で上演したが『紙のバラ』は、呪術的である事が分かり、舞台の状況の中で、どろどろしたものを表現した。舞台の小道具が、芝居が進むに従って変わる。瓶が変わり、板が変わった。異形と呪術的なものを造形し、日本語のリズムと音声で表現した。スペイン語だと、日本の観客には分からない。そこで、ビジュアル化して、音楽のジャズを取り入れた。また、狂言を使い、ビジュアル化を試みた。麿赤児や寺山修司の舞台化に見られるオブジェ化を掘り下げた。衣装と役者の動きを駆使し、更に、オーデイオ・ビジュアル化をした。しかも、身体と舞踏で表現しながらも、言葉が入ってきて欲しいと考えた。

神宮寺氏は、一九八三年新栄の芸創センターの柿落としで『王女メデイア』を演出した。クセックアクトと久保則夫とがプロデュースし、磨赤児とたかべしげこが共演した。たかべは黄色い帯で身をまとい、照明と戸板を駆使して演じる演出プランを立てた。

一九八八年神宮寺氏は『エロイヒムの声』の踊りを上演し、一九九〇年ニューヨークへ行き第三回I・A・T・I国際演劇フェスティヴァルの招待公演で『死にっぱくれの舞踏会』を上演した。フラメンコと台詞「お金をくれ」とをオーデイオ・ビジュアル化した。

『ドン・ペルリンプリンの恋』は一九九二年に公演したが、二〇〇四年の再演では分かりやすくした。迷宮の世界や物語を、オーデイオ・ビジュアル化した。このようにして、神宮寺氏は寺山修司を整理し、やがて海上宏美や寺山から脱却した。海上は、寺山を脱却し、否定し、ビジュアル化し、しかも、役者を否定した。けれども、神宮寺氏はコンセプチャルに、芝居を作っている。

お金に関しては、演劇では飯は食えない。シアターウイークエンド座で二本芝居を上演した。その後で、吉田憲司、服部公、榊原忠美らと、七つ寺共同スタジオで上演した。四人で二〇万円出資して、二〇万円×四人＝八〇万円、しかも客は三〇～四〇人位なので、公演関係者にペイできない。劇団彗星'86の北村想は「食べていく」と言っているが、『寿歌』に出演した火田詮子は「食べられない」と公言した。

演出家が現れたのは、一九六〇―七〇年代で演出家の時代と言われた頃だ。神宮寺氏は演出の基本にガリシアがあり、個人として、役者を考えている。演出は、野球でいえば、監督の仕事をパラレルとしてみている。監督は、試合を考えて、作戦を立てる。演劇と野球はプランの立て方に類似性がある。演劇では生のものを扱っている。だから、「嘘だろう」と分かる。榊原忠美が、そのつもりで演技をしてみても、観客が、感動しないとき、嘘だと分かってしまう。喜多千秋が、成功するとき、身体が感激を予想する。その感動を、足や手から、ビジュアル化して欲しいと思っている。演出家は、舞台全体を見、空間を捉えて、濃密にしていく。役者の動きを、客観的に捉えるために、役者の動きを見て動く。

というのは、役者と自分とが動かないと駄目だからである。演出家は芝居をコンセプト化し、ムーブメントを組み立て、ビジュアル化して、役者にぽんと入る。演出時間はその間、僅か三秒である。

神宮寺氏は名古屋の演劇を殆ど見ていない。ともかく駄目な演劇を見極めることが肝心だと思っている。役者と演出の関係では、役者が息を吐いているところから、分かっていくことが大切である。つまり、生理的に把握する事が大切である。

演劇と舞台の関係でいえば、『ドン・キホーテ』は、夢と現実の関係があり、その夢と現実とのコミュニケーションを構築することだ。サンチョ・パンザとドン・キホーテとセルバンテスに関わることによって、複眼的に、ドラマを、成長させていく。演出家は、役者たちの関係性を、吹き飛ばし、他のエリアを犯し、増殖していかねばならない。異物に触れ、死に触れて、日常性を壊すのだ。演出する際には、グロトフスキが『実験演劇論』で論じているように作品には手を入れないし付け加えない。演出上の作家として脚色しない。[9] 神宮寺氏は、原作に忠実である。但し台詞の言葉を入れ変えたり、間を置いたり、群読したりするので、その点では、演出は、原作と違っている。

一九九七年『人生は夢』の上演で、観客は、本には書かれていないシーソーを的確に捉えた。オルテガ（Ortega）の『演劇論』（イデア・デル・テアトロ）を、サラマンカ大学で学んだ。オルテガは、「アートとは、劇場、建物、家の空間から、外へ出ることだ」という。演劇は、スポーツやサーカスと関わりがあり、ピカソのキュビズムの空間を取り込む。

鈴木忠志は「観客が、家を出て、遠い利賀村へ出かける事が演劇だ」という。鈴木のコンセプトはオルテガのコンセプトと重なっている。劇場空間は、もあーとした得体の知れない領域で、言葉によって、異物を現出させる場だ。つまり、何も動かないものから立ち上がってくるものを見てもらいたい。それには、等身大の役者が見える三〇〇人収容の劇場演劇空間が大切である。リアルといっても写実では駄目だ。新劇の舞台は、芝居前と後で変わらない。また、絵は演劇である。舞台から一枚の絵が浮かびあがってくるのだ。

神宮寺氏の考える演劇『人生は夢』は、正統派の演劇であり、デフォルメして美学を見せる。『ドン・キホーテ』は、『ナボコフのドン・キホーテ講義』にあるように、ピカレスクである。『ドン・キホーテ』の演劇は、寺山の演劇と共通して、民衆的であり、的確に言うべきことを表現している。ビジュアルに、ダリの異物、怪物、美術を構築し、日本のものとしては、三島由紀夫を、美学者として、アートの視点を入れ込んで書いているところに注目している。

声については、その音質で、悲しいとかうれしいかを表現しなければならないから、耳が良くないといけない。タカベシゲコは、耳がいい女優だ。演出の際、生理的に、役者の声を捕らえ、手を抜いているかどうか見極め、声の音質を身につけているかどうかを見極めねばならない。俳優に「ひらひら」と言えと指示する。役者はその言葉の行動を映像化し、更に、その言葉と格闘して、日本語の持つ「ひらひら」の音感を表現する。かつて神宮寺氏は、大田省吾が『舞台の水』で説く言葉に関する完成度に躊躇したという。つまり、血で水に、言葉を「ひらひら」と書くのだという。役者は血で水に書いて言葉を表すのだ。

神宮寺氏には演出プランはあるが、時々、役者に引っ張られる事がある。悲劇を最初から悲劇として造形しては駄目である。デフォルマシオンによって、とんでもないところへいくからだ。常にスペインとは何ぞやと考えている。フラメンコには歌が要である。しかも、歌手が歌うのを聞いてから足を出し「アー」と言いながら魂に触れアクションに入るのだ。

スペインのニヒリズムは、スペインに支配的で、アナーキーでニヒルな国民性にある。スペインは情熱的で、むちゃくちゃである。ストの間は、ゴミが、山積みになるが、ストが解除するとゴミがなくなる。ゴミは、捨て去られるが、身近なものだ。ゴミは民衆の生き方でとまる。民衆の生き方がスペイン人のニヒリズムに現れる。

また、カフカ（Kafka）や『ドン・キホーテ』に共通するものは、コミュニケーションであり、共生の美学である。

二〇〇五年の愛知万博では、スペイン政府が、万博委員会で、イベントとして、クセックアクトが、芝居を、三時間上演する企画を立て、芸術文化小劇場で『ドン・キホーテ』を上演することになった。二〇〇五年は一六〇五年に生まれたセルバンテスの生誕四〇〇年にあたるので、英文の『ドン・キホーテ』を用意し、シンポジウムを行う予定だ。

神宮寺氏は、田尻陽一氏とは、スペインのアラバール（Abelard）の劇を七つ寺共同スタジオに観に来たときに知り合いになった。一〇年後、田尻氏に翻訳を頼み、以後田尻訳を使うことになった。

神宮寺氏はスペイン風に、三島由紀夫の劇を、クセックで上演したいという。また名古屋は、横の関係で、仲良しであり、横並びになって、組んでやる傾向がある。だが、神宮寺氏は、彼らと組めない。どうやら神宮寺氏は自分の演劇を直接世界に発信しているようだ。

新劇の浮き沈み

劇団名芸が二〇〇四年四月九日創立四〇周年を迎え、清水邦夫作『楽屋』を名芸平針小劇場で上演した。栗木英章が『楽屋』を演出し、次いで韓国のマサン国際演劇祭に参加した。『楽屋』はシェイクスピアの『ハムレット』『マクベス』やチェーホフの『かもめ』『三人姉妹』のパロデイである。かつて清水邦夫の作品を演出した蜷川幸雄が三島由紀夫の『卒塔婆小町』を上演し幽玄の世界を見せたが、名芸は『楽屋』で独自の幽玄の世界を引出した。

名芸が一九九二年に上演したチェーホフの『かもめ』を見たが、ロンドンのナショナル・シアターで観たジュデイ・デンチが演じる女優イリーナの演技には及ばず失望したものだ。ところで、『楽屋』は、名芸が飛躍的に変身し良い芝居を作り上げて見せた。二〇〇三年栗木氏は『ほたる追想』『ほうせん花』『風に紡ぐ』『みどりの唄』で日本人の言霊を重要なマチエールとして使ったが、劇全体が説明的で霊の存在が希薄であった。『楽屋』では幽霊役が味のある演技を見せたので見物であった。

劇団うりんこでは、二〇〇四年ゲアリー・ブラックウッドの小説『シェイクスピアを盗め！』を安達まみが翻訳し、山崎清介が脚色して演出した。前評判では初演の劇構造をかなり手直ししたと聞いていたが、先ず再演を見終わって感じたことは「これは改作ではなくて新作ではないか」という印象であった。

初演では、児童劇団うりんこらしく、少年ウイッジと青年ニックが中心となり『ハムレット』の原稿を盗もうと躍起になり大立ち回りを演じスピーデイに物語を発展した。その結果、二人の若者が劇を動かし、周りの役者たちは二人を支えた。再演では、うりんこの俳優たちは、実在人物のバーベッジ、ヘミングス、アーミンらを細かく調べて演じていたが、その成果はうりんこが大人の劇も上演できる劇団であることを示した。

劇座は二〇周年公演『やっとかめ探偵団』を清水義範原作、麻創けいこ脚色、小田精幸演出で、二〇〇四年四月名鉄ホールで上演した。忘れ去られていく名古屋弁を聞きたければ『やっとかめ探偵団』を観に行けば耳にする事が出来る。そんな郷愁にも似た感情を提供する劇場は、地元の名古屋でも、珍しくなりつつある。天野鎮雄の回顧録「Aの話」によると一九八九年『フィガロの結婚』(*Le nozze di Figaro*)の「本読みをしたのですが、何度読んでも演出の気に入らず、とうとう名古屋弁で読んでみようという事になって、やってみたらこれが意外とエネルギーがあった」とある。つまり記念公演のメインは、スター俳優や舞台装置でなくて、実は、「チャッチャとまわしせなかんよ」という台詞だった。幕が降りた後、観客の心に残るのは心に優しく響く下町言葉だ。だから、名古屋弁で劇を上演する劇団として創立した劇座が、今後も、地元の観客に名古屋弁を聞かせ続けて欲しいのである。

名古屋のアングラの趨勢

現在活躍している劇作家たちは殆ど不条理劇である。本島薫が椙山女学園と愛知淑徳大学の講義で学生たちに劇評を書かせたところ殆ど不条理劇だったという。この傾向は一〇年前とは明らかに変わったという。

二村利之は「北村想の演劇は七十年代の社会現象ともなった」[10]と述べている。北村想と宮沢賢治との関係は吉本隆明の『悲劇の解読・宮沢賢治』『死の位相学』を通して解読できるが、安住恭子は『青空と迷宮』(二〇〇三)で、北村の鬱病と宮沢賢治の病との関わりを解き明かしている。

北村想の『寿歌』（一九八〇）が核戦争後の世界を現した近未来的な不条理劇である。だが、『処女水』（二〇〇一年）や『青いインクとトランクと』（二〇〇三年）も近未来を予測しているが、むしろ、現実は過去と強く繋がっている。しかも過去は亡霊の装いをしているが現実の人間の心と繋がっている。北山とはせひろいちは、重いテーマを軽やかに扱っているけれども、北村の描く人物は霊をものともしないふてぶてしさがある。だが、はせの描く人物は霊に対して幾分感傷的である。北村は、自らテキヤと呼んでいる。『寿歌』のゲサクは行商人である。荷車は劇場がなかった時代の演劇を表している。北村は、旅芸人の苦労を、七ツ寺共同スタジオで具に見て身につけた。北村は七ツ寺の旅公演を通して彼のドラマツルギーを会得したのだ。ゲサクの話し相手はキョウコで、道中一緒になるのは、ヤスオである。北村は坂口安吾と太宰治の愛読者であったから、哲学とフランス語の関心は強かった。また「酒と女と病気」[11]のコンテキストから、北村の戯曲は病気と女と借金の三重苦から生まれた作品であると理解できる。北村が神聖な世界を面白おかしく描くのは、彼が劇を病の癒しとして見ているからであろうか。また北村の戯曲にはテキヤの裏表から虚実を見る視点がある。「虚、虚構、虚無、虚空、空中楼閣」を論じる北村の論理にはカミュの壁とつながりがあり、名古屋にいながら異邦人的感性を看取したのではないか。更に北村はチェスタートンの『正統とは何か』を解読し、舞台の嘘と観客が神であると見抜いた。だが、北村は「演劇は正統に優れたオモチャ」（九八頁）と解釈し「芝居はオモシロイかオモシロクナイかのふたつに一つである」（九九頁）と峻別する。北村の語り口は実際聞いていて面白い。殊に、テキヤの物真似を聞いていると、北村の劇の核になっているのはテキヤの呼吸ではないかと思ってしまう。また、北村が吉本隆明の『マチュー試論』に傾倒した態度から、北村のキリスト教観が浮かび上がってくる。北村は「男は護身のために少年であろうとする」（四八頁）と書いているが、愛知県芸術文化小劇場での吉本との対談で、彼は少年のようであった。或いは北村は、寺山修司とて「観客が役者に指示して芝居の流れを変えてしまうなんてことはない」（七四頁）と書いている。つまり、寺山は『邪宗門』を観客の手で書かれる芝居にしているが、北村は観客には芝居に手が出せない筈だと言っているのだ。更に北村は「唐さんところの芝居を見た時にね、好きだったです」（四〇頁）と述べている。北村が、唐を通して宮沢賢治へ傾倒していく手掛かりをここに見て取る事ができる。更に北村が麿赤児の暗黒舞踏よりも麿の人柄、「あの人はオヤジなのだ」（二〇七頁）に関心があったというが、そこには両者の資質の違いが現れている。北村は、唐、寺山、鈴木の影響は受けた筈だが彼らのエピゴーネンにならなかった。

はせひろいちは『高野の七福神』を二〇〇四年八月、民芸で上演した。はせは市民の日常生活を丹念に描く。その平板な日常生活者の語り口は、霊が登場する時に効果を高めるための装置である。はせの近未来劇はノエル・カワードの『陽気な幽霊』よりも北村想から光源を得ている。但し、北村ほどの軽さはない。また、はせの会話は日常と霊とのコントラストがなければ極めて写実的な会話である。はせは二〇〇四年五月港文化小劇場で『動物ダウトｖｅｒ．０４』を公演した。動物園の檻の前で働く人たちが、動物を監視する立場から、動物に監視される状況への逆転を、登場人物と観客を巻き込んでみせた。人間が、現代の管理社会のからくりに気づかないおかしさを、どうにもならない日常の苛立ちと共に暴露する。人間と動物の立場が逆転するのは、檻の中の動物が霊として出入りを自在にする瞬間である。檻は人間たちの心を閉じ込めるシンボルとして使われているが、人間たちは檻に閉じ込められていることに気づいていない。はせは、檻を揺すぶらず、あくまでも、人間には見えない壁として使っている。だが、チェーホフが劇で描いたロシアの崩壊を悲喜劇的に見せた衝撃は伝わってこない。だから、檻はいったい何のためにあるのか、いっそ、終幕で、檻を崩壊したほうが『桜の園』のように劇の本質が明らかになったのではなかったと思った。

天野天街は映画や漫画の手法を、舞台上に画面として定着させようとしている。映画や漫画のように役者や舞台装置を素早く転換することによって、観客は、映画や漫画を見ているように舞台を見る。天野はピカソが舞台を絵画化したように演劇を根本的に変えようとする革命家だ。台本は設計図である。文字をプラカードや映写幕で写したりして、漫画を読むような仕掛けで劇が出来ている。また天野の漫画的な言葉遊びは、北村想にも見られるが、ストイックな表現が特徴である。

天野は二〇〇三年七ツ寺で『それいゆ』を上演したが、幕開きで仕掛けた眩しい光線は、原爆を象徴している。廃墟と思しき舞台で、観客は物語を探し始める。だが役者は自動速記のように語り観客を寄せ付けないのでいつの間にか言葉の迷宮に紛れ込んでしまう。仕掛けは役者が話す早口言葉を群読コーラスの中に埋没させてしまうから繰りにある。なかには大声で自己主張するキャラクターがいるが同じ台詞を繰り返すという罠に嵌まり込み迷子になっている。また言葉の意味を掴もうとすれば同音語や擬音で否定される。書いた文字や映写幕で写した文字を多用するが、三次元の舞台を否定する装置として使っている。殊に台詞の文字化は役者から言霊を奪い舞台を虚無化している。俳優は作者に踊らされるロボットにすぎないのだ。役者を徹底的に人形化するやり方はゴードン・グレイグの超人形を思わせるが、劇の狙いは不条理な笑いにある。確かに天野の舞台は思想が渦巻く映像のようで、ベケットの『ゴドーを待ちながら』を思わせるが、ベケット固有の遊びが見られない。結局天野の舞台は模倣を退けベケットのユーモアさえ認めず、譬えるならダリの絵を三次元の舞台に再現した作品として輝いている。つまり天野のストイックな舞台はオブジェとしての硬質で詩的な言葉しか必要ない。だが辛うじて甘い音楽が舞台に鳴り響き観客に妥協の手を差し伸べている。

ＩＴＯプロジェクト糸あやつり人形芝居『平太郎化物日記』が七ツ寺共同スタジオで二〇〇四年七月一六日から一八日迄上演された。天野は『平太郎化物日記』でとうとう舞台から俳優さえも排除してしまった。今度は、役者の変わりに糸操り人形が登場した。天野が人形劇に挑戦したというよりも、むしろ劇の既成の観念を破壊した挙句に人形劇に到達したと考えてみたくなった。グロトフスキは「演劇はテクノロジーの面では依然として映画やテレビに劣ったままであろう」[12]と述べた。天野はこれまで舞台の既成概念を打ち破ろうとして舞台転換をより複雑でより迅速にこなして視覚的効果を造形してきた。台詞をプラカードで見せたりモニターで表示して映画や漫画を見ているような錯覚を産み出してきた。そして、とうとう言葉を発することの出来ない人形に到達した。おまけに、人形は人間と違って変幻自在で大きくもなり小さくもなる。天野氏は舞台を、映画や漫画のように面白くする方法を考えて人形劇に至りついたのだ。天野氏の新しさは漫画を舞台化したのではなくて、舞台をアニメーション化して見せたことだ。

人形劇であるからナレーションが復活し、天野の象徴詩的な劇風は影を潜めた。時代は江戸中期の一七四九年七月のこと、備後の国の稲生家に化物騒動がもちあがるが、平太郎が一六歳という設定のおかげで少年が異界の世界へと旅立つ気配を感じさせた。平太郎は禁じられた古塚に触り、毎夜妖怪が平太郎の家を襲う。妖怪が次々と現れるが、物語を追いかけることは控えめである。むしろ鋏のお化けや芋虫の踊りを見せてシュルリアリズムを純な子供の心に置換してみせた。過剰なお化けの洪水は見ているうちに眼底が痛くなるほど舞台にあふれ、リフレインの多いマン・レイ（Ray Man）のフィルムを見ているような錯覚を呼び起こした。カーテンコールで終幕まで隠れていた人形遣いの黒子たちが一斉に舞台に現れたとき、小さな人形の顔と人間の顔とのサイズの違いによって、見慣れた人間の顔が異様な怪物のように見えた。人間はもっと怖い存在だというパラドクスなのか。劇場は異界空間だ。子供の頃、芝居小屋そのものが妖怪の住処のように思えたものだ。天野は『平太郎化物日記』で、七ツ寺の小屋そのものを化物小屋にして見せた。

佃典彦は『消しゴム』（二〇〇三）、『人間の証明』（一九九七）、『ある朝、10時ごろ』（一九九九）、『Sの背骨』（二〇〇四）、でベケットやカフカをコピーした不条理の世界を劇化している。だが別役実ほどの毒や鋭い笑いはない。本島薫によれば、「別役から佃まで総じて日本製の不条理劇はウエットでベケットやオールビーやイヨネスコやピアンデルロ程のドライさがない」という。佃のB級遊撃隊が姫池052スタジオで二〇〇四年四月『Sの背骨』を公演した舞台はペットショップである。檻の中には「S」という名の珍獣がいる。そこに集まった女性は人生を踏み外した敗残者ばかりである。先ず、女性のピエロが舞台中央にいて、突然、「宝石を泥棒してきた」といって、舞台奥へと立ち去る。舞台は、バブル崩壊後の日本を、鳥獣戯画風のアニメーション仕立てで諷刺している。仮装行列から帰ってきた女主人や鬼に扮した女性がわめきたてる。実は「S」はペット屋の主人である。だが、この亭主が商品となったところに、この作品が持つ諷刺がある。しかし、この怪物を買って子種にしようという雌アザラシが逞しい。このアザラシは檻の中の「S」と交尾して妊婦となる。すると、今度は、女家主は産科病院の看護婦に転身する。彼女は社会を泡のように漂いながら生きているが、奇妙に明るい。だが、この明るさは、怖い。

日本舞台美術家協会が舞台美術展公演として二〇〇四年四月、演出・木村繁による『裸海―LAKAI―』を、千種文化小劇場で上演した。巨大な紙と俳優とのコラボレーションによって劇が誕生する。進行するに従って巨大な紙と黒子達とのバランスが微妙に変化する。実際には、人間は黒子なので、巨大な紙が重要な働きを果たす。やがて静止した巨大な紙が動き始め、巨人の形となる。パンフレットによると、巨大な紙は「無言の顔達」である。巨大な紙が「無言の顔達」であると分るのは、巨大な紙が巨大なペン先にひっかかり散じりに破れて、遂には、細かい人間の形をした紙切れとなり舞台に撒かれるときである。

舞台は役者が作る芸術だけではなく、照明がオブジェを変化させて生み出す現象芸術でもある。二回の公演をモニターと観客席で見比べて見ると、イメージを舞台化する仕事は舞台装置家の手中にあることが分かる。ゴードン・グレイグの舞台では俳優は超人形に過ぎない。だから、最上の観客は舞台を見守る展示品のマネキン人形たちであり、観客は排除されモニターで舞台を見るしかない。公演の後、利賀フェスティヴァル二〇〇四に参加した。舞台装置家の島崎隆は、展示品のマネキンのない舞台効果は半減したという。

俳優館の『アル・ハムレット・サミット』が俳優館スタジオで二〇〇四年七月一五日に上演された。名古屋伏見にある俳優館スタジオは息が詰まる狭い取調室のようだった。舞台には椅子とパイプと幕以外何もない。ただ戦争という狂気だけが極限状態から滲み出てくる。耳を打ち抜く言葉の弾丸が未だ聴いたこともない現代音楽のように頭を裂く。

クウェートの作家アルバッサームはシェイクスピアの『ハムレット』を翻案してイラク戦争を描いた。デンマークはクウェートに変貌しフセインに攻撃される。ハムレットは父王の急死を知り英国留学から帰国する。だがクローディアスが王座を奪いオイルを独占した後だった。ハムレットは人民解放軍に接近するが武器商人に操られ分別を失う。

宮崎真子氏は「『アル・ハムレット・サミット』をどんな素人の劇団であれ上演すると聞いたら、世界の果てへでも出かけて演出する」と語ったが、名古屋では殆ど見ることのできない鮮烈なエネルギーの迸りを感じた。宮崎氏の魔術によって、『ハムレット』の宮廷物語は『アル・ハムレット・サミット』の中で古ぼけて見えた。

宮崎氏は渡英してA・エイクボーンに師事し、『ロミオとジュリエット』やオペラ『マクベス』を演出した。彼女の師匠が千田是也であったから、ブレヒト風のシェイクスピア劇を造るのに奇を衒う必要はなかった。彼女の思いには「この戯曲の根底にある、人間が傲慢になることへの批判と現実を直視する厳しさを伝えたい」というアイディアがあった。彼女のコンセプトには「舞台には役者を見つめる神性がある」という視点があるから舞台を誤解しかねない。終演後のアフタートークで俳優たちの顔から緊張感の剥落を見た時、宮崎マジックに触れたと感じた。東京国際芸術祭でイラク人による同じ劇を見た小林かおりは「俳優館の演技力は比べようがないほど貧弱であった」という。だが俳優館といえば児童劇を連想するが、戦争未体験の俳優達が、現実のイラク戦争から想を得た劇を上演したのだから衝撃的であった。

ミドルセクス大学演出科のレオン・ルビン教授はベルファストで演出した体験から「戦時下の演劇の重要性を今日の演出家は忘れている」と述べた。二〇〇三年、同教授は文学座で『リチャード三世』をベトナム戦争に移して演出した。だがアルバッサームはクウェート人の父とイギリス人の母とのハーフであり、異質な世界を漂わせ、容易に解釈を寄せ付けず、辺境を拡大して見せる作家だ。彼の劇は吉本隆明の『マチュー試論』を読んだクリスチャンを激怒させた新しい地平の広がりと、今まで全く存在しなかったシェイクスピアの政治劇を見たという眩惑を目覚ませた。宮崎氏は異界のアルバッサームを解読し、名古屋の俳優を使ってハムレットの真髄をひきだし劇化した。

まとめ

名古屋の演劇の未来について、名古屋演劇ペンクラブ元会長・河野光雄は、「名古屋文化情報」の二〇〇四年の六月号で、栗木英章が、「名古屋の劇団が三〇〇以上ある」と指摘した点に触れ、劇団の旗揚げ数は計算できるが、解散数は計算出来ないという。アクテノンが纏めた練習記録を見ると、二七七の劇団が利用した事が分かった。各劇団の評価は県と市の受賞者を獲得する事が評価の基準となる筈だ。劇は東京のコピーは駄目で、繰り返しは良くない。現在、名古屋で著しく活躍しているのはスーパー歌舞伎、名古屋むすめ歌舞伎、クセック・アクト、少年王者舘だ。劇団は、作家や演出家を持ってないと駄目で、俳優に関して、例えば、女性劇団には、強さと弱さが共存している。江崎順子は、劇団夏蝶での活動で二回公演名古屋市民芸術祭賞を受賞したが、現在は一人舞台を行っている。また、演集は、五〇年の歴史があるが、芯の人、松原英治を失うと翳りが出る。かつて宇野重吉は劇団一代論を唱えた。また日本には、国立演劇大学がない。或いは劇団形態は、名俳（一九六五設立）の岡部雅郎や俳優の若尾隆子や小林ひろしらによれば、「ソ連とは違う」と主張する。つまり、「国立演劇大学がないのは日本固有である」という。名古屋には、劇団の養成も、演劇論も、実技もないし、批評史や批評家の不在、制作者もないところに問題点がある。坂手洋二は、彼の劇団では制作者が、企画を立案し、客観的視点から劇団を運営しているという。一村利之氏は、七つ寺共同スタジオ経営に当たり、赤字の解消を挙げた。劇団は、公演で、観劇料を一〇〇人分×五回と換算し、一〇〇万円を用意しなければならない。更にまた脚本料や出演料を加えると、二〇〇万円かかる。従って、マイナス一〇〇万円の赤字をどのように解決するかという金銭的問題がある。演集は、アマチュア精神で劇団を運営し、芸術至上主義であるが、木崎祐次は、生活できる劇団を目指した。演劇人は、殊に、女性は、行政に期待する傾向が強い。だが先ず自分達の努力を優先し、劇団の運営方法と芝居作りを考えることであろう。名古屋学生劇団協会は、大阪合同作品で八回公演し七千人動員したという。先ずワークショップで、技術をレヴェルアップし、上演していくことだ。今後の問題提起として、以上のことを考えてゆきたいという。

元名演会長の宇都宮吉輝は、二〇年前名演会館ができた後になって、次々と小劇場ができたという。当時一万人会員を目標に、一万円会費によって、名鉄ホールで上演を行った。その後昭和六三年に市民会館設立運動を起こした。松原英治も指摘するように、名古屋には独特の後進性がある。エポックとして、天野鎮雄の劇座の公演を、地元例会として組み入れた事がある。木村光一の演出によって、一種の木村学校の環境を作り、たかべしげこや山田昌が成長した。支援する組織が大切で、名演がその仕事を担っている。木村光一の後継人として、文学座の西川信廣に期待している。西川に各劇団の研究所の卒演で演出してもらうのはどうか。また、演劇学校を作るべきであるが、行政の遅れや文化的な遅れなどで実現できない。しかし、名古屋は、芸事が盛んで、日舞やバレーが目覚しい活躍をしている。従って民の力はある筈である。現在名古屋には三〇〇近くの劇団があるが、政治の支援が望ましい。例えば、ひまわり支援などがあるが、デザイン博に力を入れるほどではない。名古屋は産業都市であり、メセナなど、潜在力があるわけだから、都市としての文化を育てる事が望ましい。また水野鉄男の演劇活動や、舞芸の仕事や、松原英治の実務を見習い、劇作家、小林ひろしと宇都宮吉輝が、名演で、その仕事を築いてゆくことが望ましいという。

名古屋で活躍中のスーパー歌舞伎とクセックアクトらは、海外での公演から得た経験を名古屋で花開かせた。小山内薫や坪内士行が海外で得た体験を東京や宝塚で花開かせたように、岩田や神宮寺氏が海外公演で得た活力を地元の名古屋で活かしている。殊に、寺山修司の海外公演や岩田氏や神宮寺氏らの海外公演とは関連性がある。また、佐久間広一郎氏は海外の演劇と交流しリアルタイムで名古屋の演劇を世界に発信している。更に、本島薫がオールビーに会い、不条理演劇を学び、その成果を名古屋のαの会で公演して纏めた『コトバ、ことば、言葉』に、耳を傾けるべきときだ。

注

(1) 唐十郎「アングラの源流を探る①」(第二次シアターアーツ、二〇〇四、夏号)、一三頁
(2) 丸子礼二『劇団演集との50年　思い出ばなし名古屋の新劇』(愛知書房、一九九七)二九七頁
(3) 松原英治『名古屋新劇史』(門書店、一九六〇)一―八頁参照
(4) 『劇的なるものをめぐって　鈴木忠志とその世界』(早稲田小劇場＋工作舎、一九九七)二一四―二一頁参照
(5) 『空間の祝杯　七ツ寺共同スタジオとその同時代史』(七ツ寺演劇情報センター、一九九八)二〇―二頁参照
(6) 岩田信市『現代美術終焉の予兆―1970・80年代の名古屋美術界』(スーパー企画、一九九五)二一五―七頁参照
(7) 萩原朔美『思い出のなかの寺山修司』(筑摩書房、一九九二)一一〇―三頁参照
(8) 「春日井健の世界」(現代詩手帖特集版)(思潮社、二〇〇四)

(9) グロトフスキ、イェジュイ『実験演劇論』大島勉訳（テアトロ、s46）九三頁参照
(10)『空間の祝杯　七ツ寺共同スタジオとその同時代史』二五頁
(11) 北村想『北村想大全★刺激』（而立書房、一九八三）一五九頁
(12) グロトフスキ、イェジュイ『実験演劇論』、九三頁

参考文献

Goodman, David G. *Angura* (Princeton Arcitectural Press, 1999)
Alternative Japanese Drama ed. Rolf, Robert T. & Gillespie, John K. (Hawaii U.P., 1992)
Braun, Edward, *The Director and The Stage from Naturalism to Grotowslk I* (Methuen, 1994)
松原英治『続・名古屋新劇史』（愛知書房、一九九三）
『輝け60年代草月アートセンターの全記録』（フィルムアート社、二〇〇二）
別役実『言葉への戦術』（烏書房、一九八〇）
太田省吾『舞台の水』（五柳書院、一九九四）
木村光一『劇場では対話は可能か―演出家のノート―』（いかだ社、一九八五）
北村想・他『空想と化学　北村想の宇宙』（白水社、一九八七）

十一章　ディドロの『盲人書簡』と寺山修司の『盲人書簡』
―ブランク―

英国の演出家サイモン・マクバーニーは、二〇〇九年一月にロンドンのバービカン劇場で『春琴』の公演を行い、次いで二〇〇八年二月に東京の世田谷パブリックシアターで、自ら率いるテアトル・ド・コンプリシテと世田谷パブリックシアターとが共同制作し、再度『春琴』を上演した。マクバーニーが谷崎潤一郎原作の『春琴』を演出した世界は闇に閉ざされた空間である。マクバーニーによると、闇の世界のほうがむしろ真昼の眩しい光りの世界よりも微妙にものが多彩に見える世界だと考えているようだ。

マクバーニーは、近年ヨーロッパよりも東洋に眼を向けて、谷崎の『春琴抄』や『陰影礼賛』の薄暗い闇の奥に潜むほの暗い中で物の形が変容する、いわば、見えるか見えないかの〝陰影〟の中に日本の美意識を感じ取っている。

さて、マクバーニーが日本の闇の世界に傾倒したのに対して、他方、寺山修司は反対に西洋に眼を向け、ディドロの『盲人書簡』を読み、眩い昼間の光よりも盲人が注ぐ闇の世界のほうが深遠であることに着目し、やがて、闇の世界を使いスウィフト原作『奴婢訓』を脚色したり、独自のコンセプトで『盲人書簡』を作ったりして上演し、「闇」に潜む〝謎〟の正体を追い求め続けた。

盲人の卓越した能力の例として、ヘレン・ケラー女史が盲目で眼が見えず音が聞こえなくなっても、逆境を耐え健常者以上の能力を得た事実がよく知られる。ディドロの場合、ヘレン・ケラー女史のように逆境を克服し、健常者よりものを見る能力を獲得した学者の例としてソンダーソンについて雄弁に語っている。

マクバーニーが谷崎の『春琴抄』や『陰影礼賛』の「闇」の世界に傾倒した経緯と、寺山がディドロの『盲目書簡』

を読み、自作のドラマに『盲人書簡』を脚色した経緯とを比較すると、東西の違いはあるにしても、マクバーニーと寺山がそれぞれ谷崎とディドロの闇の世界に共感して新しく闇の演劇を構築したプロセスを、「闇」というコンセプトから見ると、彼らがそれぞれ闇の世界を類似したコンセプトで追い求めたのではないかと思われる。本稿では、彼らが何故それほどまでに闇の世界に魅了されたのかを解明することにする。

谷崎潤一郎は『春琴抄』の中で、近代日本が失った古い日本文化を再び発見しようとしたように思われる。さて、文化人類学者で親日家のレヴィ＝ストロースは、プルーストの『失われた時を求めて』の中で日本の和紙を縮めて作った「水中花」の描写から、その繊細な美に魅了され、それがきっかけで忘れられた日本文化に惹かれたように思われる。[1]それと同じような具合に、マクバーニーは谷崎の『春琴抄』や『陰影礼賛』に描かれた日本固有の「闇」の世界に魅了されていったようなのだ。

また、マクバーニーが『春琴』上演に際し、元・天井桟敷の俳優で演出家の高田恵篤氏や故・下馬弐五七を使ってドラマを構築したことにも注目の眼が向けられる。マクバーニーが、彼らを『春琴』の出演者として使ったのは、もしかしたらマクバーニーは自分のワークショップで劇のコンセプトを作り上げていく時に、かつて寺山の『奴婢訓』の上演をロンドンのリヴァーサイド・スタジオで見たとき、闇の世界が舞台上に構築されるのを見て関心が生じ、そのことが記憶にあって、それを想い出しながら、今度は『春琴』の上演で、高田恵篤氏や下馬弐五七の肉体言語を再現して、闇の世界を構築しようとしたいという思いがあったのかもしれない。例えば、谷崎の『春琴抄』の冒頭近くに次の一文があるが、近代日本の都市と古き日本の山河をコントラストして表した場面である。

奇しき因縁に纏はれた二人（春琴・佐助）の師弟は夕靄の底に大ビルデイングが数知れず屹立する東洋一の工業都市を見下しながら、永久に此処に眠つてゐるのである。[2]三〇三この一文は仮に日本の近代都市を現実として見るなら、古い墓地は過去を指すことになるだろう。この対照をマクバーニーは『春琴』の舞台の上で都市を昼の世界として表し、墓地を夜の世界にして表したのかもしれない。もしかしたら、マクバーニーは『春琴』を演出していたときに、かつて寺山がヨーロッパで『奴婢訓』や『盲人書簡』の上演で闇の世界を構築した方法を頭の中で思い出していたのかもしれない。だから、マクバーニーは、谷崎の『春琴抄』や『陰影礼賛』の闇の世界を構築するにあたり、寺山の海外公演の協力者であった高田恵篤氏や下馬弐五七のドラマメソードを使ったのかもしれない。

例えば、マクバーニーは『春琴』の終幕近くで、闇のカーテンがゆっくりと上がるに従って、同時に昼間の光が舞台奥いっぱいに広がって闇の世界が跡形もなく消え去るように演出した。マクバーニーが示した演出を見ていると、寺山が自作の『奴婢訓』の結末で闇に覆われた舞台奥に置かれたライトから突然眩い光が差し込み、闇の中にいた人間たち（亡霊たち）の姿形を光線の中に皆吸い込んでしまうように演出した方法を思い出させてくれる。この光景はまるで闇の中の魑魅魍魎が灯火に飛び込んで身を焼き、一瞬にして姿を消してしまうのに似て、明らかに闇と灯火のコントラストを明確に表していた。

少なくとも、マクバーニーが演出した谷崎原作の『春琴』を見ていると、寺山のドラマメソードの幾つかが、例えば、寺山作品以外の『春琴』のようなドラマで、しかも外国の演出家の手によって接木され新しいドラマとして蘇るのに立ち会っているという実感が伴う。

まるでマクバーニーによって『奴婢訓』が一度解体され、やがて『春琴』として再構成されでもしたかのような舞台を見ていると、萩原朔美氏がかつて筆者に言ったことを思い出す。「映画は先行作品の印象的な場面を引用して、新しい映画の中に新しく映像化され蘇る」と。

また、ここで、別の視点から見た場合、寺山は舞台や映画を作るとき、人間を〝生〟の存在だけではなく映像光線のような霊媒のようなものとして表すことがある。しかも、寺山は〝生〟の人間と映像光線のように光媒体で出来ている人間を並べて対照的に表しているだけではない。というのは、寺山は〝生〟の人間と映像光線になった光媒体との境目を取り払ってしまうからである。殊に、マクバーニーが『春琴』で〝生〟の俳優を使ったり、途中で人形を使ったりしたときに思い出すのであるが、寺山は、シャーマンがするように呪術を使って人間と人形を繋ぎ、そうして、人間と映像光線に加え、トランスパフォーマンスによって、霊が憑依し人間も人形も同じようなオブジェとして使っているからである。マクバーニーは『春琴』で、寺山が演出したように、スクリーンに春琴の映像を映したり、生の俳優を使ったり、黒子が人形を操って、春琴の霊がスクリーンや俳優や人形に憑依するのを次々と見せてくれた。

マクバーニーは、既に蜷川幸雄氏や野田秀樹氏らと一九九九年『反逆とクリエイション』所収の「演劇のクロスカルチャー」の対談で、谷崎と寺山の共通点を指摘している。先ず、マクバーニーは谷崎が皮肉な笑いの持ち主であると語り、次のように指摘している。

マクバーニー：谷崎の中には皮肉な笑いが見て取れます。『陰影礼賛』の冒頭部分で、伝統的な日本の家を建てたいと思ってもそのままでは居心地が悪いし、科学文明の恩恵をこうむろうと考えれば、様式に知恵をしぼらねばならないって、こぼしていますよね。トイレの話なんか特に谷崎らしい。皮肉というか風刺が利いていて、「挑発」しては面白がっているところがうかがえますね。(3) 二三

ここで、マクバーニーは谷崎の「皮肉」「風刺」「挑発」を指摘している。だが、寺山にも幾分異なるが谷崎と同じ趣向が見られる。更にマクバーニーは、同じ対談を続け、その後半で、谷崎が「外側の人間」でスウィフトのように斜に構えて見ているところは寺山に似ていると指摘する。

谷崎がやろうとしていたことは、日本人のルーツに根ざした物の考え方であって、それを暴君的なナショナリズム

につなげようとしていたのでは決してない。そういったことからも、谷崎が「外側の人間」だったことが大事になってくる。ちょっと寺山修司的な部分ですよね。ロンドンで『奴婢訓』を観たけれど、寺山がスウィフトの翻案をやったのも全然驚かない、当然やるだろうなと（笑）。（p.24）

マクバーニーは、先に触れたように、この対談で、谷崎を「外側の人間」と位置づけている。言い換えれば、谷崎をインサイダーではなく「アウトサイダー」（p.12）的であると見ているらしい。従って、マクバーニーは、寺山も同様に「外側の人間」（アウトサイダー）であると考えているようだ。マクバーニーが谷崎や寺山を「外側の人間」として考えたのは、同対談で野田秀樹氏が、「寺山修司と耽美主義みたいな・・・」と言って、谷崎は「寺山」と似て「耽美的な芸術家」であると論じようとしているところに現れている。少なくとも谷崎は「暴君的」ではないというのであるから軟弱な趣向があり、寺山にもそのような趣向があると指摘している向きがある。例えば、谷崎が描く男性の多くは〝マゾ〟的で女性に虐められる。かつて吉行淳之介は「谷崎が〝マゾ〟的なのは、女性に対する優越感の裏返しである」と指摘したことがある。寺山も、幾分異なるとはいえ、少なくとも、寺山が描く殆どの男性がどことなく〝マゾ〟的なところがある。例えば寺山が描く『田園に死す』の少年時代の私も『書を捨てよ、町に出よう』に出てくる佐々木英明氏も『草迷宮』の明少年も殆ど女性のいいなりになり、なすがままになっている。明らかに、彼らには母に支配された子宮回帰の願望が見られる。寺山の子宮回帰にはレヴィ＝ストロースが『悲しき熱帯』で論じた母胎の回帰に原典がある。[4]

そして、その母胎への回帰が、寺山の作品の中で子宮回帰となって古代の母系社会に繋がっていき、それが特徴的になって土着性を際立たせているのである。

ともかく、マクバーニーが谷崎を「皮肉」「風刺」「挑発」「外側の人間」であると論じながら、この対談で同時に寺山をスウィフト的で「皮肉」「風刺」「挑発」であると論じているところは、寺山がスウィフトの『奴婢訓』を翻案した劇を書いているので、刺激的な指摘である。

というのは、寺山のアートについて、表面だけを見て、よくサブカルチャー的であると言われるが、少なくとも、寺山のサブカルチャーの中身はスウィフト的で「皮肉」「風刺」「挑発」「外側の人間」等を合わせ持っていると、誰も殆どまともに考えてこなかったように思われる。

ところで、寺山が書いた作品には、ドラマ『盲人書簡』の他に詩集『寺山修司舞台劇詩集盲人書簡』がある。この詩集は、部分的に、ジョイスの『ユリシーズ』を思わせる描写があるけれども、殆どサブカルチャー的で漫画的で週刊誌的でもある。しかし、マクバニーが指摘するように、寺山のアートは少し残酷なスウィフト風なサタイァがあり「皮肉」・「風刺」・「挑発」的な眼差しがありしかも「外側の人間」であるという視点から見ていくと俄然新しい視野が開け、今まで見たこともない地平が前面に開けて見えてくる。

さて、この対談で話題になっているのは谷崎の『春琴抄』や『陰影礼賛』の「闇」の世界であるから、当然谷崎の闇の世界と寺山の「闇」の世界との対象が想起される。しかしながら谷崎にも寺山にも暗さの中に少し残酷なスウィフト風なサタイァがあり「皮肉」・「風刺」・「挑発」的な趣向もあり、しかもそれでいて「外側の人間」であることを忘れてはならない。というのは、寺山に限って見ると、寺山の詩は確かに暗いが、その中に、少し残酷な風刺が込められていることに気がつくからである。

マッチ擦るつかの間海に霧深し身捨つるほどの祖国はありや(5)

この短歌にも、寺山の詩に特有の東北の暗くて霧深い雪国への望郷の念と、もしかしたら、その中に、少し残酷でスウィフト的な風刺が込められているかもしれない。だから、少なくとも寺山の短歌にはその暗い「闇」の中に必ず「皮肉」・「風刺」・「挑発」的な眼差しが潜んでいることを思い出す必要がある。

寺山修司の『盲人書簡』

寺山修司が自作の『盲人書簡』を脚色し舞台の上に構築した闇の世界は、ディドロの原作『盲人書簡』をそのまま再現したものでも翻案したものでもない。それでも、寺山の『盲人書簡』には、ディドロが『盲人書簡』に示したコンセプトから受けた強い影響があったと思われる。寺山は、ディドロが『盲人書簡』に表わした闇から影響を受けた痕跡を『盲人書簡』以外にも『奴婢訓』『阿片戦争』『疫病流行記』などのドラマに実験劇的な闇の効果を取り入れている。

寺山は自作の『盲人書簡』で生まれつきの盲人ではなく、『怪人二十面相』の小林少年をにわかめくらの盲人に作り変えている。だから、寺山がディドロの『盲人書簡』を忠実に脚色しているわけではない。しかも、寺山がドラマ化した『盲人書簡』には独特な迷宮に繋がる迷路が仕掛けられている。つまり、小林少年は俄かめくらになったと思い込んでいるが、実は盲人ではない。第十六場で助手が次のような説明をする。

助手　先生、あの小林という男は、いつまで盲目のフリをするつもりなんでしょうね。目が見えるのに、見えないふりをするなんてはじめてですよ。(6)

この台詞を読む限り、小林少年が俄かに盲人になったというのは嘘であることが分かる。ところが、少しややこしい事に、その後も、小林少年は眼が見えず盲人のままである。例えば、小林少年の母が息子に向って言う。

母　おまえはお人好しで、世間知らずで、その上盲目なんだから。(p.222)

どうやら、小林少年は場面が変わるたびに盲目になったり、目明きになったりするらしい。ここには、確かに寺山が作った解けない謎が仕掛けられている。寺山のドラマになれている読者なら、次のように解釈すると謎は解けるかもしれない。この謎は小林少年が夢を見ていて俄かに盲人になり、再び、目が覚めて、目明きに戻ったとしても、事態は何も変わらない。となれば、この舞台は夢の世界を表している。更に寺山は紙切れが蝶になったり、影がない人間の挿話を出してきて手品やシャーマンの呪術を加えて妖怪の世界を演出し始める。

さて、一六場に続く一七場で、小林少年の母親は息子が夢でうなされていたという。となると、一六場は小林少年が見た夢の場面であることになる。小林少年が盲目であっても夢を見ることに変わりはなさそうだからである。やがて一六場でも夢が浸透し始める。二一場では、ディドロの『盲人書簡』を思わせる対話が出てくる。ところで、ディドロは「生まれつきの盲人には形が見えず」、「盲人には記憶がない」といっている。[7]

一方、寺山は次のように描写している。

改札係　あらゆる記憶は形だと思います。
小林　だが盲目には形が見えない。
改札係　だが盲目には記憶がない。（p.231）

小林少年が俄か盲目になってから、やがてそこへ母親がやってきて、不可解なことを言う。母親は小林少年に向かって「盲人ではない」と主張する。つまり、このような矛盾が生じるのは、実は、小林少年が何時の間にか眠りにつき、知らないうちに夢の世界に入って、どうやらその夢の中で、母親は息子が「盲人でない」と言いはじめた様子なのである。

母　（必死で）おまえ、うそだろう？盲目のフリして、母さんをびっくりさせようとしているんだろ？

小林　ほんとにもう目があかない。もう手おくれなんだよ、母さん。
母　ここは、おまえの上海なんかじゃない、お父さんの上海なんだよ。おまえは、人さまの夢の中にまぎれこんでいるんだよ。（p.233）

どうやら、小林少年は自分の夢ではなく、父親の夢の中に入り込み、自分以外の他人の夢の中で突然盲目になった夢を見ているらしい。

母　さ、お母さんが、目あいてって言ったら目あくんだよ。
小林　（うなずく）
母　マサ子ちゃん、こっちこっち。（間）さ、目をあいていいよ。
小林　（目をあく）まっくらだ・・・（p.240）

夢の世界には、道理は無く、不条理がいっぱい詰まった大きな袋のようだ。殊に、寺山が熟慮した末に考えた「闇」の世界が表されているのは二五場に出てくる女優の台詞だろう。

女優　・・・闇を、とわたしは思いました。よく見るために、もっと闇を！どこまでも闇を！もっと闇を！
（pp.242-243）

この女優の台詞は寺山の「闇」について独特な考え方を表している。例えば、ブニュエルとダリの合作映画『アンダルシアの犬』には突然盲人になった女性が見る映画がスクリーンに描かれる。つまり、この映画の冒頭で、盲人らしき男が一人の女性の眼を剃刀で切り裂く場面がある。このようにして映画『アンダルシアの犬』は盲人が見る映画になっている。どうやらこの映画が示しているのは、目明きが見ている日常の光景よりも、盲人が想像力を使って見る光景のほうが斬新であり、他の誰とも一緒に見ることができない盲人一人だけの映画である。こんなふうに、寺山は『アンダルシアの犬』を解釈した。

こうして、寺山は、ディドロの『盲人書簡』を読み、『アンダルシアの犬』を手掛かりにして、闇の世界を外界と遮断した狭い空間からなる密室劇『阿片戦争』を作り、続いて『盲人書簡』を作ったのである。

『盲人書簡』では、寺山は劇の常識を破り、眼で見る劇ではなくて、対象を手で触れたり気配で感じとったりして、距離感を測定しながら劇が展開する仕組みで組み立てたようだ。

しかし、手で触ったり身体に接触したり物の気配を感じ取ったりする事は、必ずしも人間の五感によって、眼の代わりを果たそうとするのではない。このあたりは寺山がディドロが書いた『盲人書簡』のコンセプトを独自のアイデアで工夫し応用して新しい劇作りに活かしているように思われる。

例えば、演劇のワークショップの中で、俳優が目隠しをしたままで全速力疾走するトレイニングがある。また反対に、眼は開いているのだが真の闇の中に居るために物が見えない場合に一種の心眼が働いて身体が自然に動く場合がある。或いは、歌舞伎の〝ダンマリ〟のように、舞台は明るいのだが、役者は盲人のように眼を開いたまま暗闇の中で身体を動かし演技をする場合がある。つまり、物が見えるのに見えない盲人のような動きをする。

けれども、寺山の「闇」のアイディァが斬新なのは役者も観客も真っ暗な密室で劇を共有することである。殊に、観客は俳優と違って暗闇に慣れていないから闇の恐怖をドラマチックに想起することは俳優よりも容易に体感出来るに違いない。ともかく、寺山は『盲人書簡（上海篇）』で俳優ばかりでなく観客も同じ密室の世界に巻き込もうとしている。

それればかりではない。寺山は自作を毎日繰り返し上演するときでも、台詞や演出方法を変えた。かつて九條今日子が書いた回想録を読むと天井桟敷のポーランド公演での様子が生々しく伝わってくる。九條はそのエッセイの中で寺山の密室劇について新たな解釈を付け加えているので寺山の密室劇の意外な描写に突然出くわすことが出来る。

盲目、呪術霊媒、不可視世界、光と闇の共存、暗闇を作り観客の視野を防ぐ闇衣（黒子）の一群と、灯火をともして「見せよう」とする光衣（黒子）の一群の激しい葛藤のうちに進められる。観客はここで見えない部分、中断された部分を想像力によって補いながら「自分の物語」を組み立てる。前年にアムステルダムのミクリ・シアターで上演された『阿片戦争』につづく密室劇の延長作品だ。(8)

九條のエッセイは、寺山の台本からだけでは窺い知る事の出来ない海外公演の生々しさが伝わってくる。

ディドロの『盲人書簡』

ドニス・ディドロは『盲人書簡』を、二部（『盲人書簡』とその補遺）から構成している。先ず、ディドロは『盲人書簡』の中で、「盲人は視力を失った眼以外に、他の器官が眼の代わりの機能を果たしている」と述べている。先ず、その眼の代わりとなる器官は盲人にとって「手」であり、手が握る「杖」であると述べている。

C'est, lui repondit l'aveugle, un organe, sur lequel l'air fait l'effet de mon baton sur ma main. (p.282)

それ（眼）はちょうど杖が私の手に及ぼすと同じ効果を空気から受ける器官です」と盲人が彼に答えた。（一四）

言い換えれば、盲人にとっては、視力を失った眼以外に、実際に「手」や「杖」がもう一つの眼と成り得ることが明らかになってくる。

Cela est si vrai, continua-t-il, que quand je place ma main entre vos yeux et un objet, ma main vous est présente, mais l'objet vous est absent. La meme chose m'arrive, quand je cherche une chose avec mon bâton, et que j'en rencontre une autre. (p.283)

その証拠には、と彼（盲人）が続けました。私がこの手をあなたの目とひとつの物体との間に置くと、私の手があなたの目に映り、物体はあなたには見えなくなります。それと同じことが私にも起こるのです。ひとつのものを私が杖で探っていて、何か他のものに行き着くときがそうなのです。

眼が自然に見える人は、それとは気がつかないで眼の網膜に映った映像をごく当然のものとして見ている。だが、盲人はあたかももうひとつ別の眼球を脳裏に想定し、網膜のようなものを自分で作成して、「手」や「杖」に触れたものをそこに記録して記憶し、そしてそれを心の網膜に映す。その作業は、ちょうど月面に着陸した人工衛星が搭載したカメラで月面を映して、その画像を電波で地球に送りモニターに再現するのと似ている。つまり、盲人は幾何学者や物理学者が物を計るようにして、物体を「杖」や「手」で触れて感知した時に、それを計算し記憶して、それから記憶した数字を心の網膜にもう一度映し直して画像を心の網膜に再構成するのである。物とその物と同じ画像を心の網膜に再構成する仕組みを、盲人は釣り合い（シンメトリー）と名づけている。

Notre aveugle juge fort bien des sysmétries. La symétrie, qui est peut-etre une affaire de pure convention entre nous, est certainement telle, a beaucoup d'egards, entre un aveugle et ceux qui voient. A force d'étudier par le tact la disposition que nous exigeons entre les parties qui composent un tout, pour l'appeler beau, un aveugle parvient à faire une juste application de ce terme. (p.281)

我々の盲人は様々な釣り合い（シンメトリー）をよく判断します。釣り合い、これは恐らく我々の間だけの約束事なのでしょうが、多くの点で、盲人と眼の見える人との間でも確かにそうした約束事のひとつなのです。一個の全体を組み立てる各部分の間に、その全体を美しいものと呼ぶために我々が要求する配慮のようなものによって研究した結果、ある盲人は遂にこの用語のひとつの正当な応用を試みに至るのです。

眼が普通に見える健常者は、映像光線のようなものが網膜に映ったとき殆ど意識せず瞬間的に見分けてしまう。だが、盲人はこのような映像光線を感知出来ない。そこで、その代わり盲人は音の高低や触覚の強弱や嗅覚の濃淡などを読み解いて、物との距離を素早く計測してしまうのである。こうして盲人は独特の画像地図を作り出すと、それを敏捷に記憶して、その記憶の映像を心のスクリーンに映し出す。眼の見える健常者は殆ど自分の眼を機械と考えたことはない。だが、盲人は健常者の眼を持っていないので、眼の代わりに記憶のスクリーンを機械と呼ぶ。更に、盲人はこの機械で計測したものとの距離を描き出すスクリーンを鏡と呼んでいる。

Je lui demandai ce qu'il entendait par un miroir: Une machine, me répondit-il, qui met les choses en relief loin d'elles-memes, si elles se trouvent placées convenablement par rapport à elle. C'est comme ma main, qu'il ne faut pas que je pose à coté d'un objet pour le sentir. (p.281)

私は彼（盲人）が鏡によってどういうものを考えているのか、と尋ねた。すると「ひとつの機械です。」と私に答えた。それはもし事物がそれとの関係において適当に置かれる場合には、事物そのものから遠く離れていても、それらの事物を浮き上がっているように見せるのです。ちょうど私の手のようなもので、ひとつの物体を感ずるために、その物体の傍らに置いてはならないのです。

ディドロが主張するところによると、盲人は生まれたときから身体に両眼を持っている。けれども、それらの両眼は失明している。だから、盲人は、ちょうど真の闇の夜空を飛ぶ飛行士のように、機械で距離を計測しながら前方に進む。それに対して、健常者は計測器がなくても、生まれつきものが見える両眼で対象を見る。ということは、言い換えれば、盲人から見ると、健常者は盲人と同じ計測器を持ち得る能力と、更に、もう一つ自分の眼と言う固有の「望遠鏡」を持っているようなものだと書いている。

Saunderson parlait a ses eleves comme s'ils eussent ete prives de la vue: mais un aveugle qui s'exprime clairement pour des aveugles doit gagner beaucoup avec des gens voient: ils ont telescope de plus. (p.301)

ソンダーソンは生徒たちが視覚をもたないひとたち盲人を相手に明晰に意見を述べる盲人は、眼の見える人たちが相手ならばよほど得をする筈です。彼らには望遠鏡がひとつ余計にあるわけですから。

ところが、盲人が物を見るときに使う測定器は健常者の裸眼とは違うところがある。たとえば、盲人が使う一種の望遠鏡は、人間の裸眼では見えないような遠い所にあるものや、夜空の星座を観測することが出来る道具である。従って、ガリレオが望遠鏡で月面の凹凸を観測したように、盲人は、「望遠鏡」を使って、眼の前のものだけでなく、遠景から更に宇宙まで距離を測定し、ものを微細に観測することが出来る。

Mais que devons-nous penser des résulttats du calcul? 1° Qu'il est quelquefois de la dernière difficulté de les obtenir, et qu'en vain un physicien serait très-heureux à imaginer les hypothèses les plus conformes à la nature, s'il ne savait les faire valoir par la géomètrie: aussi les plus grands physiciens, Galilée, Descartes, Newton, ont-ils été grands géomètres. (pp.302-303)

しかし、計算の結果を我々はどう考えるべきでしょうか。一、時によってはそれらの結果を得ることが至難であり、一人の物理学者が極めて幸運にも自然に最も合致した仮説を思いついたとしても、彼がそれらの仮説を幾何学によって活用する術を知らなければ何の役にもたちませんし、そういえば、ガリレオ、デカルト、ニュートンのような最大級の物理学者が何れも偉大な幾何学者であったわけです。

さて、眼の機能を別の角度から考察すると、ディドロが書いた『盲人書簡』は、バタイユが『眼球譚』で論じた眼の観察のように冒涜的ではない。だが、それにしても、両者は同じ眼の問題を辛辣に扱っているので共通点が出てくる。例えば、バタイユは、時折何処かしら普通の社会通念では容易に解せない、しかも、パラドキシカルなニュアンスで、普通の眼を持つ人が懐く道徳観を根底から覆すことがある。殊に、バタイユは『眼球譚』でディドロが『盲人書簡』で扱わなかった眼の疾病を反道徳的なニュアンスで書いている。

I know I am "blind", immeasurable, I am man "abandoned" on the globe like my father at N. No one on earth or in heaven cared about my father's dying terror. Still, I believe he faced up to it, as always. What a "horrible pride", at moments, in Father's blind smile![9]

私は自分が取り返しのつかない盲人であることを、Nでの父のように、この地上に置き去りにされた人間であることを知っている。地上のまた天上の誰一人として断末魔の父の苦悩を構わなかった。しかし、今も尚、私は信じている、彼はそれに敢然と立向っていたのだ。親父の盲目の微笑の中には時々なんという悲壮な誇りが！

さて、前述の辛らつなバタイユの論評を、ディドロの『盲人書簡』の論述と読み比べてみると見えてくるものがある。とりわけ、ディドロは『盲人書簡』の第一部で、あくまでも盲人がものを見る方法を科学的でしかも幾何学的な観点に立って論じていることである。それに対して、バタイユは深層心理学的な観点から眼球を詳細に観察して病理学的に論じている。

次に、ここで一体寺山がディドロの『盲人書簡』を脚色するときに、どのようにしてディドロの『盲人書簡』を自作に応用しているかを見てみよう。寺山が『盲人書簡』を自作に応用した箇所をあげて比べてみると歴然として分ることがある。一般的にいって、寺山は原作をそのまま忠実にドラマ化することは殆どない。例えば、寺山はスウィフトの『奴婢訓』を舞台化するときに、あくまでも下僕の視点に集中し主人と下僕の関係を劇化している。つまり、寺山は『奴婢訓』の原作を忠実に脚色することはなかった。だから、寺山がディドロの『盲人書簡』をステージ化したときも、盲人が物を観測する視点にだけ焦点を合わせて脚色したりはしなかったのである。逆に寺山は、仮に盲人が視力を回復して眼を開いたとしたら、最初に見えるのは現実の世界ではなく、実は盲人が先ず見るのは夢の世界であると想定している。寺山が盲人の見る世界を夢の世界にしたのには理由がある。つまりディドロによると、盲人が自分の眼が見えるようになったとき、健常者のように眼が見えないだろうと言っている。このディドロの主張から、寺山は目が見えない人の脳裏に映る映像として『盲人書簡』を翻案したのではないだろうか。

Je pense que la première fois que les yeux de l'aveugle-né s'ouvriront à la lumière, il n'apercevra rien du tout; qu'il faudra quelque temps à son oeil pour s'expérimenter: mais qu'il s'experimentera de lui-meme, et sans le secours du toucher; et qu'il parviendra non-seulement à distinguer le couleurs, mais à discerner au moins les limites grossières des objects. (pp.324-325)

私の考えでは、生来の盲人の眼が光りに開かれた初めのうちは、まるで何も見えないし、眼が自分を試すにもしばらく暇がかかるでしょうが、その実験を、触覚の助けを借りずに、自分でやり、色彩の区別だけでなく、少なくとも事物の大体の輪郭が見分けられるようになるでしょう。

或いはまた、ディドロは盲人が物理学や幾何学を応用すれば、眼の見える健常者よりものをもっと細心の注意を払って見ることが可能だと考えている。その例を盲目の哲学者ソンダーソンの業績から述べている。

Saunderson professa les mathématiques dans l'université de Cambridge avec un succès étonnant. Il donna des lecons d'optique; il prononca des discours sur la nature de la lumiere et des couleurs; il expliqua la théorie de la vision; il traita des effets des verres, des phénomènes de l'arc-en-c.el et de plusieurs autres matières relatives àla vue et à son organe. (p.302)

ソンダーソンはケンブリッヂ大学で数学を講じて驚くべき成功を収めた。彼は光学の講義をしたり、光や色の性質について論説を発表し、視覚作用の理論を説き、レンズの作用や虹の現象、その他視覚や視覚器官に関する幾つかの主題を取り扱った。（四三）

さて、寺山はディドロの『盲人書簡』のコンセプトを自作のドラマ化するにあたり、眼が見える人が突然視力を失う例として、『怪人二十面相』に出てくる明智小五郎が助手にしていた小林少年を使っている。小林少年は生来の盲人ではないのでディドロが『盲人書簡』で論じている盲目論とは異なる。又、ディドロは『盲人書簡』で生来の盲人が視力を回復したとき最初はものが見えないと論じている。だが、寺山の手にかかると俄かに盲目になった小林少年が現実ではなく、夢の世界からまた別の夢の世界に目覚めるプロットに変えてドラマ化している。そもそも、夢は、人類の始原的な記憶の領域を含んでいる。確かに、ディドロも『盲人書簡』で人類の起源や星の起源を論じている。しかしながら、ディドロが『盲人書簡』で論じている人類や動物や星座の起源は殆ど観念的であると言っていいかもしれない。というのは、寺山の夢はもっと遠い彼方にある胎児の夢の領域まで含んでいるからだ。胎児は、母の子宮の中で両親の声のサウンドやリズムを聞いている。いわば、胎児の身体の中では声のサウンドやリズムが視力よりも先に誕生して成長する。それにもかかわらず、寺山がディドロの『盲人書簡』を深く読み込んで自作の『盲人書簡』に取り込み夢の領域を詳細に脚色していることに変りはない。

更に、ディドロは『盲人書簡』で優れた盲人哲学者ソンダーソンを例に挙げて論じている。だが、寺山は、ディドロが退けた庶民の視点から盲目について劇化している。恐らく、寺山はディドロが『盲人書簡』で作った盲目のコンセプトをドラマのワークショップによって役者たちに自由に構築させたのではないだろうか。そのワークショップには、ディドロが『盲人書簡』で論じているソンダーソンのような哲人もいれば文盲もいる。つまり、ワークショップで寺山はキャストが入れ替え可能な状況を設定し、俳優たちが哲人の盲人でも凡庸な盲人でもどちらでも自在に演じることが出来るようにしたのではないだろうか。そうして、寺山は、自作の『盲人書簡』で、哲人の盲人の世界だけでなく、凡人の盲人の世界をも劇化してドラマの新基軸を開こうとしたのではないだろうか。

寺山の『盲人書簡』に出てくる小林少年は、『邪宗門』に出てくる山太郎少年のように少し間が抜けている。谷崎が書いた『春琴抄』に登場する春琴と佐助の主人と下男のような関係で見ると、小林少年は明智小五郎探偵と主従関係があることになる。けれども、寺山の『盲人書簡』に出てくる小林少年は明智探偵との関係は『怪人二十面相』に出てくる主従の関係ではなく夢の世界のように無意識の世界と繋がっており混沌とした関係である。夢の世界では秩序や道徳観念が消え失せてしまう。少なくとも、人間の視力の歴史も、誕生したばかりの赤子の眼のように、無限のカオスの時代を経てきたはずである。

寺山は何故盲人が最初に見た世界を現実ではなく混沌とした夢幻の世界にしたかというと、恐らく、レヴィ＝ストロースが『悲しき熱帯』で論じた母胎への子宮回帰があったからであろう。胎児が母体に完全に依存しているように、小林少年は母の意志のままにフラフラと浮遊しているようだ。小林少年は胎児のように眼が見えないばかりか、母が一体何をしているのかも分からない。ただ、小林少年には母が発する快不快の音が聞こえてくるだけだ。

さて、小林少年は眼が見えないので音に集中して耳を傾けるが、そのコンセプトはディドロの『盲人書簡』の中で音の世界の論述からヒントを得ているように思われる。

Il a la memoire des sons a un degre surprenant; et les visages ne nous offrent pas une diversite plus grande que celle qu'il observe dans les voix. Elles ont pour lui une infinite de nuances delicates qui nous echappent, parce que nous n'avons pas, a les observer, le meme interet que l'aveugle. (p.284)

彼（盲人）は驚くほど音に対する記憶の働きを持っています。我々が人の顔に異なった箇所を見出すといっても、彼が音声の内に観察する多様性に優ることは出来ない。音声は彼にとって無限に微妙なニュアンスを持つものですが、それを我々には聞き分けられないのである。

また、小林少年が眼を開いているが、ものが見えないのは胎児がこの世に生まれ出て見る現実の光景のように、微かな明暗（ブランク＝極薄）を見分ける程度しかものが見分けることが出来ないように思われる。更にまた、小林少年が間抜けなのは、ちょうど生まれたばかりの赤ん坊が事物に反応するのと似ているからではないからだろうか。

少なくとも、ディドロの『盲人書簡』と寺山の『盲人書簡』を読み比べていくうちに、ディドロが『盲人書簡』の中で考察している生来の盲人の時空は、寺山の『盲人書簡』のほうが遥かに時代を遡り、生まれたばかりの赤ん坊が眼を開けながらものが見えない時期から更に原始的な世界へと遡って繋がっているように思われる。

さてディドロが『盲人書簡』を出版するときに障害のひとつになった理由として、ディドロが神の光りの世界よりも悪魔の闇の世界を深く賛美しからだといわれる。むろん、そこにはディドロの一種の反骨精神も見られる。例えば、ディドロが認めた『盲人書簡』の一節では盲目の哲人ソンダーソンは「皮膚でものを見た」という。

Saunderson voyait donc par la peau: cette enveloppe était donc en lui d'une sensibilité si exquise, qu'on peut assurer qu'avec un peu d'habitude il serait parvenu à reconnaître un de ses amis don't un dessinateur lui aurait tracé le portrait sur la main, et qu'il aurait prononcé, sur la succession des sensations excitées par le crayon: *C'est monsieur un tel.* (p.306)

ソンダーソンは皮膚でものを見る。つまり、彼はこの被いはえもいわれぬ細かい感覚を持っていたから、少し慣れると、画家が氏の掌の上にその似顔絵を描いてくれるだけで友達の一人を認めたり、鉛筆で刺激された感覚の連続によって、それは誰某だ、と言い切るほどまでに達していたと確信した人もあったほどです。

さて、『オイディプス』の中でオイディプスは、盲目になった後、娘の手に引かれて諸国を彷徨ったといわれる。眼を失ったオイディプスにとって娘の手が彼の眼の役割を果たしたという。或いは、バタイユは『眼球譚』に出てくる盲人をオイディプス王と比較して生来の盲人であると綴っている。この盲人はディドロの『盲人書簡』の盲人と同じ視点を持っている。

My father having conceived me when blind (absolutely blind), I cannot tear out my eyes like Oedipus. (p.77)

父は私を盲に生んだために（完全な盲）、私はオイディプス王のように自分の目玉を抉り取るわけにもいかない。

ところで、ディドロによると『盲人書簡』に登場する盲目の哲人ソンダーソンは臨終の席で牧師と対話しながら次のように答えたという。

Si vous voulez que je croie en Dieu, il faut que vous me le fassiez toucher. (p.307)

私に神を信じるようにお求めでしたらそれに触れさせるようになさらねばなりません。五一

或いはまた、ニーチェは西洋キリスト教世界で『アンチ・キリスト』を書き、闇を賛美する哲人として知られる。ニーチェは『悲劇の誕生』のなかで昼を司るアポロンよりも夜を司るディオニュスを賛美している。

続いて、ディドロは『盲人書簡』の第二部「同補遺」で、薄幸な盲目の婦人ド・サリニャック嬢の言葉を引用している。一般的に言って、寺山は世界を斜に構えて見ているから、いったい、寺山がサリニャック嬢の薄幸な運命に共感したかどうは分からない。既に、寺山は『邪宗門』で孝女白菊の薄幸な婦人を描いている。歌舞伎の世界にはしばしば山賊に襲われる婦人が出てくる。どうやら、寺山は『盲人書簡』の第二部「同補遺」に出てくる盲目のサリニャック嬢に惹かれて自作の『盲人書簡』に脚色していないようだ。それに小林少年が好きな女性マサ子は、ディドロが『盲人書簡』の第二部に描いた薄幸な盲目のサリニャック嬢を思わせるところが全く見られない。しかも、マサ子は盲目ではない。むしろ、『邪宗門』に出てくる孝女白菊の方が、ディドロの『盲人書簡』に出てくる薄幸な盲目のサリニャック嬢と似ているかもしれない。

Elle était confiante. Il était si facile, et il eut été si honteux de la tromper! C'était une perfidie inexcusable de lui laisser croire qu'elle était seule dans un appartement. (p.337)

彼女は人を信頼するたちであった。彼女を騙すことはいともたやすく、それだけにそれは恥ずべきことというべきだろう。彼女が唯一人部屋の中にいるのだと思い込ませておくことは全く申し開きの出来ない不信行為でもあった。

そうだとすれば、盲人は目が見えないために、薄幸なサリニャック嬢と同じように他人に欺かれやすいだろう。寺山は小林少年が盲人になったために人に欺かれる場面をしばしば描いている。或いはまた幾分逆説的ではあるが、ディド

ロは『盲人書簡』の中で、夜は暗いから、盲人よりも眼が見える人の方が暗黒にあって、昼間の盲人のように、フラフラとよろめいて失態を演じると書いている。

A l'approche de la nuit, elle disait que *notre règne allait finir, et que le sien allait commencer.* (p.335)

夜が近づくと彼女（盲人）は私たち（目明き）の天下は終わろうとし、彼女の天下が始まろうとする。

ディドロは、夜が盲人の闇の世界と同じ色合いをしていると見ているようである。ところが、寺山は更に闇夜の方がもっと強烈なインパクトのある世界と見ているようだ。言い換えれば、夜自体が一種の野獣のようである。言い換えれば、寺山は夜には妖精や呪術師が徘徊し蘇る世界と見ているようだ。例えば、寺山は、自作の『中国の不思議な役人』でこの夜を舞台にして呪術師には影がないという奇怪な状況を産み出している。というのは、マルセル・モースによると、呪術師の多くには身体的に欠陥のあるからだという。つまり、盲人は眼に欠陥があるから一種の呪術師になる資格があるといえるだろう。次いで、ディドロは『盲人書簡』で薄幸な盲目のサリニャック嬢に音楽論を語らせている。

Je crois, disait-elle, que je ne me lasserais jamais d'entendre chanter ou jouer supérieurement d'un instrument, et quand ce bonheur-là serait, dans le ciel, le seul don't on jouirait, je ne serais pas fâchée d'y etre. (p.335)

あたしの思いますのは、眼の見える方は眼のために気を奪われて、あたしが音楽を聞いたり理解したりいたしますほどには、聞いたり理解できないということです。九六

薄幸な盲目のサリニャック嬢が音に対する感性が鋭いのは、『春琴』の春琴や佐助の感性にも似た鋭い聴覚が表れている。また寺山の『盲人書簡』に出てくる小林少年の音の反応にも鋭い聴覚が表れている。ディドロは盲目のサリニャッ

ク嬢について次のように書いている。

Dans les langues parlées, mieux on prononce, plus on articule ses syllabes; au lieu que, dans la langue musicale, les sons les plus éloignés du grave à l'aigu et de l'aigu au grave, sont filés et se suivent imperceptiblement; c'est pour ainsi dire une seule et longue syllabe, qui à chaque instant varie d'inflexion et d'expression. (pp.335-336)

会話の用語では発音がよければよいほどその音節を区切って明瞭にいたします。ところがこれに反して音楽という言葉では低音から高音へ、また高音から低音へと最も隔たった音がごく自然に繋ぎ合わされ、それと気がつかないうちに継続しているものです。だから、いわば全体が唯一つの長い音節のようですし、それが絶えず抑揚と表現とによって変化するわけです。

前述の盲目のサリニャック嬢が語る「会話」は、寺山の『盲人書簡』で小林少年と、この少年を欺く人達の間の「会話」として表れているし、更にまた、盲目のサリニャック嬢が語る「音楽」は、谷崎の『春琴抄』で春琴や佐助が練習する琴の稽古にも出てくる。

ディドロの『盲人書簡』は当時のヨーロッパ社会では幾分反道徳的であったかもしれない。例えば盲人は眼が見える人よりも優れているという観方は、人間を造形した創造主に異議申し立てしているように聞こえたかもしれない。しかし、バタイユの『眼球譚』の叙述の方が明らかにディドロの『盲人書簡』よりも反道徳的である。けれど、バタイユの『眼球譚』はマルセル・モースが書いた「聖なるものの二義性」や「ニーチェの教え」の視点から影響を受けて書かれていることを見落としてはならないだろう。いずれにしても、ディドロが『盲人書簡』で描いた盲目の哲人ソンダーソンは、『楽園喪失』を書いた不屈の盲人詩人ミルトンを思い出させてくれる。

仮に、闇の世界は白昼の光よりもよくものが見えるとしたらどうだろう。実はこうした考え方は、寺山の演劇を考える上で特有の逆説を思わせるようにも思える。だが、ディドロの『盲人書簡』を読むと明らかになることがある。つまり、盲人の方が眼の見える健常者よりも遥かに深くものを見ているのである。

さて、寺山は市街劇『人力飛行機ソロモン』や『ノック』を上演した時に外光の中で暗闇の世界に隠れていた妖精たちをパンドラの箱のように自然界に解き放った。だが、寺山は市街劇を上演した直ぐ後で、今度は逆に『盲人書簡』を書き、外光とは全く逆の方向に退き、もう一度閉ざされた闇の世界に潜んでいる妖精たちを求めるかのように、まるで闇を闇で照らして新しい暗黒劇演劇を作った。

寺山がディドロの『盲人書簡』に触発されて自作の『盲人書簡』を書いたことは事実である。けれども、寺山は既に『さらば映画よ』や実験映画や実験映画論で、ニューヨークの大停電で「闇」に覆われた映画館のスクリーンのように、観客は闇の中で盲人がするように自分の想像力を使って自分だけの映画を作ることを示した。例えば、寺山は『さらば映画よ』（ファン篇）で、映画館の停電の真暗闇のスクリーン上に、役者が想像力で作った映画を観客に提示し、こうして眼には見えない実験的映画を第三次元の舞台上で映画として構築して見せた。

ところで、サイモン・マクバーニーは寺山の『奴婢訓』をロンドン・リヴァーサイドスタジオ公演で観て、寺山の闇の世界に触れたと回顧している。『奴婢訓』『盲人書簡』『疫病流行記』は何れも「闇」に閉ざされた劇場の密室空間をドラマ化している。

また、マクバーニーは自作の『春琴』の終幕で舞台奥の暗幕をゆっくりと時間をかけて上げて外の光を見せた。その瞬間暗室の舞台空間は荒川修作がいう「ブランク」であり、眩しい外光線のために一瞬にして闇を失い何も見えなくなってしまった。それまで暗闇の中でしか見えなかったものが外光の眩しい輝きのために全ての姿が遮られ消え失せてしまったのである。

マクバーニーはこのような外光で一瞬のうちに『春琴』の闇の世界を破壊してしまった。そんな風にして、マクバーニーはそれまで観客の心の闇にだけ潜んでいて、普段健常者の眼には見えない闇の世界を見せてくれた。この明暗の世界のうち、外光は近代機械文明を表しており、他方、闇は春琴に象徴された日本の伝統芸術の美（陰影礼賛）を表していた。

さて、寺山は自作の『盲人書簡』で闇の芸術を表した。だが他方で無謀とも思われる白昼の光りの中で『盲人書簡』に潜む妖精の世界を表そうとした。それが市街劇『人力飛行機ソロモン』である。眼の見える人が太陽の光を見つめているとやがて眩しい光になれて丸い太陽が見えてくる。そのようにして、寺山は白昼の大空を巨大なスクリーンに見たて光線をあてた。するとやがて映像光線は部厚い巨大な雲に反射して微かに映写像が写る。また、ビルの巨大な白い壁にも微かに映像が映る。やがて日が暮れ夕方に近づけば、松明やネオンの光が増すように微かな映像光線が次第に鮮明な姿を現し始める。自然界には火の妖精の他に風の妖精や雨の妖精や土の妖精が隠れ密かに生息している。寺山は白昼の外光に隠れ密封された陰影の世界を求めただけでなく、白昼の世界にも妖精の世界を求めた。外光や闇の世界で見え隠れして生息しているが微かなにしか見えない「ブランク」を見つけ出すために、眼を凝らさねばならないが、同時に目以外の感覚を研ぎ澄まさなければならない。真昼のスクリーンはあたかも眼の不自由な人の網膜に映る光景のようにぼんやりとしているが、音や嗅覚や触覚を鋭くしていると、失われた世界が蘇ってくる。つまり専ら眼だけに頼って見ていた映画や演劇や楽劇が、俄然厚みを帯びて表れてくるのである。

マクバーニーは終幕が近くなると暗幕の裾から現れた一条の光で闇の世界を一瞬の内に消し去った。観客は眩い明かりを浴びせられ、白い槍で眼を射抜かれたようになり、忽ち、あたかも白い包帯で視野を奪われると、まるで白一色のベールに遮られて、広大な雪原に放り出されたように何もかも白くなっていった。だが、その後で、ゆっくりと白い幕にも濃淡が着き始め、次第に広い何もない舞台空間に薄い色彩ブランク（極薄＝quite thin）が浮かび上がってくる。

その光の変容を見つめながら、ふと思い出したことがある。それは寺山が闇の向こう側にある外光の中にも、白昼の薄い膜にすっぽりと隠れた微かな痕跡となって浮かび上がってくるアートの世界『空には本』の詩の世界を求めたことである。

寺山は自作の『盲人書簡』でディオニュソスの夜の世界だけでなく、更に、市街劇『人力飛行機ソロモン』でアポロンの昼の世界もまた果敢にドラマ化して見せてくれた。最初のうちは、黒色と白色のスクリーンには何も映らないが、寺山は勇猛果敢に黒と白の何もない世界に踏み込んでゆき、黒と白の裂け目から、遂に、現実を超えた世界「ブランク」（＝極薄）を見せてくれたのである。

注

（1）Levi-Strauss, Claude, *Tristes tropiques* (nrf Gallimard, 2008), p.249参照。
（2）『谷崎潤一郎集（一）』（現代日本文学大系30　筑摩書房、一九九九）、p.303.
（3）サイモン・マクバニー、「演劇のクロスカルチャー」野田秀樹、蜷川幸雄（『蜷川幸雄トークセッション反逆とクリエイション』所収、紀伊国屋書店、二〇〇二）、p.23. 以下同書からの引用は頁数のみ記す。
（4）Levi-Strauss, Claude, *Tristes tropiques* (nrf Gallimard, 2008), p.288参照。
（5）『寺山修司全歌集』（風土社、一九七一）、p.238.
（6）寺山修司『盲人書簡（上海篇）』（『寺山修司幻想劇集』所収、平凡社、二〇〇五）、p.220. 以下同書からの引用は頁数のみ記す。
（7）*Oeuvres Complètes de Diderot* Tome Premier (Kraus Reprint LTD., 1966), p. 291. 参照。L'aveugle-né, ne pouvant colorer, ni par conséquent figurer comme nous l'entendons, n'a mémoire que de sensations prises par le toucher, qu'il rapporte à différents points, lieux ou distances, et don't il compose des figures. 以下同書からの引用は頁数のみ記す。
（8）九條今日子「さらばポーランド「天井桟敷」〈演劇特集〉それぞれのポーランド体験」（『ポロニカ』Ｎｏ．２、一九九一）p.25.
（9）Bataille, Georges, *Story of the Eye* Translated by Joachim Neugroschal (Penguin Boos, 2001) p.78.

あとがき

巻頭論文に安藤紘平早稲田大学名誉教授の「日の丸　寺山修司40年目の挑発」をいただきました。

天野天街論をずっと書きたかった。今度、その決意でいたが、天野は未だ劇作家としての仕事が終わっていないと思い、先送りにした。何時か、天野天街論を書きたいと思っている。天野の劇作品の中で殊に人形劇が際立っていて、『平太郎化け物日記』が最高作品だと思っている。そもそも人形が生きているように動くのはおかしなことで、まるで、化物が動くようなものだ。不思議に思うのは、歌舞伎で蝶々が飛ぶのは少しもおかしくないが、天野の蝶々が、空中でダンスをするのは驚異だ。自然界は、驚異に溢れ、人間も脅威、突然変異で地上に現れ、何時か絶滅すると聞く。

中世、人類はコレラで人口が半減した。二十一世紀人口は、中世の三倍以上に膨れ上がっているそうであるが、ワクチンが効かなくなったとき、人間の人口は半減するばかりか絶滅するかもしれない。天野の蝶々を見て観客は笑っているけれども、世界の破滅を人形芝居で見て気づかないでいるのかもしれない。レーモン・ルーセルの『アフリカの印象』がパリのオペラ座で上演された時、ミミズの歌が奏されたが、マルセル・デュシャン以外の観客は大ブーイングであったと言う。よく考えれば、ルーセルは自分の孤独を観客のブーイングから受けたかったのであり、デュシャンだけがルーセルの孤独を理解したのかもしれない。いやが上にも、是非、天野の『平太郎化け物日記』の再演が待たれる。

寺山修司とパンデミック

顕微鏡で見たラフカディオ・ハーンの『耳なし芳一』の耳

２０２３年４月２０日●初版発行

著者●清水義和

発行者●鈴木康一

発行所●株式会社文化書房博文社

〒１１２―００１５

東京都文京区目白台１―９―９

電話０３（３９４７）２０３４

振替００１８―９―８６９５５

URL: http://user.net-web.ne.jp/bunka/

印刷／昭和情報プロセス株式会社

乱丁・落丁本はお取替えいたします。

ISBN978-4-8301-1328-4 C3074